Do Fundo do Coração

Mary Lawson

Do Fundo do Coração

TRADUÇÃO
Vera Maria Marques Martins

2003

EDITORA BEST SELLER

Título original: *Crow Lake*
Copyright © 2002 by Mary Lawson
Licença editorial para a Editora Nova Cultural Ltda.
Todos os direitos reservados.

Coordenação editorial
Janice Flórido

Editores
Eliel S. Cunha
Fernanda Cardoso

Editoras de arte
Ana Suely S. Dobón
Mônica Maldonado

Revisão
Levon Yacubian

Editoração eletrônica
Dany Editora Ltda.

EDITORA NOVA CULTURAL LTDA.
Direitos exclusivos da edição em língua portuguesa no Brasil
adquiridos por Editora Nova Cultural Ltda.,
que se reserva a propriedade desta tradução.

EDITORA BEST SELLER
uma divisão da Editora Nova Cultural Ltda.
Rua Paes Leme, 524 – 10º andar
CEP 05424-010 – São Paulo – SP
www.editorabestseller.com.br

2003

Impressão e acabamento:
RR Donnelley América Latina
Fone: (55 11) 4166-3500

Para Eleanor, Nick, Nathaniel e,
acima de tudo, para Richard

NOTA DA AUTORA

Crow Lake é uma obra de ficção. Existem muitos lagos no norte de Ontário e pelo menos seis deles devem ter "corvo" no nome, mas nenhum é o Crow Lake deste romance. Da mesma forma, todos os personagens deste livro, com exceção de dois, são fruto de minha imaginação. Uma das exceções é minha bisavó, que de fato fixou um suporte de livros em sua roca. Ela teve quatro filhos, não catorze, mas realmente viveu em uma fazenda na península de Gaspé, e tinha muito pouco tempo para ler. A outra exceção é minha irmã mais nova, Eleanor, que em criança era parecida com minha personagem Bo. Agradeço a ela por ter me permitido usar sua infância como modelo e também pelo apoio, incentivo e conselhos que me deu enquanto eu escrevia este livro.

Quero agradecer a meus irmãos George e Bill, não apenas por seu bom humor, sua fé e seu encorajamento no decorrer dos anos, mas também por sua assessoria no que diz respeito à história natural de Crow Lake. Os dois conhecem o norte da província mil vezes melhor do que eu, e seu amor pela região contribuiu para me inspirar a escrever esta história.

Há outras pessoas que merecem minha profunda gratidão:
— Amanda Milner-Brown, Norah Adams e Hilary Clark, por suas idéias e apoio, e por terem sido honestas em momentos em que seria mais fácil e mais educado mentir.
— Stephen Smith, poeta e professor, por seu incentivo e inspiração.

— Penny Battes, que me ajudou a começar a escrever, tantos anos atrás, e que nunca duvidou de que eu conseguiria atingir meu objetivo.

— As professoras Deborah McLennan e Hélène Cyr, do Departamento de Zoologia da Universidade de Toronto, que me mostraram um pouco do que se passa no mundo da pesquisa acadêmica. É bem possível que eu tenha entendido tudo errado, mas por culpa minha, não delas.

— Felicity Rubinstein, Sarah Lutyens e Susannah Godman, todos os Lutyens e Rubinstein, pela perícia, tato, energia e entusiasmo.

— Alison Samuel, da Chatto & Windus, em Londres, Susan Kamil, da Dial Press, em Nova York, e Louise Dennys, da Knopf Canadá, em Toronto, pelo discernimento, sensibilidade e perícia com que lidaram com *Crow Lake* durante todo o processo de edição.

Gostaria também de citar a publicação *Animals of the Surface Film* (Animais da Película Superficial), de Marjorie Guthrie (Richmond Publishing Company Ltd., Slough), que foi fonte de valiosíssimas informações técnicas.

Por fim, e acima de tudo, agradeço a meu marido, Richard, e a meus filhos, Nick e Nathaniel, pelos longos anos de fé, conforto e apoio inabaláveis.

PRIMEIRA PARTE

PRÓLOGO

Minha bisavó Morrison fixou um suporte de livros em sua roca para poder ler enquanto fiava, ou pelo menos é essa a história que contam. Em uma noite de sábado, distraiu-se tanto com um livro que, quando parou de ler, viu que era meia-noite e meia e que, com sua distração, desrespeitara o domingo durante trinta minutos. Naquele tempo, isso era considerado um pecado grave.

Não é à toa que estou contando esse episódio lembrado pela família. Cheguei à conclusão, recentemente, de que minha bisavó e seu suporte de livros foram responsáveis por muitas coisas. Quando nossa família foi devastada pelos acontecimentos que exterminaram nossos sonhos, essa bisavó estava morta havia décadas, mas isso não quer dizer que ela não teve influência sobre o resultado final. O que aconteceu entre mim e Matt não pode ser explicado sem que se faça referência a nossa bisavó. É apenas uma questão de justiça lançar sobre ela uma parte da culpa.

Havia uma foto dela no quarto de meus pais. Eu costumava parar diante do retrato, ousando fitar minha antepassada nos olhos. Ela era miúda, tinha lábios finos e retos, seu vestido preto exibia uma gola de renda branca, que sem dúvida era esfregada impiedosamente todas as noites e passada a ferro antes do amanhecer de cada dia. Parecia severa e totalmente desprovida de senso de humor, e seu olhar era de censura. Ela devia ser assim mesmo, pois tivera catorze filhos em treze anos e era proprietária de duzentos hectares de terra estéril na península de Gaspé. Não sei, nem nunca saberei, como ela encontrava tempo para fiar, muito menos para ler.

Dos quatro irmãos, Luke, Matt, Bo e eu, Matt era o único que se parecia com nossa bisavó Morrison. Ele estava longe de ser sombrio, mas tinha a mesma boca reta, os mesmos olhos cinzentos e firmes. Na igreja, quando eu recebia um olhar de advertência de minha mãe, por estar me remexendo no banco, fitava Matt disfarçadamente para ver se ele percebera. Ele sempre percebia e me olhava com severidade; então, no último instante, quando eu começava a me desesperar, piscava pra mim.

Matt era dez anos mais velho do que eu, alto, sério e inteligente. Sua grande paixão eram os tanques, que ficavam a cerca de dois, três quilômetros além dos trilhos da estrada de ferro. Eram velhos poços de pedregulhos, que haviam sido abandonados depois que a ferrovia fora construída e que a natureza enchera de todos os tipos de maravilhosas criaturas irrequietas. No início, quando Matt começou a me levar lá, eu era tão pequena que ele precisava me carregar nos ombros através da luxuriante vegetação onde abundava a hera venenosa, ao longo de trilhas e para além dos vagões cobertos de pó, enfileirados para receber cargas de açúcar de beterraba, até descermos pelo caminho íngreme e arenoso que levava aos tanques. Deitávamos na margem, de barriga para baixo, deixando o sol castigar nossas costas, e ficávamos olhando a água escura, esperando para ver o que apareceria.

Nenhuma imagem que trago comigo dos tempos da infância é tão clara quanto essa: um rapazinho de quinze, dezesseis anos, loiro e magro, ao lado de uma garotinha ainda mais loira, de cabelos trançados, com as pernas finas queimadas de sol. Os dois estão deitados, perfeitamente imóveis, com o queixo apoiado nas costas das mãos cruzadas. Ele mostra coisas a ela. Ou melhor, coisas estão se mostrando, saindo de baixo de pedras e do meio das sombras, e ele está falando a respeito delas à menina.

— Mexa o dedo na água, Kate, e ela virá. Não consegue resistir.

Com muita cautela, a menina agita a água com a ponta de um dedo. Com muita cautela, uma tartaruguinha esperta desliza na direção do dedo para investigar.

— Viu? Elas são muito curiosas, quando novas. Mas, quando ficam mais velhas, tornam-se criaturas desconfiadas e de mau gênio.

— Por quê?

A menina recorda a velha tartaruga que um dia eles haviam cercado na areia da margem e que parecera mais sonolenta do que desconfiada. A garotinha quisera acariciar a cabeça enrugada, com textura de borracha, então Matt estendera um graveto grosso como um dedo na direção da tartaruga, e ela partira-o em dois com uma mordida.

— Elas têm um casco pequeno para o corpo, menor do que o casco de outras tartarugas, de maneira que uma grande porção de pele fica exposta, e isso as deixa nervosas — Matt explica.

A menina balança a cabeça, concordando, e as pontas de suas tranças oscilam, batendo na água e formando círculos minúsculos que se espalham trêmulos pela superfície escura. Ela está completamente absorta.

Acho que passamos centenas de horas daquela maneira, no correr dos anos. Aprendi a diferenciar os girinos das rãs-leopardo, os gordos girinos cinzentos das rãs-touro, os pequeninos e pretos, dos sapos. Conheci tartarugas e peixes-gato, salamandras, libélulas, besouros e outros insetos que giravam histericamente acima da água. Centenas de horas, enquanto as estações mudavam, e a vida nos tanques extinguia-se e renovava-se incessantemente, enquanto eu crescia, até ficar grande demais para que Matt continuasse a me carregar nos ombros, de modo que eu ia andando atrás dele, abrindo meu próprio caminho através do mato. Eu não percebia essas mudanças, que aconteciam gradativamente, e as crianças têm pouca noção de tempo. O amanhã demora uma eternidade para chegar, e os anos passam num piscar de olhos.

1

Quando o fim chegou, pareceu vir do nada, e foi apenas muito tempo depois que pude ver a cadeia de acontecimentos que o precedera. Alguns desses acontecimentos não tinham nada a ver conosco, os Morrison. Eram assuntos exclusivos dos Pye, que moravam em uma fazenda a mais ou menos dois quilômetros de distância e eram nossos vizinhos mais próximos. A família Pye era, sempre fora e sempre seria o que se poderia chamar de problemática. Mas naquele ano, na privacidade de sua casa grande, velha e cinzenta, seus problemas desenrolavam-se nos bastidores, escondidos do resto da comunidade, e estavam se tornando um pesadelo. Não sabíamos que o pesadelo dos Pye ia interferir no sonho dos Morrison. Ninguém poderia ter previsto isso.

Não há limite para a extensão de nossa viagem ao passado, quando estamos tentando descobrir onde foi que algo começou. A busca pode nos levar aos tempos de Adão e até mesmo além. Mas, naquele verão, houve em nossa família um acontecimento bastante catastrófico para dar início a praticamente qualquer coisa. Era um sábado quente e silencioso de julho, eu tinha sete anos e levava uma vida familiar até certo ponto normal. Mesmo agora, dezenove anos depois, acho difícil compreender aquilo.

A única coisa positiva que se pode dizer a respeito do que aconteceu é que tudo acabou com um toque consolador, porque no dia anterior — o último que passamos juntos como uma família — meus pais souberam que Luke, meu outro irmão, passara nos exames e conseguira uma vaga na faculdade de educação. O sucesso de Luke foi uma surpresa porque, para falar delicadamente, ele não era estudioso. Lembro-me de que li em algum lugar uma teoria sobre o fato de cada membro de uma família ter um papel definido: o inteligente, o bonito, o egoísta. Uma vez que a pessoa desempenhe seu papel durante algum tempo, fica presa a ele para sempre, não importa o que faça, pois os outros a verão sempre daquele modo, seja esse modo qual for. Se isso for verdade, Luke deve ter decidido, muito cedo na vida, que queria ser o problemático. Não sei o que foi que o influenciou nessa decisão, mas é possível que ele tenha ouvido vezes demais a história de nossa bisavó e seu suporte de livros. Essa história pode ter sido a desgraça da vida de Luke. Ou uma das desgraças, pois a outra foi ter Matt como irmão. Matt era tão obviamente o herdeiro intelectual de nossa bisavó que nem adiantava Luke tentar tomar-lhe o lugar. Assim, Luke deve ter achado melhor descobrir sua natural habilidade, além daquela de fazer subir a pressão sanguínea de nossos pais, e praticar, praticar, praticar para desenvolvê-la.

Mas por algum motivo, e apesar de tudo, lá estava ele, com dezenove anos e prestes a entrar na faculdade. Depois de três gerações de lutas, um membro da família Morrison ia ter instrução superior.

Acredito que ele não foi apenas o primeiro da família, mas também de Crow Lake, a pequena comunidade rural no norte de Ontário, onde nós quatro nascemos e crescemos. Naquele tempo, Crow Lake ligava-se ao mundo exterior por meio de uma estrada de terra e da ferrovia. Os trens não paravam ali, a menos que alguém os obrigasse, fazendo sinais com bandeiras, e a estrada só levava para o sul, mesmo porque não havia nenhuma razão para alguém querer ir ainda mais para o norte. A comunidade era formada por cerca de uma dúzia de fazendas, uma loja que vendia de tudo, algumas casas modestas perto do lago, a escola, a igreja, e mais nada. Como costumo dizer, Crow Lake não produziu muita coisa em matéria de cultura, e a façanha de Luke teria sido anunciada com destaque no boletim da igreja, no domingo seguinte, se a catástrofe que atingiu nossa família não tivesse atrapalhado.

Creio que Luke recebeu a carta que confirmava sua admissão na faculdade de educação na sexta-feira de manhã, contou a nossa mãe, que telefonou para meu pai no banco onde ele trabalhava, em Struan, a trinta quilômetros de Crow Lake. Isso, por si só, era totalmente inusitado, pois uma esposa nunca, jamais, perturbaria o marido em seu trabalho, se ele trabalhasse atrás de uma escrivaninha. Mas ela fez isso, e os dois devem ter decidido que dariam a notícia ao resto da família à noite, durante o jantar.

Tenho voltado àquele jantar muitas vezes em minha mente, não tanto por causa da espantosa informação a respeito de Luke, mas porque aquela foi a última vez em que fizemos uma refeição como família. Sei que a memória nos prega peças, que acontecimentos e incidentes inventados pelo cérebro podem parecer tão reais quanto aqueles que de fato ocorreram, mas acredito que me lembro de cada detalhe daquele jantar. E o que acho mais marcante é ter sido uma reunião sem efusões de nenhum tipo. A regra, em casa, era reprimir as emoções. Mesmo as positivas eram mantidas sob rígido controle. Era o Décimo Primeiro Mandamento, entalhado em sua placa de pedra exclusiva e apresentado especificamente àqueles de fé presbiteriana: Não te emocionarás.

Desse modo, aquele jantar foi exatamente igual aos outros, formal, monótono, com uma distração ou outra provocada por Bo. Há várias fotografias de Bo tiradas naquela época. Era uma menina pequena e redonda, de cabelos loiros, lisos e eriçados, como se houvesse sido atingida por um raio. Nas fotos, parece uma criança calma e doce, o que mostra até que ponto uma câmera pode mentir.

Nós nos sentamos nos lugares costumeiros, Luke, de dezenove anos, e Matt, de dezessete, em um dos lados da mesa. Eu, de sete anos, e Bo, de um ano e meio, no outro lado. Lembro que meu pai começou a dar graças e foi interrompido por Bo, que pedia suco. Minha mãe disse: "Espere um minuto, Bo, e feche os olhos". Meu pai iniciou a oração novamente e mais uma vez minha irmãzinha interrompeu-o. "Se você interromper seu pai mais uma vez, irá direto para a cama", minha mãe ameaçou. Bo enfiou o polegar na boca e começou a sugá-lo com ar maligno, produzindo estalidos compassados, como uma bomba-relógio marcando o tempo até a explosão.

— Bem, vou tentar de novo, Senhor — meu pai disse. — Obrigado pela refeição que o Senhor pôs diante de nós esta noite. Somos especialmente gratos pela notícia que recebemos hoje. Ajude-nos a sempre ter consciência de como somos afortunados. Ajude-nos a aproveitar ao máximo todas as nossas oportunidades e a usar cada uma de nossas dádivas a Seu serviço. Amém.

Luke, Matt e eu nos espreguiçamos discretamente. Minha mãe deu suco para Bo.

— Qual foi a notícia? — Matt quis saber.

Ele estava sentado a minha frente. Se eu estendesse as pernas, poderia tocar seus joelhos com os dedos dos pés.

— Seu irmão — meu pai começou, inclinando a cabeça na direção de Luke — foi aceito na faculdade de educação. A escola mandou a confirmação hoje.

— Está brincando?! — Matt exclamou, olhando para Luke.

Eu também olhei. Penso que nunca olhara realmente para Luke, que nunca o observara de fato, antes daquele momento. Por uma razão qualquer, prestávamos pouca atenção um ao outro. A diferença de idade entre nós era ainda maior do que entre mim e Matt, claro, mas não acho que fosse apenas isso. Nós simplesmente não tínhamos quase nada em comum.

Mas, então, prestei a atenção a ele, sentado ali ao lado de Matt, como sempre. Os dois tinham uma certa semelhança, qualquer pessoa adivinharia facilmente que eram irmãos. A maior diferença estava na constituição física. Luke tinha ombros largos, ossos grandes, e devia pesar uns quinze quilos mais do que Matt. Agia com movimentos lentos e poderosos, enquanto Matt era ágil e fazia tudo rapidamente.

— Está brincando? — Matt repetiu, dominando um pouco o espanto.

Luke lançou-lhe um olhar oblíquo.

Matt sorriu, refeito da surpresa.

— Isso é ótimo! — disse. — Parabéns!

Como resposta, Luke deu de ombros.

— Você vai ser professor? — indaguei.

Não conseguia imaginar aquilo. Professores eram pessoas de grande autoridade. Luke era simplesmente Luke.

— Vou — ele afirmou.

Estava esparramado na cadeira, e pela primeira vez meus pais não o mandaram endireitar-se. Matt também relaxou na cadeira, mas não da mesma maneira que Luke. Ele nunca conseguia *esparramar-se*, de modo que, comparado com o irmão, sempre parecia estar sentado direito.

— É um jovem de muita sorte — minha mãe observou.

Em seu esforço para esconder o orgulho e o prazer que sem dúvida sentia, parecia quase zangada. Ela servia a refeição: carne de porco da fazenda dos Tadworth, batatas, cenouras e vagens da fazenda de Calvin Pye, molho de maçã feito com os frutos das velhas e maltratadas macieiras do sr. Janie.

— Não é todo mundo que tem uma oportunidade igual a essa — prosseguiu. — De jeito nenhum. Aqui está seu jantar, Bo. Coma com modos. Não brinque com a comida.

— Quando você vai?— Matt perguntou a Luke. — E para onde? Toronto?

— Toronto, sim, no fim de setembro.

Bo pegou um punhado de vagens e apertou-o contra o peito, arrulhando.

— Precisamos comprar um terno para você — minha mãe disse a Luke, então olhou para meu pai. — Ele vai precisar de um terno, não?

— Não sei — meu pai respondeu.

— Vocês precisam comprar-lhe um terno — Matt opinou.

— Ele vai ficar lindo.

Luke apenas bufou. A despeito das diferenças entre eles e do fato de Luke sempre estar metido em alguma encrenca, coisa que nunca acontecia a Matt, os atritos entre ambos eram raros. Nenhum dos dois enfurecia-se facilmente. Além disso, suponho que na maior parte do tempo habitavam mundos separados, de maneira que quase nunca colidiam um com o outro. Mas às vezes brigavam, e, quando isso ocorria, todas as emoções que não eram para ser demonstradas jorravam para fora de uma vez, estilhaçando o Décimo Primeiro Mandamento. Por alguma razão, as brigas não pareciam ser uma infração às normas da casa. Talvez meus pais as considerassem um comportamento normal da adolescência masculina e raciocinassem que, se o Senhor não quisesse que eles brigassem, não lhes teria dado punhos. Uma vez, porém, no calor da briga, Luke ia dar um soco na cabeça de Matt, mas errou e esmurrou o batente da porta, machucando a mão. "Merda!", gritou. "Seu desgraçado!" Nossos pais o baniram da sala de jantar durante uma semana, obrigando-o a comer em pé, na cozinha.

Eu, no entanto, ficava muito angustiada com as brigas deles. Matt era mais ágil, mas Luke era mais forte. Meu pavor era que um dia Luke acertasse um soco poderoso na cabeça de Matt e o matasse. Eu gritava para que parassem, meus gritos aborreciam nossos pais, e era eu que quase sempre tinha de ir para o quarto, de castigo.

— Ele vai precisar é de uma mala — meu pai disse por fim, após refletir sobre a questão do terno.

— Oh... — minha mãe murmurou, parando a colher de servir acima da tigela de batatas. — Uma mala, é verdade.

Por um rápido instante, vi uma expressão de choque no rosto dela. Parei de brincar com minha faca e observei-a com ansiedade. Suponho que até aquele momento ela não se dera conta de que de fato Luke iria embora.

Bo estava cantando para suas vagens, embalando-as gentilmente, para a frente e para trás, segurando-as na altura do ombro.

— Nenê, nenê, nenê... — cantarolava.

— Ponha as vagens no prato — minha mãe ordenou distraidamente, a colher de servir ainda no ar. — São para comer. Coloque-as no prato, e eu as cortarei para você.

Bo fitou-a, horrorizada. Gritou e apertou as vagens com mais força contra o peito.

— Em nome do céu! — minha mãe exclamou. — Pare com isso. Estou cansada de você.

Fosse o que fosse que eu vira em seu rosto, desaparecera, e tudo voltara ao normal.

— Teremos de ir à cidade — ela disse, falando com meu pai. — À loja Bay. Lá eles vendem malas. Podemos ir amanhã.

* * *

No sábado, foram juntos a Struan. Não havia necessidade de irem os dois. Tanto um como o outro era capaz de escolher uma mala sozinho. Também não havia necessidade de pressa, não precisavam ir naquele fim de semana. As aulas de Luke só começariam dali a um mês e meio. Mas acho que eles simplesmente queriam ir. Embora a descrição pareça estranha, quando aplicada a pessoas tão calmas e práticas, é possível que estivessem entusiasmados. Tratava-se de um filho deles, afinal. Um Morrison ia ser professor.

Não quiseram levar Bo, nem a mim, e, como éramos muito pequenas para ficar sozinhas, esperaram Luke e Matt voltar da fazenda de Calvin Pye. Meus dois irmãos trabalhavam lá nos fins de semana e nas férias. O casal Pye tinha três filhos, mas dois deles eram meninas, e Laurie, o garoto, tinha apenas catorze anos e era franzino demais para fazer trabalho pesado, de modo que o sr. Pye era obrigado a contratar trabalhadores.

Matt e Luke chegaram em casa por volta das quatro horas da tarde. Meus pais sugeriram que Luke fosse com eles para escolher a mala, mas ele disse que estava com muito calor e que preferia ir nadar.

Acredito que fui a única a acenar, despedindo-me de meus pais. É possível que eu tenha inventado aquele aceno mais tarde, por não suportar o pensamento de que não me despedira deles, mas, seja como for, é uma lembrança legítima. Os outros três não acenaram, porque Bo estava tendo um ataque de raiva por ter sido deixada para trás, e Matt e Luke olhavam carrancudos para ela, imaginando quem ia aturá-la pelo resto da tarde.

O carro entrou na estrada e desapareceu. Bo sentou-se na alameda coberta de cascalho, berrando.

— Vou nadar — Luke anunciou bem alto para ser ouvido acima dos gritos de Bo. — Estou com calor. Trabalhei como um condenado o dia todo.
— Eu também trabalhei — disse Matt.
— Também trabalhei — eu ecoei.
Matt cutucou o traseiro de Bo com a ponta do pé.
— E você, Bo? Trabalhou como uma condenada o dia todo?
A menininha berrou com mais força.
— Por que ela tem de gritar desse jeito o tempo todo? — Luke reclamou.
— Porque sabe que você adora — Matt disse, inclinando-se, pegando o polegar de Bo e fazendo-a enfiá-lo na boca.
— Quer ir nadar, Bo?
Ela moveu a cabeça num gesto afirmativo, chupando o dedo e resmungando.
Deve ter sido a primeira vez que fomos nadar juntos, nós quatro. O lago ficava a menos de vinte metros da casa, então íamos nadar sempre que desejávamos, mas parece que nunca havíamos desejado isso ao mesmo tempo. Levamos Bo e brincamos com ela, jogando-a como uma bola de um para outro. Foi muito divertido, disso eu me lembro.
Lembro também que Sally McLean chegou ao lago um pouco depois que saímos da água. Os pais dela eram donos da única loja de Crow Lake. Nas últimas semanas, Sally vinha aparecendo com muita freqüência, sempre dando a impressão de que nos encontrava por acaso, enquanto estava indo para qualquer outro lugar. Era esquisito, porque não havia nenhum outro lugar para onde ela pudesse ir. Nossa casa era a última da vila e ficava bem afastada. Além dela estendiam-se 4 500 quilômetros de nada, e depois só havia o pólo Norte.
Luke e Matt estavam jogando pedrinhas na água, mas quando Sally aproximou-se, Matt veio sentar-se ao meu

lado e ficou me observando enterrar Bo na areia. Ela nunca fora enterrada antes e adorou a brincadeira. Eu cavara um buraco raso na areia morna de sol, e ela sentara-se no meio, redonda, bronzeada e nua como um ovo. De olhos arregalados e com uma expressão deleitada no rosto, seguia meus movimentos, enquanto eu a cercava com montes de areia.

Sally McLean parara a cerca de um metro de Luke e ficara lá, apoiando o peso do corpo em um dos pés e traçando linhas na areia com os dedos do outro. Ela e Luke conversavam em tom baixo, sem se olhar. Não lhes dei muita atenção. Eu enterrara Bo até as axilas e estava decorando o monte de areia a sua volta com pedregulhos. Ela tirava os pedregulhos e depois colocava-os de volta, mas nos lugares errados.

— Não, Bo! — ralhei. — Estou fazendo um desenho.

— Ervilha — ela disse.

— Não, não são ervilhas. São pedrinhas. Não são para comer.

Ela pôs um pedregulho na boca.

— Cuspa! — ordenei.

— Idiota — Matt resmungou.

Inclinou-se para Bo, segurou-a pelo rosto, apertou-lhe as bochechas até que ela abriu a boca e retirou a pedra. Ela fez-lhe uma careta, então pôs o polegar na boca, mas tirou-o em seguida e olhou-o. O dedo estava envolto em uma mistura pegajosa de saliva e areia.

— Feijão — Bo murmurou, pondo-o na boca outra vez.

— Agora ela está comendo areia — avisei.

— Não vai lhe fazer mal — Matt assegurou.

Estava olhando para Luke e Sally. Luke continuava atirando pedrinhas na água, mas não uma atrás da outra, como antes, pois escolhia cuidadosamente as mais chatas. Sally não parava de alisar para trás os cabelos longos e grossos, avermelhados como cobre, os quais, soprados pela brisa que vinha do lago, caíam-lhe em mechas sobre o rosto. Não vi nada de especial na atitude dos dois, mas Matt observava-os com o mesmo interesse pensativo com que analisava os habitantes dos tanques.

Foi o interesse dele que me chamou a atenção.

— O que ela veio fazer aqui? — perguntei. — Para onde está indo?

Matt ficou em silêncio durante um longo instante.

— Bem, suspeito que ela veio por causa de Luke — respondeu por fim.

— Por causa de Luke? Por quê?

Ele me olhou, estreitando os olhos.

— Não posso dizer que *sei*. Quer que eu adivinhe?

— Quero.

— É apenas um palpite, mas Sally aparece em todos os lugares onde Luke está, então acho que ela está apaixonada por ele.

— *Apaixonada*? Por *Luke*?

— Difícil de acreditar, não é? Mas as mulheres são muito estranhas, Katie.

— E Luke está apaixonado por *ela*?

— Não sei. É possível.

Depois de mais algum tempo, Sally foi embora, e Luke começou a andar em nossa direção, mas olhando carrancudo para o chão. Matt me olhou de um jeito que significava que eu não devia fazer nenhum comentário sobre Sally McLean.

Tirei Bo de sua sepultura de areia, limpei-a com as mãos, levei-a para casa e vesti-a. Em seguida, fui pendurar meu maiô no varal, e foi então que vi um carro de polícia aproximando-se de nossa casa.

Não era sempre que víamos um veículo policial em Crow Lake, por isso fiquei curiosa. Desci a alameda correndo para vê-lo de perto. O carro parou, um policial desceu e, para minha surpresa, desceram também o reverendo Mitchell e o dr. Christopherson. O reverendo Mitchell era nosso pastor, e sua filha Janie era minha melhor amiga. O dr. Christopherson morava em Struan, mas era nosso médico. Na verdade, era o único médico em 150 quilômetros. Eu gostava dos dois. O médico tinha uma cadela da raça *setter* chamada Molly, que sabia colher amoras com a boca e o acompanhava nas visitas aos pacientes.

— Mamãe e papai não estão, no momento — informei.

— Foram comprar uma mala para Luke, porque ele vai ser professor.

O policial estava ao lado do carro, olhando fixamente para um arranhão no pára-lama. O reverendo Mitchell olhou para o dr. Christopherson, então para mim.

— Luke está em casa, Katherine? — perguntou. — Ou Matt?

— Os dois estão — respondi. — Fomos nadar, e agora eles estão trocando de roupa.

— Gostaríamos de falar com eles. Pode chamá-los?

— Claro — afirmei, então lembrei-me de minhas boas maneiras. — Querem entrar? Mamãe e papai estarão de volta às seis e meia, mais ou menos. — Um pensamento alegre me ocorreu. — Posso fazer chá.

— Obrigado — o reverendo Mitchell agradeceu. — Vamos entrar, mas quanto ao chá... bem... agradecemos, mas agora não.

Levei-os para dentro de casa e pedi desculpas pelo barulho que Bo estava fazendo. Ela tirara todas as panelas da parte mais baixa do armário e brincava com elas no chão da cozinha. Eles disseram que não tinha importância, então deixei-os na sala de jantar e fui chamar Luke e Matt. Os dois foram para a sala, olharam com curiosidade para o pastor e o médico — o policial ficara junto do carro — e cumprimentaram-nos. Então, vi o rosto de Matt mudar. De repente, olhando para o reverendo Mitchell, ele não parecia mais curioso. Parecia assustado.

— O que foi? — indagou.

— Kate, você poderia ir ver o que Bo está fazendo? — o dr. Christopherson pediu. — Poderia... hã...

Fui para a cozinha. Bo não estava fazendo nada de errado, mas peguei-a e levei-a para fora. Eu ainda conseguia carregá-la, apesar de achá-la pesada demais. Voltamos para a praia. Os mosquitos já haviam começado a aparecer, mas fiquei lá, mesmo quando Bo começou a se revoltar contra mim. Eu não queria ir para casa. A expressão no rosto de Matt deixara-me com medo, e eu não queria saber o que fora que a causara.

Depois de um longo tempo, meia hora, no mínimo, Matt e Luke desceram à praia. Não olhei para eles. Luke pegou Bo, levou-a para o lago e começou a andar com ela ao longo da margem. Matt sentou-se a meu lado e, quando Luke e Bo estavam longe, na curva da margem, contou-me que nossos pais haviam morrido. Um caminhão carregado de toras, cujo freio falhara, colidira com o carro deles na colina Honister.

Lembro-me de que fiquei apavorada com a idéia de ver Matt chorar. Sua voz tremia, e ele lutava com todas as forças para controlar-se. Fiquei paralisada de medo, sem me atrever a olhar para ele, mal ousando respirar. Como se Matt chorar fosse mais terrível do que tudo, muito mais terrível do que aquela informação incompreensível que ele me dera. Como se Matt chorar fosse a única coisa inconcebível.

2

Lembranças... Levando tudo em consideração, não sou a favor delas. Não que eu não tenha lembranças boas, mas gostaria de isolar a maioria delas, escondendo-as em um armário que se fechasse hermeticamente. Consegui fazer isso durante anos. Afinal, precisava viver minha vida. Tinha meu trabalho, tinha Daniel, os dois ocupavam quase todo meu tempo e exigiam uma grande parte de minha energia. Para dizer a verdade, nenhum dos dois departamentos estava indo muito bem, mas nunca pensei em ligar esse fato ao passado. Eu honestamente sentia, até alguns meses atrás, que esquecera tudo aquilo. Achava que estava ótima.

Então, em fevereiro, ao voltar do trabalho numa tarde de sexta-feira, encontrei uma carta de Matt a minha espera. Vi a caligrafia e no mesmo instante vi Matt. Todo mundo sabe que a letra de uma pessoa é capaz de evocar sua imagem. E, também no mesmo instante, senti a mesma velha dor, localizada mais ou menos no centro do peito, uma dor pesada, surda, uma dor de luto, que em todos aqueles anos não amainara nem um pouco.

Rasguei o envelope enquanto subia a escada, segurando minha bolsa cheia de relatórios do laboratório embaixo do braço. Não era uma carta. Era um cartão enviado por Simon, filho de Matt, convidando-me para sua festa de aniversário, no fim de abril. Ele ia fazer dezoito anos. Anexado ao cartão havia um bilhete escrito por Matt: "Você tem de vir, Kate!! Não vamos aceitar desculpas!!!" Um total de cinco

pontos de exclamação. No fim, um P.S. cheio de tato: "Traga alguém, se quiser".
Encontrei também uma fotografia. Era Simon, mas à primeira vista pensei que fosse Matt. Matt aos dezoito anos. Os dois são absurdamente parecidos. Claro que isso desencadeou uma torrente de recordações daquele ano desastroso e da cadeia de acontecimentos que se desenrolou com lentidão, o que por sua vez me fez lembrar a história da bisavó Morrison e seu suporte de livros. A fotografia dela agora está em uma das paredes de meu quarto. Levei-a comigo, quando saí de casa. Ninguém demonstrou sentir sua falta.

Joguei a bolsa em cima da mesa da sala de estar conjugada com a de jantar e sentei-me para ler o convite novamente. Eu iria, naturalmente. Simon é um ótimo rapaz, e afinal sou tia dele. Luke e Bo também iriam. Seria uma reunião de família, e sou a favor de reuniões desse tipo. Claro que eu iria. Haveria uma conferência em Montreal, naquele mesmo fim de semana, e eu já acertara tudo para comparecer, mas não ia apresentar nenhum trabalho, então poderia cancelar o compromisso. Como não dava aulas na sexta-feira à tarde, poderia partir logo depois do almoço. Pegaria a rodovia 400 rumo ao norte. Seria uma viagem de seiscentos quilômetros, uma boa puxada, mas as estradas já estavam quase todas pavimentadas. Seria só na última hora de viagem que, saindo da rodovia e pegando a direção oeste, eu enfrentaria uma estrada de terra aberta no meio da floresta. E me sentiria voltando no tempo.

Quanto a levar alguém comigo... não. Daniel adoraria ir. Ele morre de curiosidade a respeito de minha família e ficaria simplesmente *encantado*, se fosse. Mas sua fascinação e seu entusiasmo estariam muito além do limite do que eu poderia suportar. Não, não convidaria Daniel.

Olhei para a foto, vendo Simon, vendo Matt, sabendo como seria a reunião. Perfeita, de fato. Tudo estaria perfeito. A festa seria barulhenta e alegre, a comida, maravilhosa, todos nós riríamos muito e nos divertiríamos à custa uns dos outros. Luke, Matt, Bo e eu falaríamos dos velhos tempos, embora apenas sobre momentos específicos daquela época. Certos assuntos seriam ignorados, certos nomes não apareceriam nas conversas. Calvin Pye, por exemplo. O nome dele não seria mencionado. Nem o de Laurie Pye.

Eu daria a Simon um presente caro, tanto para demonstrar minha afeição por ele, que é genuína, como para deixar evidente que meu compromisso com a família continua firme.

No domingo à tarde, quando chegasse a hora de eu partir, Matt me levaria até meu carro e diria: "Nunca temos tempo bastante para conversar". E eu responderia: "Eu sei, e isso é ridículo, não é?".

Ele me fitaria com aqueles olhos cinzentos e firmes, iguais aos de nossa bisavó Morrison, e eu teria de desviar o olhar. Eu faria grande parte da viagem de volta chorando, depois passaria o mês seguinte tentando descobrir por quê.

Tudo está sempre voltando a minha bisavó.

Sem nenhuma dificuldade, sou capaz de imaginá-la conversando com Matt. Vejo-a sentada em uma cadeira de espaldar alto, com Matt sentado a sua frente. Ele ouve com atenção o que ela diz, movendo a cabeça afirmativamente quando concorda, esperando de modo educado para expor sua opinião quando não concorda. É respeitoso, mas não se deixa intimidar, a bisavó sabe disso e fica satisfeita. Posso ver a satisfação nos olhos dela.

Estranho, não é? É óbvio que eles nunca se encontraram. Nossa bisavó Morrison viveu até uma idade muito avançada, mas, mesmo assim, quando Matt entrou em cena ela já se fora havia muito tempo. Nunca visitou os descendentes, nunca se afastou das praias de Gaspé, mas quando criança eu tinha a impressão de que ela estava conosco, de alguma maneira misteriosa. Deus sabe que ela teve uma influência poderosa sobre nós, a mesma que teria se vivesse em nossa casa. No que diz respeito a ela e Matt, acho que pressenti desde muito cedo que havia um vínculo entre eles, embora não soubesse dizer de que tipo.

Meu pai contava mais histórias sobre ela do que sobre a própria mãe, e a maioria ilustrava algum alto princípio de moral. No entanto, infelizmente, ele não era um grande contador de histórias, e suas narrativas eram mais cheias de ensinamentos do que de suspense. Havia uma história, por exemplo, sobre o atrito existente entre protestantes e católicos da comunidade, que causava batalhas entre turmas de garotos rivais. Mas não havia igualdade, o número de meninos protestantes era maior do que o de católicos, de modo que minha bisavó decretou que seus filhos lutassem pelo lado mais fraco para equilibrar a situação. Eqüidade era o que devíamos aprender com essa história. Meu pai não descrevia cenas de batalha, não falava de sangue nem de glória, apenas passava a lição: era necessário agir com eqüidade.

Muito comentada também era a famosa devoção de minha bisavó à educação, um assunto que fazia os olhos de Matt brilhar. Todos os catorze filhos dela terminaram o curso primário, algo de que quase não se ouvia falar naquele tempo. A lição de casa era feita antes do trabalho na fazenda, não importando o fato de que cada bocado de comida tinha de ser tirado da terra. A educação era o maior sonho dela, uma paixão tão forte que era quase uma doença, e ela contaminou não apenas os filhos como também os pequenos Morrison ainda não nascidos.

Nosso pai descrevia-a como um modelo de perfeição, uma mulher justa, bondosa e sábia como Salomão, e eu tinha uma certa dificuldade em ligar essa imagem à fotografia dela. No retrato, ela parece uma mulher ranzinza e dominadora, pura e simplesmente. É fácil compreender por que não existe nenhuma história que diga que pelo menos um de seus filhos teve mau comportamento.

E onde estava o marido dela, nosso bisavô, nisso tudo? Trabalhando no campo, eu supunha. Alguém tinha de fazer isso.

Mas todos nós sabíamos que ela fora uma mulher notável. Nem mesmo a falta de talento de meu pai para contar histórias conseguia nos fazer pensar de outra forma. Eu me lembro de uma vez em que Matt perguntou que livros ela punha em seu suporte para ler enquanto fiava, além da Bíblia, naturalmente. Ele queria saber se ela lia romances, talvez de Charles Dickens ou Jane Austen. Nosso pai disse que não, que ela não se interessava por obras de ficção, nem mesmo pelas melhores. Sua intenção não era fugir do mundo real, mas saber mais a respeito dele. Lia livros sobre geologia, vida vegetal e o sistema solar. Um deles, intitulado *Os Vestígios da Criação*, falava sobre a formação geológica do mundo, e nosso pai lembrava-se de vê-la murmurando e abanando a cabeça enquanto o lia. O livro aparecera antes do de Darwin, mas também questionava os ensinamentos da Bíblia. Esse era um sinal de quanto ela prezava o conhecimento, nosso pai comentou, porque, embora o livro a perturbasse, ela não proibiu os filhos e netos de lê-lo.

Grande parte do conteúdo daqueles livros devia estar além da compreensão de nossa bisavó, que nunca fora à escola, mas ela os lia e esforçava-se para entendê-los. Isso me impressionava, mesmo eu sendo criança. Agora, além de impressionada, sinto-me comovida. Aquela sede de conhecimento, a determinação estampada no rosto marcado pelo excesso de trabalho, causam-me admiração e tristeza. A bisavó Morrison nascera erudita, num tempo e num lugar onde esse termo era desconhecido. Ela teve seus sucessos, porém. Não tenho a menor dúvida de que a menina de seus olhos era nosso pai, porque foi através dele que ela finalmente viu começar realizar-se seu sonho de ter uma família educada e longe do trabalho na lavoura. Ele era o filho mais novo do filho mais novo dela. Os irmãos tomavam para si a parte de trabalho que lhe cabia para que ele pudesse estudar e completar o curso de ensino médio, o primeiro da família a fazer isso. Ele se formou em primeiro lugar em todas as matérias, e posso imaginar nossa bisavó presidindo o banquete de comemoração, o rosto severo ocultando o orgulho. Assim que a festa acabou, arrumaram uma mochila para ele, com meias limpas, um lenço, uma barra de sabão e o certificado do curso, e mandaram-no para o mundo em busca de uma vida melhor.

Ele viajou para o oeste e depois para o sul, indo de vila em vila, trabalhando onde conseguia emprego, sempre seguindo o largo caminho azul do rio São Lourenço. Quando chegou a Toronto, ficou ali por algum tempo, mas depois continuou sua busca. É possível que a cidade o tenha assustado, com toda aquela gente, todo aquele barulho, embora eu não me lembre dele como de uma pessoa que se assustasse facilmente. É mais provável que tenha achado a vida na cidade frívola e carente de propósito. Essa suposição está mais de acordo com o que sei dele.

Quando se pôs a caminho novamente, meu pai foi para o norte e um pouco para oeste, afastando-se da assim chamada civilização, e, quando estava com vinte e três anos, fixou-se em Crow Lake, uma comunidade muito parecida com aquela que ele deixara, a 1500 quilômetros de distância.

Quando eu tive idade suficiente para pensar nessas coisas, imaginei que a família de meu pai ficara desapontada por ele ter escolhido tal lugar, quando todos haviam se sacrificado tanto para lançá-lo no mundo. Isso foi um pouco antes de eu perceber que eles deviam ter aprovado sua escolha, pois sabiam que, a despeito do lugar, sua vida tornara-se imensamente diferente. Ele trabalhava em um banco em Struan, usava ternos, tinha um carro e construíra uma casa ampla e ventilada entre árvores e à beira do lago, longe da poeira e das moscas das fazendas. Na sala de estar de sua casa havia uma estante cheia de livros e, algo mais raro ainda, ele tinha tempo para lê-los. Se optara por estabelecer-se em uma comunidade rural, era porque sentia-se à vontade com os valores que encontrara lá. O importante era que ele tivera escolha. Fora esse o presente que seus familiares haviam lhe dado.

O banco concedia a meu pai duas semanas de férias por ano, e essa também era a primeira vez que alguém da família tinha direito a esse período de descanso. Um ano depois de estabelecer-se em Crow Lake, ele aproveitou os dias de férias para ir a Gaspé e pedir sua primeira e única namorada em casamento. Ela vivia em uma fazenda vizinha e era uma legítima descendente de escoceses, como ele. Devia ter também espírito de aventura, pois aceitou o pedido e foi com ele para Crow Lake como sua esposa. Há uma fotografia deles, tirada no dia do casamento, na porta de uma igrejinha à beira da baía de Gaspé. Os dois eram altos, fortes, loiros, davam a impressão de ser pessoas sérias, e passariam facilmente por irmãos. Era o sorriso deles que transmitia essa impressão de seriedade: honesto, direto, mas essencialmente sério. Não achavam que sua vida seria fácil, não haviam sido criados de modo a pensar assim, mas julgavam-se capazes de enfrentar as dificuldades. Fariam o melhor que podiam.

Em Crow Lake, fundaram seu lar e tiveram quatro filhos: dois meninos, Luke e Matt, e então, após um intervalo de dez anos, e provavelmente de muita deliberação, duas meninas, eu, Katherine, conhecida como Kate ou Katie, e Elizabeth, apelidada de Bo.

Nossos pais nos amavam? Claro que sim. Diziam isso? Claro que não. Bem, isso não é inteiramente verdadeiro. Minha mãe disse que me amava, uma vez. Eu fizera algo errado, o que não era novidade, pois estava sempre fazendo coisas erradas, mas aquele erro devia ter sido muito grave, porque minha mãe ficou sem falar comigo durante dias, ou pelo menos me pareceu assim, embora provavelmente a punição tivesse durado apenas algumas horas. Por fim, cheia de medo, perguntei-lhe se ela me amava. Ela me olhou com surpresa e respondeu: "Com loucura". Não entendi o que ela queria dizer com aquilo, mas em nível inconsciente devo ter entendido, porque me senti tranquila e segura. Ainda me sinto assim.

Em algum momento, talvez no início do casamento, meu pai pregou um prego em uma das paredes do quarto que compartilhava com minha mãe e ali pendurou a fotografia emoldurada da bisavó Morrison, e nós quatro crescemos ouvindo falar dos sonhos dela e conscientes de seu olhar severo. No que me diz respeito, aquela não foi uma experiência muito boa. Eu estava sempre convencida de que ela censurava todos nós, com apenas uma exceção. Via, por sua expressão, que ela considerava Luke preguiçoso, que me achava sonhadora demais e que sabia que Bo era tão voluntariosa que não causaria outra coisa a não ser problemas, durante toda sua vida. Parecia-me que aqueles velhos olhos ferozes suavizavam-se apenas quando Matt entrava no quarto. A expressão no rosto de nossa bisavó mudava, e era possível ver o que ela estava pensando: "É desse que eu gosto".

* * *

Não me lembro muito bem do que aconteceu nos dias seguintes ao do acidente. Quase todas as minhas lembranças parecem meras imagens, presas no tempo como se fossem fotografias. A sala de estar, por exemplo. Vejo-a em completa desordem. Todos nós dormimos lá, na primeira noite. Pode ser que Bo estivesse inquieta, ou que eu não conseguisse dormir, só sei que no fim Luke e Matt levaram todos os nossos colchões para a sala. Vejo uma imagem de mim mesma deitada, insone, olhando para a escuridão. Tentava dormir, mas o sono não vinha, e as horas não passavam. Eu sabia que Luke e Matt também estavam acordados, mas por algum motivo tinha medo de falar com eles, de maneira que a noite parecia não ter fim.
Acho que houve situações que aconteceram muitas vezes, mas não tenho certeza. Quem sabe é minha mente que fica repetindo as mesmas cenas. Vejo Luke de pé na porta da frente, segurando Bo em um dos braços e estendendo a mão livre para aceitar um prato coberto oferecido por alguém. Sei que aquilo aconteceu, mas, em minha lembrança, Luke passou todos os primeiros dias naquela pose. Todavia, pode ser que ele tenha passado a maior parte do tempo recebendo pessoas na porta, porque todas as esposas, mães e mulheres solteiras da comunidade com certeza começaram a preparar pratos para nós tão logo receberam a trágica notícia. Havia muita salada de batata. E muitos presuntos cozidos. Ensopados nutritivos, embora o tempo estivesse quente demais para isso. Toda vez que saíamos pela porta da frente, tropeçávamos em uma cesta de pêras ou uma vasilha contendo sopa de ruibarbo.
Luke segurando Bo no colo. Teria ele de fato carregado a menina o tempo todo em que ela esteve acordada, naqueles

primeiros dias. Porque é assim que me lembro deles. Suponho que Bo foi afetada pela atmosfera da casa, que sentia a falta de nossa mãe, e que por isso chorava toda vez que Luke a punha no chão.

Eu me agarrando a Matt, segurando sua mão, a manga da camisa ou o bolso do jeans, o que pudesse pegar. Estava com sete anos, não devia mais ter esse comportamento, mas não podia evitar. Lembro que ele soltava meus dedos gentilmente, quando precisava ir ao banheiro, dizendo: "Espere um pouco, Katie, só um minuto". Vejo-me parada diante da porta fechada do banheiro, perguntando com voz trêmula se ele já acabara.

Não consigo imaginar como foram aqueles primeiros dias para Luke e Matt, tendo eles de organizar os preparativos para o enterro, fazer e atender chamadas telefônicas, receber os vizinhos, agradecer-lhes pela ajuda, cuidar de Bo e de mim. A confusão e a ansiedade que sentiram, para não mencionar a dor. Claro que ninguém falou em dor. Afinal, éramos filhos legítimos de nossos pais.

Muitos telefonemas eram de Gaspé e de Labrador, de vários ramos da família. Os parentes que não tinham telefone iam à vila mais próxima e ligavam de telefones públicos, e podíamos ouvir as moedas caindo na caixa, depois a respiração pesada de pessoas que não tinham o costume de conversar por telefone, muito menos de fazer chamadas interurbanas, naqueles tempos de crise, e que demoravam a falar por não saber direito o que dizer.

— É o tio Jamie — uma dessas pessoas identificou-se, e ouvimos o som de uma rajada do vento que varria as terras desertas do Labrador.

— Oh, sim, tio Jamie — disse Luke.

— Estou ligando porque fiquei sabendo do que houve com seus pais.

Aquele tio tinha pulmões fortes, falava tão alto que Luke precisou afastar o fone do ouvido, e Matt e eu ouvimos tudo, no outro lado da sala.

— Obrigado.

Silêncio penoso, cortado pelo assobio do vento.

— É com Luke que estou falando? O mais velho?

— É. Sou o Luke.

Mais silêncio.

Luke volta a falar, parecendo mais cansado do que embaraçado:

— Foi muita bondade sua telefonar, tio Jamie.

— Ah... bem... foi uma coisa terrível. Terrível!

A principal mensagem que aqueles telefonemas passavam era a de que não precisávamos nos preocupar com o futuro. A família estava analisando a situação e cuidaria de tudo. Não era para ficarmos preocupados. Tia Annie, uma das irmãs de nosso pai, estava a caminho e chegaria o mais rápido que pudesse, mas era pouco provável que chegasse a tempo para comparecer ao enterro. Nós ficaríamos bem, sozinhos, por alguns dias?

Eu tinha a felicidade de ser jovem demais para compreender as implicações daqueles telefonemas. Tudo o que sabia era que eles deixavam Luke e Matt preocupados. Qualquer um dos dois que atendesse um parente ao telefone, ficava olhando para o aparelho com ar perdido, depois de desligar. Luke tinha o hábito de correr as mãos por entre os cabelos, quando ficava ansioso, e, nos dias e semanas após o acidente, sua cabeça parecia um campo arado.

Em um momento em que eu o estava observando procurar uma roupa limpa para Bo na cômoda do quarto que ela e eu compartilhávamos, de repente fui atingida pelo pensamento de que não mais o conhecia. Não era o mesmo Luke de alguns dias atrás, o rapaz um tanto desafiador, um tanto tímido, que conseguira uma vaga na faculdade de educação. E eu não tinha mais certeza de quem ele era. Não percebera que as pessoas podiam mudar. Assim como não percebera que elas podiam morrer. Pelo menos, não as pessoas a quem amávamos e de quem precisávamos. Eu conhecia a morte em teoria, na prática, não. Não sabia que aquilo podia acontecer.

O serviço fúnebre foi realizado no pátio da igreja. Levaram para fora as cadeiras da escola dominical e arrumaram-nas em fileiras ao lado das duas covas abertas. Nós, os quatro irmãos, sentamos na primeira fileira e ficamos tentando evitar que as cadeiras, com os pés mal apoiados no chão de terra batida, balançassem. Ou melhor, apenas três de nós nos sentamos em cadeiras. Bo acomodou-se no colo de Luke, chupando o dedo.

Eu me lembro de que me senti muito mal. Estava extremamente quente, mas Luke e Matt, consumidos pela necessidade de fazer tudo corretamente, haviam decidido que todos nós devíamos usar nossas roupas mais escuras, de modo que eu vestia uma saia e um suéter de inverno, e Bo um vestido de flanela curto e apertado demais, pois era do ano anterior. Luke e Matt usavam camisas e calças escuras. Muito antes de o serviço começar, nós quatro já estávamos brilhantes de suor.

Da cerimônia em si, só me lembro de que ouvi várias pessoas chorando, mas não podia olhar para trás para ver quem eram. Acredito que a incredulidade me protegia, evitando que eu percebesse a realidade do que estava acontecendo. Eu não conseguia acreditar que meu pai e minha mãe estavam naquelas caixas compridas junto das covas e menos ainda que, se eles estivessem mesmo lá, as pessoas teriam coragem de baixá-los para dentro do chão e jogar terra por cima para que nunca mais pudessem sair. Continuei sentada muito quieta entre Luke e Matt, e depois, quando eles se levantaram, também me levantei. Segurei a mão de Matt quando puseram os caixões nas covas. Ele apertou minha mão com força, disso eu me lembro bem.

Então, parecia que tudo estava terminado, mas não estava, porque todos os moradores da vila quiseram nos dar os pêsames. As pessoas, em sua maioria, não diziam nada, apenas passavam por nós, fazendo um gesto de cabeça. Algumas afagavam a cabeça de Bo. Mesmo assim, foi muito demorado. Por duas vezes, Matt olhou para mim e sorriu, embora seu sorriso fosse apenas uma estreita linha branca. Bo comportou-se bem, apesar de estar vermelha como uma beterraba por causa do calor. Luke segurava-a no colo, e ela, com a cabeça pousada em seu ombro, observava as pessoas, sempre com o polegar na boca.

Sally McLean foi a primeira a aparecer. Era uma das pessoas que eu ouvira chorar, pois seu rosto revelava isso. Não olhou para mim, nem para Matt, mas ergueu o rosto úmido de lágrimas para Luke.

— Lamento muito — disse num fio de voz.

— Obrigado — ele agradeceu.

A boca de Sally tremia, enquanto ela continuava olhando para Luke, mas seus pais aproximaram-se, e ela não disse mais nada. O sr. e a sra. McLean eram baixinhos, miúdos, tímidos e calados, totalmente diferentes da filha. O sr. McLean pigarreou, limpando a garganta, mas não disse uma palavra. A sra. McLean sorriu com tristeza para todos nós. Então, o sr. McLean pigarreou de novo e disse a Sally:

— Acho que devemos ir agora, Sal.

Ela, porém, apenas lançou-lhe um olhar de reprovação e continuou onde estava.

Calvin Pye apareceu em seguida, tangendo a mulher e os filhos a sua frente. Ele era o fazendeiro para quem Luke e Matt trabalhavam nas férias e tinha uma aparência de pessoa amarga. A esposa, eternamente com ar assustado, chamava-se Alice, e minha mãe sempre tivera pena dela. Eu não sabia por quê. Mas minha mãe dizia, de tempos em tempos: "Aquela é uma coitada". Sentia pena das crianças também. A mais velha, Marie, estivera na classe de Matt até o ano anterior, quando tivera de sair da escola para ajudar em casa, e a mais nova, Rosie, tinha sete anos e estava na minha classe. O menino, Laurie, de catorze anos, já deveria ter terminando o curso elementar, mas faltava muito às aulas, porque precisava trabalhar na fazenda, e nunca sairia da oitava série. As meninas eram pálidas e nervosas, como a mãe, mas Laurie era a imagem cuspida do pai, com aquele rosto magro e ossudo e os mesmos olhos escuros e furiosos.

— Lamentamos sua perda — disse o sr. Pye.

— Lamentamos — ecoou a sra. Pye.

Rosie e eu nos entreolhamos. Ela estava com jeito de quem chorara, mas aquela era sua aparência de sempre. Laurie olhava para o chão. Acho que Marie queria dizer alguma coisa a Matt, mas o pai já estava levando a família embora.

A srta. Carrington aproximou-se. Era minha professora, e Luke e Matt também haviam sido seus alunos. A escola pública tinha apenas uma sala de aula, de maneira que ela ensinava todo mundo, até que os estudantes fossem fazer o curso médio na cidade ou saíssem da escola para trabalhar com os pais em suas fazendas.

A professora era jovem e bonita, mas muito severa, e eu tinha um pouco de medo dela.

— Bem, Luke, Matt, Kate... — ela começou com voz insegura, mas não disse mais nada.

Sorriu de um jeito trêmulo e afagou um dos pés de Bo. Então, vieram o dr. Christopherson e sua esposa, depois quatro homens que eu não conhecia, mas que mais tarde soube serem do banco onde nosso pai trabalhara, e em seguida, aos pares ou em grupos, desfilaram diante de nós todas as pessoas que eu conhecia desde que nascera, parecendo muito tristes e dizendo a Luke e Matt que nós podíamos contar com elas.

Sally McLean continuava perto de Luke. Fitava o chão, enquanto as pessoas falavam conosco, e de vez em quando aproximava-se mais de Luke e murmurava alguma coisa. Houve um momento em que ela perguntou:

— Quer que eu segure sua irmãzinha?

Luke respondeu que não e apertou Bo contra o peito. Depois de um longo instante, completou:

— Obrigado, mas ela está bem.

A sra. Stanovich foi a última a chegar até nós, e me lembro claramente do que ela disse. Estava chorando. Era uma senhora grande e fofa, que parecia não ter nenhum osso no corpo e que conversava com Deus o dia todo, não apenas antes das refeições ou na hora da oração, como o faziam as outras pessoas. Uma vez Matt dissera que ela era louca varrida, como todos daquela igreja evangélica que ela freqüentava, e meus pais puniram-no, proibindo-o de fazer as refeições com o resto da família durante um mês. Se ele apenas dissesse que ela era louca varrida, nada aconteceria. Foi o fato de ter depreciado a religião dela que o encrencou. Tolerância religiosa era uma norma familiar, e desobedecê-la era perigoso.

Bem, ela se aproximou de nós, olhou-nos, um por um, com lágrimas rolando pelo rosto. Não sabíamos para onde olhar. O sr. Stanovich, que era chamado ironicamente de Tagarela, porque nunca dizia uma palavra, moveu a cabeça na direção de Luke e Matt e marchou depressa para sua caminhonete. Para meu pavor, a sra. Stanovich puxou-me e apertou-me contra o busto enorme.

— Katherine, meu bem, hoje haverá grande alegria no céu — disse. — Seus pais, que suas almas sejam abençoadas, foram ao encontro do Senhor, e as hostes celestiais os receberão com júbilo. É duro para nós, minha ovelhinha, mas pense em como nosso Senhor ficará feliz!

Sorriu para mim através das lágrimas e tornou a apertar-me nos braços. Ela cheirava a talco e suor. Nunca esquecerei aquele momento. Talco, suor e a idéia de que no céu os anjos estavam se rejubilando porque meus pais haviam morrido.

Pobre Lily Stanovich. Eu sei que ela realmente sofreu com a morte de nossos pais. Mas a lembrança daquele momento com ela é a mais clara que tenho do dia do enterro e, para ser sincera, ainda guardo ressentimento por isso, depois de todos esses anos. Eu gostaria que minha lembrança mais nítida fosse menos desagradável. Eu gostaria de ter guardado na memória uma imagem clara e forte de nós quatro de pé, muito próximos, amparando-nos mutuamente. Mas toda vez que consigo fixar essa imagem na mente, Lily Stanovich aparece rebolando, com aquele busto enorme, e apaga-a com suas lágrimas.

3

Levei muito tempo para contar a Daniel alguma coisa sobre minha família. Quando começamos a sair juntos, não trocamos muitas informações a respeito de nós mesmos, como todo mundo faz. Acho que contei a ele que perdera meus pais na infância, mas que tinha outros parentes no norte e que ia visitá-los de vez em quando. Não entrei em detalhes.

Eu sabia muita coisa sobre a vida de Daniel, porque grande parte dela transcorria em primeiro plano, digamos assim, ali mesmo na universidade. Daniel é o professor Crane, do Departamento de Zoologia. O pai dele é o professor Crane, do Departamento de História, e a mãe, a professora Crane, do Departamento de Belas-Artes. Uma pequena dinastia Crane. Ou, como fiquei sabendo mais tarde, um pequeno ramo de uma grande dinastia Crane. Os antepassados de Daniel haviam perambulado por todas as capitais culturais da Europa, antes de emigrarem para o Canadá. Eram médicos, astrônomos, historiadores e músicos, cada um deles indubitavelmente ilustre em seu campo. Diante de tudo isso, minha bisavó Morrison, com seu pequeno suporte de livros preso à roca, parecia um pouco patética, de modo que não contei sua história a Daniel.

Mas ele é uma pessoa curiosa. Compartilha com Matt esse tipo de curiosidade que se estende a quase tudo, e essa é a única característica que eles têm em comum, por isso ninguém deve pensar que vi em Daniel um substituto de meu irmão. Fazia apenas algumas semanas que estávamos namorando, quando ele me pediu que lhe contasse a história de minha vida. Como eu disse, isso foi no começo de nosso relacionamento. Na época, eu não sabia que aquele simples pedido geraria um problema entre nós, um problema que descrevo como a insistência de Daniel em querer saber mais sobre mim do que eu podia contar-lhe, e que ele descreve como minha insistência em mantê-lo excluído de minha vida.

Fui criada com pessoas que não discutem seus problemas de relacionamento. Se alguém diz ou faz algo que nos ofende ou magoa, não falamos sobre isso. Talvez essa seja outra regra presbiteriana. Se o Décimo Primeiro Mandamento é "Não te emocionarás", o Décimo Segundo é "Não admitirás que ficaste ofendido ou magoado". E quando torna-se evidente aos olhos do mundo todo que nos ofendemos ou ficamos magoados, seguimos outra regra: "Não darás explicações, em hipótese nenhuma". Engolimos os sentimentos e os guardamos no íntimo, onde eles se alimentam, crescem, incham e se expandem até que nos fazem explodir, de modo imperdoável e para total espanto de seja quem for que nos ofendeu ou magoou. Na família de Daniel há uma porção muitíssimo maior de gritos, acusações e batidas de porta, mas bem menos pessoas espantadas e confusas, porque todos explicam por que estão agindo daquela forma.

Assim, os meses foram passando, e eu não dizia a Daniel que às vezes ele me fazia pensar que gostaria de pôr minha vida e tudo o que ela continha em uma de suas lâminas e deixá-lo examiná-la sob o microscópio, como fazia com um infeliz micróbio, para analisar até minha alma. No entanto, ele me dizia com delicadeza, mas muito sério, que achava que eu não queria dar-lhe muito de mim mesma, que entre nós dois existia uma barreira que ele percebia mas não conseguia identificar, e que isso estava se tornando um verdadeiro problema.

Tudo isso, porém, ainda pertencia ao futuro, naquela noite, no início, quando nosso relacionamento ainda era novo e muito empolgante. Estávamos em uma lanchonete. Luz de néon, mesas amarelas de plástico, com finas pernas de metal, um estrépito constante vindo da cozinha. Sanduíches *reuben*, salada de repolho e um excelente café, então o pedido: "Conte-me a história de sua vida".

Naquele momento, não entendi por que essa idéia provocou tanta resistência em mim. Suponho que, em parte, isso aconteceu porque não sou uma pessoa dada a desnudamentos da alma. Por exemplo, nunca fui do tipo de adolescente que se senta na cama com uma amiga e troca segredos cochichados com ela, abafando risadinhas com as mãos em concha sobre a boca. E sempre achei um pouco de mau gosto expor a família diante de um quase estranho, sacrificando-a no altar desse ritual de troca de informações pessoais que acontece no namoro. Mas agora penso que a maior causa de minha relutância foi o fato de que a história de minha vida está toda enleada com a história da vida de Matt, e ninguém me faria falar sobre isso com outra pessoa, muito menos com alguém tão bem-sucedido quanto Daniel Crane.

— Acho que já lhe contei quase tudo — disse, evasiva.

— Não me contou quase nada. Sei como você se chama e que veio de algum lugar do norte, mais nada.

— O que mais deseja saber?

— Tudo — Daniel declarou. — Quero que me conte tudo.

— Tudo de uma vez?

— Comece do começo. Não. Comece antes do começo. Fale do lugar de onde veio.

— Crow Lake?

— Isso. Foi bom crescer em Crow Lake?

— Foi — respondi. — Foi muito bom.

Daniel ficou à espera. Depois de alguns instantes, ironizou:

— Você é realmente uma ótima contadora de histórias, Kate.

— Bem, não sei o que o interessaria!

— Tudo. Era um lugar pequeno ou grande? Quantos habitantes? Como era o centro da cidade? Havia uma biblioteca? Uma leiteria? Uma lavanderia automática?

— Não, não! Nada disso. A vila nem tinha um centro. Havia uma loja onde vendiam de tudo, uma igreja e uma escola. Em volta, só fazendas.

Daniel estava debruçado sobre a xícara de café, tentando visualizar o que eu descrevia. Ele é alto, magro e um pouco encurvado, depois de passar a vida inclinado sobre microscópios. Alguém poderia pensar que não é respeitado pelos alunos, mas aparentemente isso não acontece. Daniel tem fama de ser o melhor palestrante do departamento. Tenho pensado em ir assistir a uma de suas palestras para ver como ele se sai, mas ainda não encontrei coragem. No que diz respeito a palestras, consideram-me uma oradora um pouco seca e sem graça.

— Uma vila de antigamente — ele comentou.

— De antigamente, não — corrigi. — De agora. A vila ainda é mais ou menos do jeito como descrevi. Há muitos lugares assim. Não mais tão isolados, porque as estradas e os carros são melhores. Struan fica a apenas trinta quilômetros de Crow Lake. Nos velhos tempos, isso era uma grande distância. Agora não é nada. A não ser no inverno.

Ele movia a cabeça afirmativamente, ainda visualizando.

— Nunca foi ao norte? — perguntei.

— Estive em Barrie.

— Barrie! Pelo amor de Deus, Daniel! Barrie não fica no norte!

Eu estava assombrada, devo confessar. Ele é um homem tão inteligente, conhece tantos lugares. Passou a infância fazendo e desfazendo malas, porque o pai ou a mãe estavam sempre indo de um lugar para outro como professores visitantes de alguma universidade. Morou um ano em Boston, um ano em Roma, um ano em Londres, um ano em Washington e um ano em Edimburgo. Encontrar tamanha falha em seu conhecimento do próprio país era de estarrecer. Seria diferente, se ele fosse um egiptólogo que vivesse rastejando para dentro de tumbas, mas era microbiologista! Um cientista da vida! Um cientista da vida que não conhecia o próprio quintal.

Suponho que a surpresa me fez perder minha habitual reticência, porque comecei a falar de Crow Lake, contando que não havia nada lá, que o lugar era totalmente deserto quando as empresas madeireiras começaram a abrir caminho para o norte e finalmente construíram uma estrada que foi até pequeno retalho de água azul que chamaram de Crow Lake. Contei que, um dia, três jovens fizeram aquele caminho até o fim, três homens sem um centavo no bolso, fartos de trabalhar em fazendas de outras pessoas e que desejavam ter suas próprias terras. Juntando os bens dos três, eles tinham três cavalos, um boi, uma serra e uma coleção de outras ferramentas. Unindo forças, começaram a limpar seus territórios. Eram terras da Coroa, e eles haviam requisitado vinte hectares para cada um. Como o governo queria que aquele ermo fosse habitado, deu-lhes as terras, gratuitamente. Para começar, cada um deles desmatou meio hectare e construiu uma rústica cabana de toras. Depois, um de cada vez, os três voltaram a New Liskeard, casaram-se e levaram as esposas para as cabanas que haviam construído.

— Quatro paredes e um teto — eu disse a Daniel. — Chão de terra. Era preciso ir buscar água no rio Crow, aos baldes. Era realmente coisa de mundo antigo.
— Como eles conseguiam comida? Quero dizer, antes de cultivar alguma coisa?
— Iam buscar de carroção puxado a cavalos. Junto com os mantimentos vinham fogões, pias, camas e tudo o mais. Um pouco de cada vez. E continuaram limpando as terras, um pouco de cada vez. Esse trabalho levou anos. Gerações. E ainda continua.
— E eles conseguiram o que queriam? As fazendas progrediram?
— Oh, progrediram, sim. O solo não é tão ruim assim, lá em cima. Não é nenhuma maravilha, mas é bom o bastante. E a estação de cultivo é muito curta, naturalmente.
— Há quanto tempo atrás foi tudo isso? — Daniel perguntou.
Pensei um pouco.
— Três ou quatro gerações.
Nunca me ocorrera, antes, mas aqueles três pioneiros deviam ter sido contemporâneos de minha bisavó.
— As famílias daqueles três continuam vivendo lá?
— Em parte — respondi. — Frank Janie teve muitos filhos, que mais tarde dedicaram-se à criação de gado leiteiro. Ainda estão lá, firmes. Stanley Vernon perdeu as terras, mas uma de suas filhas ainda vive em Crow Lake. A velha srta. Vernon. Ela deve ter uns cem anos.
— Ainda moram em cabanas de toras?
Olhei para Daniel, para ver se estava brincando. Com ele, nunca se sabe, e fiquei na dúvida.
— Não, eles não moram em cabanas de toras. Moram em casas, como gente de verdade.
— Que pena. E o que aconteceu com as cabanas?

— Talvez tenham sido usadas como celeiros ou cocheiras, depois que as casas foram construídas. E é provável que tenham apodrecido e desabado. Isso acontece com madeira que não é tratada, como você deve saber, sendo biólogo. As toras das cabanas, com exceção da de Frank Janie, foram compradas e levadas embora em caminhões para fazer parte de um local histórico para turistas em New Liskeard.

— Um local histórico... — Daniel repetiu. — Refletiu durante alguns segundos, então abanou a cabeça. — Como é que você sabe isso tudo? É incrível! Sabe a história de toda sua comunidade!

— Não havia muito o que aprender. Acho que simplesmente fui absorvendo a história. Osmose.

— E o terceiro homem? A família dele continua lá?

— Jackson Pye.

Vi a fazenda dele, quando pronunciei seu nome. Vi a grande casa cinzenta, o celeiro que não parecia muito firme, peças de máquinas agrícolas espalhadas por toda parte, os campos extensos e dourados sob o sol. Os tanques, parados e silenciosos, refletindo o compacto céu azul.

Daniel esperava, ansioso, que eu continuasse.

— O terceiro homem era Jackson Pye — eu disse. — Os Pye eram nossos vizinhos mais próximos. As coisas não acabaram muito bem para eles.

Mais tarde, peguei-me pensando na velha srta. Vernon. Lembrei-me de algo que ela me dissera um dia, e teria sido muito melhor se não houvesse lembrado. A srta. Vernon, dos dentes e do longo queixo barbado, cujo pai fora um dos três primeiros homens a chegar a Crow Lake. O fato que recordei aconteceu quando eu era adolescente e ia ajudar a srta. Vernon a cuidar de sua horta, no verão. Mesmo naquela época, ela já parecia ter cem anos. Sofria de artrite e não conseguia fazer muita coisa, além de ficar sentada numa cadeira da cozinha, que levava para fora, de maneira a poder me vigiar. Isso era o que ela dizia, mas na verdade o que queria era um pouco de companhia. Conversava, enquanto eu arrancava as ervas daninhas. Apesar do que eu dissera a Daniel, há um limite para o que podemos aprender por osmose, e a srta. Vernon foi a fonte da maior parte de meu conhecimento sobre Crow Lake.

Naquele dia, ela estava me falando de sua infância, das brincadeiras, travessuras e das encrencas em que as crianças se metiam. Falou-me de um dia, no início do inverno, em que ela, o irmão e dois dos meninos de Jackson Pye foram brincar na margem do lago. Fazia pouco tempo que o lago congelara, e eles estavam expressamente proibidos de ir além da margem, mas Norman Pye, que era mais velho do que os outros, disse que não haveria perigo, se deslizassem de barriga sobre a superfície. E foi o que fizeram.

— Achamos a brincadeira ótima — a srta. Vernon contou. — Ouvíamos o gelo rachar, mas, como não cedia, continuamos a deslizar como focas. Ah, foi muito divertido! O gelo estava transparente como vidro, e podíamos ver o fundo do lago. Todas aquelas pedras lá embaixo, muito mais brilhantes e coloridas do que quando eram vistas através da água. Podíamos ver até os peixes nadando de um lado para outro. Então, de repente ouvimos um estalo mais forte, o lençol de gelo cedeu e mergulhamos na água horrivelmente gelada. Mas estávamos perto da margem, de modo que saímos sem dificuldade. Norman, no entanto, não voltou para casa com o resto de nós. Disse que para ele era melhor não voltar.

Parou de falar, como se aquele fosse o fim da história, e começou a rilhar os dentes, como é seu costume.

— Ele não queria ir para casa enquanto suas roupas não secassem? — perguntei depois de alguns instantes.

Imaginei-o azul de frio, os dentes batendo, pensando no que fazer para não congelar enquanto esperava que as roupas secassem, com medo da surra que tomaria, se o pai descobrisse o que ele fizera. Sendo o mais velho, seria o mais castigado.

— Não, não — a srta. Vernon negou. — Ele não voltou para casa.

— Nunca mais?

— Ele deve ter raciocinado que, se fosse andando pela estrada, talvez um caminhão transportador de toras lhe desse uma carona. Nunca mais o vimos.

Fiquei impressionada com a história, que me perseguiu durante toda minha adolescência. A imagem daquele menino andando pela estrada, batendo em si mesmo para aquecer-se, os pés entorpecidos, tropeçando no chão congelado. A noite chegando, a neve caindo.

Mas o que mais me perseguia era o pensamento de que, três gerações atrás, houvera um menino Pye que achara melhor arriscar-se a morrer congelado do que enfrentar o pai.

4

Tia Annie chegou dois dias depois do enterro. É preciso que eu fale sobre ela, pois tia Annie teve seu papel no que aconteceu. Era a irmã mais velha de meu pai, uma abastada descendente da bisavó Morrison e igual a ela em muitos aspectos. Nunca saíra de Gaspé antes e, embora Luke e Matt a conhecessem, porque uma vez nossos pais os haviam levado para uma visita a "sua" casa, Bo e eu nunca a tínhamos visto. Era muitos anos mais velha do que meu pai, baixinha, enquanto ele fora alto, gorda, enquanto ele fora magro, e tinha um traseiro que felizmente não herdei, mas nela havia alguma coisa dele, de modo que imediatamente me pareceu familiar. Era solteira. A mãe de meu pai morrera alguns anos antes, não muito tempo depois da bisavó Morrison, na verdade, e desde então tia Annie cuidara da casa, do pai e dos irmãos. Suponho que a família optou por mandá-la para junto de nós simplesmente porque isso era visto como trabalho de mulher e porque, não tendo filhos, sua presença em Gaspé era dispensável. Mas suspeito que houve uma razão melhor para isso. A mensagem que ela precisava nos passar, sobre as decisões tomadas pela família a nosso respeito, era dolorosa, e acredito que não houve outros voluntários para a missão.

— Lamento ter demorado tanto para vir — ela disse, quando o reverendo Mitchell apresentou-a a nós. Estávamos sem carro desde o acidente, e ele fora buscá-la no cruzamento da ferrovia, onde o trem parava. — Mas este país é grande demais. Vocês têm um lavatório? Presumo que sim. Kate, você é parecida com sua mãe, que sorte a sua. E essa é Bo. Olá, Bo.

Nos braços de Luke, Bo lançou-lhe um olhar duro como pedra. Tia Annie não pareceu perturbar-se. Tirou o chapéu marrom, pequeno e redondo, que não a favorecia, e olhou em volta, procurando um lugar para colocá-lo. Estava tudo na maior desordem, mas ela aparentemente não notou. Pôs o chapéu em cima do aparador, ao lado de uma travessa onde havia uma borda de gordura de presunto coagulada. Então, ergueu as mãos e ajeitou os cabelos.

— Pareço um espantalho? Estou me sentindo um. Mas não importa. Mostrem-me onde fica o lavatório, depois já posso começar. Acho que há muito por fazer.

Seu tom de voz era animado e descontraído, como se ela fosse nos visitar regularmente, e nossos pais apenas não se encontrassem ali no momento. Mas parecia normal que ela se comportasse assim. Era como eles teriam se comportado. Decidi que gostava dela. Não entendia por que Luke e Matt pareciam tão nervosos.

— Pronto — ela disse alguns minutos depois, saindo do banheiro. — Que horas são? Quatro horas. Ótimo. Todos nós precisamos nos conhecer, mas acho que isso acontecerá naturalmente. Por agora, vamos ver o que é preciso fazer com mais urgência: cozinhar, limpar a casa, lavar roupas, essas coisas. O reverendo Mitchell disse que vocês têm se saído muito bem, mas, mesmo assim, acredito que...

Fez uma pausa. Algo na expressão de Luke e Matt devia tê-la distraído, porque ela não terminou a frase. Então, disse em tom menos decidido e mais brando:

— Sei que temos assuntos a discutir, mas penso que podemos deixá-los de lado por um dia ou dois, não é? Precisamos examinar os documentos de seu pai e conversar com o advogado dele e com o pessoal do banco. Aí, saberemos em que pé estamos. Antes disso, não adiantará muito discutirmos certas coisas. Vocês concordam?

Luke e Matt balançaram a cabeça num gesto afirmativo, e de repente pareceram menos tensos, como se houvessem prendido a respiração e por fim a soltassem.

Tivemos alguns dias do que se poderia chamar de lua-de-mel, durante os quais tia Annie pôs ordem na casa e deu a Luke e Matt uma chance de recuperar o fôlego. A lavagem de roupas fora o maior problema, e ela começou por aí. Depois, limpou a casa e discretamente retirou as roupas de nossos pais do armário e das gavetas, pôs em dia a correspondência e as contas que não haviam sido pagas. Era eficiente e tinha tato, não fazia perguntas sobre nossos sentimentos. Acredito que, se as circunstâncias fossem diferentes, teríamos chegado a amar tia Annie.

Numa quinta-feira, quase duas semanas após o acidente, ela e Luke foram à cidade conversar com o advogado de meu pai e o gerente do banco. O reverendo Mitchell levou-os de carro, e Matt ficou em casa, tomando conta de mim e de Bo.

Assim que eles partiram, descemos para o lago. Pensei que Matt fosse sugerir que nadássemos, mas, depois de observar Bo patinhar na água rasa da margem por alguns instantes, ele disse:

— Por que não vamos até os tanques?
— E Bo? — perguntei.
— Vamos levá-la. Está na hora de começar a educá-la.
— Ela vai cair na água — comentei, nervosa.

Os tanques não eram como o lago, tinham margens íngremes, sem partes rasas. Agora, eu sentia a tragédia sempre nos rondando. Tinha medo o tempo todo. Ia para a cama com medo, à noite, e pela manhã me levantava com medo.

— É claro que vai cair na água, não é, Bo? — Matt disse.

— É para isso que servem os tanques.

Carregou-a nos ombros através do bosque, como costumava fazer comigo, anos atrás. Não conversamos. Quase não falávamos, em nossas excursões aos tanques, mas daquela vez o silêncio era diferente. Em outros tempos, não falávamos porque não havia necessidade, mas agora era porque estávamos com a mente cheia de coisas que não podíamos dizer.

Era a primeira vez que íamos lá, depois que nossos pais haviam morrido. Quando tornei a ver os tanques, quando escorregamos pela encosta na direção do primeiro, senti meu ânimo elevar-se, apesar de tudo. O primeiro tanque era o "nosso", não apenas por ser o mais próximo, mas porque, em um dos lados, havia uma plataforma submersa de mais ou menos um metro e meio de largura, onde a água tinha apenas uns oitenta centímetros de profundidade e era transparente e morna, permitindo que víssemos o fundo, e era ali que os habitantes do tanque congregavam-se.

Bo, do poleiro dos ombros de Matt, olhou em volta.

— Água — ela disse, apontando para o tanque.

— Você precisa ver o que há nessa água, Bo — falei. — Nós lhe diremos o nome de todas as coisas.

Deitei-me de barriga, como sempre fazia, e espiei para dentro da água. Girinos, agarrados às laterais do tanque, nadaram para longe, quando minha sombra caiu sobre eles, mas aos poucos foram retornando. Estavam bem desenvolvidos, as pernas traseiras totalmente formadas, as caudas curtas e grossas. Nós os havíamos visto crescer, Matt e eu, como fazíamos todos os anos, observando-os desde que começaram a mover-se dentro dos minúsculos globos de seus ovos.

Os esgana-gatas nadavam preguiçosamente e a esmo. A estação de reprodução terminara, de modo que era difícil diferenciar os machos das fêmeas. Quando estavam procriando, os machos eram muito lindos, tinham barriga vermelha, escamas prateadas nas costas e brilhantes olhos azuis. Matt me explicara — na primavera, poucos meses antes, embora me parecesse que se passara uma vida inteira — que os machos faziam todo o trabalho. Construíam os ninhos e cortejavam as fêmeas; depois, abanavam os ninhos para manter o suprimento de oxigênio para os ovos. Uma vez chocados os ovos, eram os machos que cuidavam dos filhotes. Se um deles se afastava do grupo, o pai tomava-o na boca e depois o cuspia, fazendo-o juntar-se aos outros.

— O que as fêmeas fazem? — eu lhe perguntara.

— Oh, ficam vadiando por aí. Tomam chá com as amigas, falam mal da vida dos outros. Você sabe como são as mulheres.

— Não, Matt. O que elas fazem, *mesmo*?

— Não sei. Devem comer muito. Talvez precisem recuperar as forças, depois de produzir todos aqueles ovos.

Deitado a meu lado, o queixo apoiado nas costas das mãos, ele ficara olhando para a água, e em nossas mentes só havia aquele pequeno mundo tranqüilo diante de nós.

Voltando ao presente, olhei para ele, que, a alguns passos do tanque, fitava a água da maneira que olhamos para alguma coisa que não estamos realmente vendo. Bo inclinava-se para a frente nos ombros dele.

— Chão — ela pediu.

— Você não vem olhar? — perguntei.

— Vou, claro.

Pôs Bo no chão, e ela andou vacilante para a beira da água.

— Deite-se, Bo — Matt ordenou. — Faça como Kate e observe os peixes.

Ela olhou para mim e se esparramou a meu lado. Usava um vestido azul, e a fralda aparecia por baixo, dependurada, de modo que, quando se deitou, parecia que tinha um traseiro enorme.

— Luke não é muito bom para trocar fraldas — comentei.

Tia Annie oferecera-se para assumir a tarefa de trocar Bo, mas a menina não aceitara, de maneira que aquele era um serviço que Luke e Matt ainda dividiam.

— Fui eu que pus essa fralda, obrigado, e estou orgulhoso de meu trabalho — Matt disse.

Sorriu para mim, mas não vi riso em seus olhos. De repente, percebi que ele não tinha mais alegria. Não alegria *de verdade*. Apenas estava fingindo, pelo meu bem. Desviei rapidamente o olhar e fixei-o na água. O medo que havia em mim subiu como um rio em uma enchente. Continuei olhando para a água do tanque, reprimindo com força o que sentia.

Depois de alguns instantes, Matt deitou-se junto de Bo, de modo que ela ficou entre nós dois.

— Olhe os peixes, Bo. — Ele apontou para a água, e ela olhou para o dedo dele. — Não, não. Olhe para a água. Está vendo os peixes?

— Ahhhh! — ela exclamou.

Levantou-se do chão e começou a pular e gritar, cheia de excitação, e os peixes sumiram, como se nunca houvessem existido. Parando, Bo olhou para a água, depois para Matt, incrédula.

— Você os assustou, e eles foram embora — ele explicou.

— Embora — ela repetiu.

Estava confusa e abalada. Seu rostinho murchou, e as lágrimas começaram a rolar.

— Pare com isso, Bo! — disse Matt. — Fique quieta, e eles voltarão.

Ela o olhou, duvidosa, mas parou de chorar, pôs o polegar na boca e agachou-se. Matt continuou falando, pedindo-lhe que ficasse quieta, e depois de alguns instantes um pequeno esgana-gata apareceu, nadando em nossa direção.

— Lá vem um — Matt cochichou.

Bo ergueu-se, entusiasmada, pisou na ponta pendurada da fralda e caiu na água.

Na volta para casa, andando ao longo dos trilhos da ferrovia, encontramos Marie Pye, que carregava uma cesta cheia de compras em cada braço. Os Pye moravam além dos poços de pedregulhos, que na verdade estavam localizados em terras deles, e o caminho mais curto, dali até o armazém dos McLean, era o que corria junto à ferrovia. Matt começou a andar mais devagar, quando a viu vindo em nossa direção, e Marie fez o mesmo, até que parou e esperou que nos aproximássemos.

— Oi, Marie — Matt cumprimentou, ajeitando Bo em seus ombros.

— Oi — a moça respondeu nervosamente.

Olhou na direção da fazenda, como se esperasse ver o pai, enfurecido, aparecer no caminho que vinha dos poços, pronto para passar-lhe uma descompostura. Minha mãe uma vez dissera que Marie era a única pessoa normal daquela família infeliz, mas a mim ela parecia tão esquisita quanto todos os outros Pye. Ela tinha ossos graúdos, parecia forte, apesar de pálida, tinha cabelos finos e loiros, que rodeavam sua cabeça como um halo, e olhos grandes e ansiosos. Ela e Matt pareciam conhecer-se muito bem, ou pelo menos há muito tempo. Marie era um ano mais velha, mas ele estava adiantado na escola, de modo que os dois haviam sido colegas de classe. E costumavam se ver, nem que fosse à distância, quando Matt ia trabalhar na fazenda do pai dela.

Aquela, porém, era a primeira vez que se encontravam depois do enterro de meus pais, e parecia que nenhum dos dois sabia o que dizer. Eu não via nenhuma razão pela qual eles precisassem conversar. Estava cansada e queria ir para casa.

— Bo foi pescar — Matt disse por fim, empurrando a cabeça para trás, contra a barriga de Bo.

Marie olhou para nossa irmãzinha ensopada e coberta de ervas aquáticas, e sorriu, hesitante. Voltou a olhar para Matt, corou e murmurou:

— Eu... eu... lamento muito o que aconteceu com seus pais.

— Eu sei — Matt respondeu. — Obrigado.

— Você... já sabe o que vão fazer? Como vai ser, daqui para a frente?

— Ainda não sei. Precisamos...

Ele se interrompeu e, embora eu não o estivesse olhando, percebi que movia a cabeça em minha direção.

— Ah... — Marie disse. — Bem, eu sinto muito.

Ficamos parados, em silêncio, por alguns momentos, então Marie olhou para Bo e para mim e sorriu vagamente.

— Bem... até logo — despediu-se.

Continuamos a andar.

Como vai ser, daqui para a frente?, pensei. Vai acontecer mais alguma coisa? O que era que Matt ainda não sabia? O que vai acontecer? Algo muito ruim, para ele não querer falar a respeito na minha frente.

Chegamos à trilha que atravessava o bosque. Lá, protegidos pela escura privacidade oferecida pelas árvores, tentei perguntar a Matt. Abri a boca, mas a necessidade de não saber foi maior do que a de saber, e não consegui dizer nada. A paralisia de meu cérebro afetou meus pés, e parei de andar. Matt virou-se para me olhar.

— Entrou alguma coisa em seu sapato?
— Do que ela estava falando? — perguntei, ofegante.
— Quem?
— Marie. Do que ela estava falando, quando perguntou como vai ser daqui para a frente?
Por um longo instante, Matt não respondeu. Bo examinava-lhe os cabelos, erguendo longas mechas e balbuciando coisas. A camisa dele estava tão molhada e coberta de ervas aquáticas quanto ela.
— O que Marie... comecei.
Então, de repente, estava chorando, ereta e imóvel, com os braços pendentes ao longo do corpo.
Matt pôs Bo no chão, ajoelhou-se e me segurou pelos ombros.
— Katie! Katie, o que foi?
— Do que ela estava falando? O que vai acontecer?
— Vai dar tudo certo, Katie. Alguém tomará conta de nós. Tia Annie está cuidando disso.
— Do que Marie estava falando? Você disse que ainda não sabia. O que é que você não sabe?
Ele respirou fundo, então respondeu:
— O negócio é o seguinte, Katie: não poderemos continuar aqui. Teremos de ir embora, morar com nossa família.
— Tia Annie não vai morar com a gente?
— Não, ela não pode. Precisa cuidar dos pais, trabalhar na fazenda. É muito ocupada.
— Com quem vamos morar, então?
— Ainda não sei. É isso o que ainda não sei. Mas, seja com quem for, vai dar tudo certo. Nossos parentes serão bons para nós. A família toda é boa.
— Quero morar aqui. Não quero ir embora. Quero que você e Luke cuidem de nós.

— Não podemos.
— Por quê?
— Para fazer isso, precisaríamos ter dinheiro, Katie. Não temos, de modo que não poderíamos nos manter. Olhe, você não precisa se preocupar. Tudo vai acabar bem. Foi para isso que tia Annie veio, para acertar as coisas. Tudo acabará bem, você vai ver.

Luke e tia Annie voltaram da cidade um pouco depois das cinco. Ela nos pediu para ir à sala de estar. Fomos todos e nos sentamos, menos Luke, que ficou em pé, olhando pela janela, para o lago. Tia Annie, muito empertigada em sua poltrona, começou a falar.

Explicou que nosso pai deixara algum dinheiro, mas não muito.

Que, do escritório do advogado, telefonara para os outros membros da família e que ficara acertado que Luke iria para a faculdade de educação, conforme o planejado. Isso nos custaria a maior parte do dinheiro, mas todos achavam que nossos pais teriam desejado que fosse assim.

Que, quanto ao resto de nós... Nesse ponto, tia Annie, apesar de sua postura firme e ereta, demonstrou alguma dificuldade em continuar. Desviou o olhar por um instante, então passou-o por Matt, por mim, finalmente pousando-o em Bo... Quanto a nós, infelizmente, nenhum dos vários ramos da família tinha condições para ficar com os três. Na verdade, a situação financeira não lhes permitia ficar nem mesmo com dois. Assim, para que pelo menos Bo e eu pudéssemos ficar juntas, Matt aceitara voltar com ela para a fazenda, onde trabalharia e ganharia algum dinheiro, que usaria para ajudar a sustentar as irmãs. Esperava-se que Luke pudesse contribuir também, assim que se formasse e arrumasse um emprego. Enquanto isso, o dinheiro que Matt ganhasse, mais as contribuições dos outros membros da família, iriam para tia Emily e tio Ian, que moravam em Rivière-du-Loup e tinham quatro filhos, e com quem Bo e eu iríamos viver.

5

Hoje em dia, estamos sempre testemunhando o sofrimento de crianças. Imagens de guerras e de fome são expostas aos nossos olhos, em nossas salas, e constantemente vemos crianças que sofreram todo tipo de perda e conheceram todo tipo de horror. Quase sempre, elas parecem muito calmas. Nós as vemos olhando diretamente para as câmeras e, sabendo o que passaram, esperamos ver terror ou dor em seus olhos, mas na maioria das vezes não notamos neles nenhuma emoção. Parecem tão vazios que seria fácil imaginar que elas não estão sentindo nada.

Embora eu não pretenda, nem por um momento, igualar meu sofrimento ao dessas crianças, lembro-me de que me senti do mesmo modo como imagino que elas se sentem. Lembro que Matt falava comigo e que eu precisava fazer um tremendo esforço para compreender o que ele dizia. Estava tão imersa em emoções incontroláveis que não sentia nada. Era como estar no fundo do mar.

— Kate?

Eu estava olhando para os joelhos dele. Meus joelhos eram magros, escuros e salientes. Os de Matt, abaixo das pernas do short, eram pelo menos duas vezes maiores.

— Kate?

— O quê?

— Está me ouvindo?

— Estou.

— Olhe o mapa. Viu como não é longe? Eu poderei ir visitar vocês. Não, não é tão longe.
Havia menos pêlos nos joelhos dele do que nas coxas e pernas, e a pele era diferente. Enrugada, no lugar onde os joelhos dobravam-se. Eu não tinha pêlos nos joelhos, e as rugas eram menores.
— Olhe, Kate.
Passávamos muito tempo sentados no sofá. Ele e Luke estavam trabalhando para o sr. Pye novamente, mas à noitinha íamos aos tanques ou, se estivesse chovendo, ou fosse muito tarde para sair, ficávamos ali, sentados no sofá. Matt conversava comigo, dizendo como ia ser nossa vida e prometendo que sempre nos veríamos. Eu ouvia. Ou tentava ouvir. Mas era difícil, porque um furacão rugia dentro de mim.
— Há uma escala no mapa, está vendo? — ele insistiu. — Ela mostra quantos quilômetros cada centímetro representa.
Não era um mapa muito bom, e New Richmond, a cidade mais próxima da fazenda de tia Annie, não aparecia nele. Matt, porém, pediu a nossa tia que lhe mostrasse onde ficava e, embora houvéssemos aprendido que nunca devíamos escrever em livros, pegou uma caneta, marcou o lugar com um ponto e ao lado escreveu "New Richmond" com letras de forma, muito certinhas.
Ficara decidido que permaneceríamos em Crow Lake até que Luke fosse para a faculdade, e então nós quatro, tia Annie, Matt, Bo e eu, viajaríamos para o leste. Matt e tia Annie levariam Bo e eu para Rivière-du-Loup e ficariam lá durante três dias, enquanto nós duas nos acostumássemos com nossa nova casa. Depois, nos deixariam lá e seguiriam viagem para a fazenda.
Calvin Pye estava precisando desesperadamente de ajuda, e tia Annie dissera a Luke e Matt que não havia razão

para eles não trabalharem para ele e ganharem um pouco de dinheiro. Ela não pretendia que eu a ouvisse dizer a eles que isso também seria bom porque Bo e eu iríamos nos acostumando a não tê-los por perto. Mas ouvi.

— Ponha o dedo junto da escala, Kate. Isso mesmo. Agora olhe. Da junta até a ponta, são cerca de 150 quilômetros. Entendeu? Agora, coloque o dedo sobre o mapa. Olhe bem. Não são mais do que duzentos quilômetros de distância, no máximo. Será fácil para mim ir visitar vocês.

Ele falava, e o furacão rugia.

— Quem é? — tia Annie perguntou. — Kate, quem é que está vindo para cá?
— A srta. Carrington.
— E quem é a srta. Carrington?
— Minha professora.
— Ah! — tia Annie exclamou, mostrando-se interessada.
— Parece jovem demais para ser professora.

Estávamos sentadas na varanda, cortando as pontas das vagens e tirando os fios. Tia Annie era da escola que acreditava que o trabalho era um ótimo remédio para qualquer mal. Ela me fazia falar. Era melhor do que Matt para isso, porque era mais implacável.

— É boa professora? Você gosta dela?
— Gosto.

Silêncio total.

— Kate? Do que é que você mais gosta na srta. Carrington?
— Ela é boazinha.

Escapei de ter de responder a mais perguntas porque a srta. Carrington já estava perto demais.

— Olá — tia Annie saudou-a, pousando a cesta de vagens no chão e levantando-se para recebê-la. — É a professora de Kate, não é? Sou Annie Morrison.

Apertaram-se as mãos, muito formalmente.

— Gostaria de um refresco? — tia Annie ofereceu. — Ou chá? Veio a pé, da vila até aqui?

— Vim — a srta. Carrington respondeu. — Eu adoraria uma xícara de chá, obrigada. Olá, Kate. Vejo que está trabalhando bastante.

Sorriu de leve, e percebi seu nervosismo. Naqueles dias eu não notava grande coisa do que se passava a minha volta, mas notei que a professora estava nervosa porque isso não era comum.

— Kate, pode fazer um bule de chá para nós? — tia Annie pediu. — Seria bom usar a melhor porcelana, não acha? Afinal, estamos recebendo a srta. Carrington. — Sorriu para a professora e declarou: — Kate faz chá melhor do que qualquer outra pessoa que conheço.

Levantei-me, fui para a cozinha e pus água para ferver. A casa estava silenciosa. Bo fora levada para o quarto, porque tia Annie queria que ela dormisse um pouco. Gritara durante algum tempo, mas aparentemente acabara dormindo.

Enquanto esperava que a água fervesse, subi em uma cadeira e tirei da prateleira o melhor bule de chá de minha mãe. Era redondo, liso, bege, decorado com um ramo de macieira que mostrava várias folhas verde-escuras e duas maçãs muito vermelhas. As maçãs eram em alto-relevo, de modo que era possível sentir seu contorno redondo com os dedos. Faziam parte do jogo de chá, uma jarrinha para creme ou leite, um açucareiro, seis xícaras com seus pires e seis pratinhos de bolo. Todas as peças tinham as maçãs pintadas, e nenhuma estava sequer lascada. Tia Annie contara-nos que o aparelho de chá fora o presente de casamento que uma senhora de New Richmond dera a meus pais, e que seria meu quando eu fosse maior, mas que eu podia usá-lo agora, se quisesse, principalmente quando recebesse a visita de pessoas importantes. Eu sabia que ela esperava que eu ficasse contente.

Escaldei o bule e fiz o chá. Em nossa melhor bandeja, arrumei o bule, que cobri com um abafador, duas xícaras com pires, a leiteirinha e o açucareiro. Peguei-a cuidadosamente e caminhei em direção à varanda. Podia ver a srta. Carrington e minha tia através da porta de tela. A srta. Carrington estava dizendo:

— Espero que não se importe, srta. Morrison, que não me entenda mal.

Tia Annie me viu e levantou-se para abrir a porta para mim.

— Obrigada, Kate. Você arrumou tudo muito bem. Agora, a srta. Carrington e eu temos assuntos a discutir. Poderia levar as vagens para a cozinha e acabar de limpá-las? Ou vá fazer isso na praia. O que prefere?

— Na praia — respondi, mas para mim nenhuma diferença fazia.

Peguei a cesta de vagens e a faca, desci os degraus da varanda e fui andando até virar o canto da casa. Foi aí que derrubei a faca. Não podia ter caído longe, mas eu não conseguia vê-la, porque a grama estava alta. Passei os pés pela grama, segurando a cesta com um braço, e ouvi a srta. Carrington dizer:

— Sei que não tenho nada a ver com isso, mas senti que devia falar. Todos eles são inteligentes, sem dúvida, mas Matt é mais que isso. Ele tem amor pelo conhecimento... é um intelectual, srta. Morrison. Um intelectual nato. É o jovem mais inteligente que já tive como aluno. *Inteligentíssimo*. E só falta um ano para ele terminar o curso...

— Dois anos — Tia Annie corrigiu-a.

— Não. Apenas um. Ele pulou uma série. Então, embora seja dois anos mais novo do que Luke, está apenas um ano atrás. Fará os exames finais na próxima primavera e ganhará uma bolsa de estudos para a universidade. Disso não tenho a menor dúvida.

As duas ficaram em silêncio. Meu pé encontrou algo frio e duro. Curvei-me e apanhei a faca.

— A bolsa cobriria tudo, alimentação, moradia? — perguntou tia Annie.

— Bem, não, mas cobriria todas as mensalidades. E seria possível fazer alguma coisa no que diz respeito a moradia. Estou certa que sim. Peço desculpas por estar pressionando, srta. Morrison, mas deve compreender que seria uma tragédia se Matt não fosse para a universidade. Uma verdadeira tragédia.

Minha tia não disse nada por alguns segundos.

— Srta. Carrington, uma tragédia muito maior já aconteceu aqui — falou por fim.

— Eu sei! Por Deus, eu sei! E é por isso mesmo que parece tão injusto que Matt receba outro golpe!

Silêncio. Um suspiro de tia Annie.

— Creio que a senhorita não está compreendendo bem a situação — ela observou delicadamente. — Ajudaríamos Matt, se pudéssemos. Ajudaríamos todas as nossas crianças. Mas não há dinheiro. O caso é esse, embora possa não parecer. Os últimos cinco, seis anos, têm sido muito difíceis para as fazendas de Gaspé. Meus dois irmãos estão endividados. Meu pai está endividado. No fim da vida, está cheio de dívidas, ele, que nunca ficou devendo um centavo a ninguém.

— Mas esta casa....

— O dinheiro da venda da casa, juntamente com o que Robert deixou, manterá Luke na faculdade e permitirá que cada um dos outros receba uma pequena quantia, quando completar 21 anos. Uma quantia muito pequena. Não poderíamos, em sã consciência, privar as meninas desse dinheiro, para que Matt fosse para a universidade. De qualquer modo, não seria suficiente.

— Mas com certeza...

— Srta. Carrington, por favor, escute. Eu não deveria lhe dizer isso, é muito impróprio, mas quero que entenda. Aprecio sua preocupação com Matt e quero que compreenda como tudo isso é... doloroso para nós. O motivo de Robert ter deixado tão pouco é que ele ajudava o resto da família. Era generoso... e não podia saber que deixaria os filhos... Acreditava que continuaria a ter um bom salário por muitos anos ainda.

Silêncio. Cutuquei as vagens com a faca.

— Então, é uma tragédia — a srta. Carrington disse por fim, em tom de tristeza.

— Infelizmente.

— Vocês não poderiam... não poderiam deixá-lo terminar pelo menos o colegial? Srta. Morrison, ele *merece* terminar o colegial, *pelo menos*.

— Minha cara, uma de minhas irmãs, não aquela que vai ficar com Kate e Elizabeth, tem quatro rapazes, e todos eles mereciam terminar o colegial, todos eles mereciam ir para a universidade. São meninos inteligentes. Mas todos estão trabalhando em barcos de pesca, agora. Não há futuro para eles na fazenda. Pode chamar isso de tragédia, mas é uma situação com que a maior parte do mundo convive. Para ser honesta, acho muito mais trágico termos de separar essas quatro crianças, do que o fato de Matt não poder terminar o curso colegial. Ele já recebeu mais instrução do que a maioria dos jovens.

Mais silêncio. Imaginei a srta. Carrington com os lábios apertados numa linha fina, como acontecia quando ela se zangava com os alunos.

— Nós deveríamos contar todas as bênçãos que recebemos, sabe? As crianças poderiam estar naquele carro com os pais.

Desci para a praia. Quando terminei de limpar as vagens, fiquei sentada na areia por mais algum tempo, observando as ondas, ouvindo-as marulhar suavemente. Aquele som, em todas as suas variações, fora o fundo musical de minha vida. Acompanhara-me desde o dia de meu nascimento. Peguei a faca e apertei-a contra a ponta de um dedo. Furei a pele, e uma pequena gota de sangue escuro brotou. Não doeu quase nada.

6

Oh, as tramas do acaso, os pequenos incidentes frágeis que determinam o curso de nossas vidas! Se eu digo que minha vida tomou um certo rumo porque meus pais morreram, isso é compreensível, pois um acontecimento tão importante moldaria o futuro de qualquer pessoa. Mas se digo que minha vida tomou um certo rumo porque a srta. Carrington esteve em minha casa naquela tarde, porque derrubei uma faca, porque Matt, algumas horas depois, ainda tentava desesperadamente me ajudar, insistindo em me fazer perguntas, porque Luke encontrava-se lá naquele momento, tentando ler o jornal, porque Bo estava gritando...

— Você cortou o dedo — Matt observou.

Estávamos sentados no sofá. Acabáramos de jantar, e eu enxugara a louça para tia Annie, que levara Bo para a cama, persistindo severamente em sua decisão de nos acostumar a uma nova ordem. Ouvíamos os gritos furiosos de Bo através de duas portas fechadas.

— Não! — ela berrava. — Não! Não! Não!

Não era contra nossa tia que ela estava se rebelando. Nós sabíamos disso, tia Annie melhor do que todos.

Luke, deitado de bruços no chão, fingia ler o jornal. Suas mãos estavam cerradas com força, apoiando o queixo.

— Como foi que cortou o dedo? — Matt indagou.

— Com uma faca.

— E o que estava fazendo com uma faca?

— Limpando vagens.

— Devia tomar mais cuidado.
Matt inclinou-se para trás, movimentou os ombros e gemeu.
— Minhas costas estão me matando. É muito melhor limpar vagens do que fazer o que Luke e eu estamos fazendo, pode crer.
Ele queria que eu perguntasse o que eles estavam fazendo. Eu sabia disso, mas as palavras pareciam estar enterradas tão no fundo de mim que não pude arrancá-las.
Não perguntei, mas ele contou.
— Hoje, puxamos e amontoamos palha com forcados. E vou lhe dizer uma coisa, é um trabalho horroroso. O pó invade o nariz e a boca, a palha entra na camisa e na calça, o suor misturado com o pó forma uma espécie de cola entre os dedos dos pés, e o velho Pye fica lá, parado, apoiado em seu forcado, parecendo um duende, só esperando que alguém amoleça para ter a desculpa de comê-lo vivo.
Ele queria que eu risse, mas rir era mais do que eu podia suportar. No entanto, sorri. Ele sorriu de volta.
— Agora, me conte como foi seu dia — pediu. — O que aconteceu de interessante, fora o trabalho com as vagens?
Eu não consegui pensar em nada para contar. Pensar tornara-se tão difícil quanto falar. Parecia que minha mente desaparecera, como um barco engolido por um nevoeiro.
— Vamos, Katie, conte. O que você fez? Alguém veio visitá-la?
— A srta. Carrington.
— É? Que bom! O que ela disse?
Tateei no nevoeiro.
— Disse que você é inteligente.
Matt riu.
— Verdade?
Mas agora eu estava me lembrando. A srta. Carrington ficara nervosa, com medo de tia Annie, precisara obrigar-se a dizer o que queria, e isso deixara sua voz esquisita.

— Disse que você é o aluno mais inteligente que ela já teve, que seria uma... "tradégia".... *tragédia*, se não fosse para a universidade.
Houve um instante de silêncio.
— Srta. Carrington, tão boazinha! — Matt exclamou. — Sempre vale a pena bajular a professora, Kate. Aprenda comigo.
A voz dele soou estranha. Olhei-o, mas ele olhava para Luke, e seu rosto estava vermelho. Luke erguera os olhos do jornal, e os dois encaravam-se. Então, Luke, falando comigo, mas ainda olhando para Matt, perguntou:
— O que tia Annie disse?
Tentei lembrar.
— Que não tínhamos dinheiro para isso.
Ela dissera mais coisas, mas eu não lembrava o quê.
Luke moveu a cabeça afirmativamente, ainda olhando para Matt.
— Bem, ela tem razão — Matt concordou após um momento. — De qualquer modo, isso não importa.
Luke não disse nada.
De repente, Matt pareceu ficar zangado.
— Se quer passar o resto da vida sentindo-se culpado por ter nascido primeiro, o problema é seu, mas não venha se desforrar em mim — avisou.
Luke não respondeu. Virou a cabeça e continuou a ler. Matt inclinou-se e pegou uma parte do jornal. Olhou-a rapidamente e atirou-a no chão.
— Vamos até os tanques. Ainda estará claro por mais uma hora.
Mas nenhum de nós dois se moveu.
Bo continuava a gritar.
Num movimento abrupto, Luke levantou-se e saiu da sala. Ouvimos seus passos indo na direção do quarto que

eu dividia com Bo. Ouvimos sua voz, furiosa, a de tia Annie, muito firme, e a de Bo, lamentosa, entrecortada de soluços. Quase podíamos vê-la estendendo os braços para Luke. Então, ouvimos claramente tia Annie dizer em tom áspero:
— Não está ajudando a menina, Luke. Não, mesmo!
Em seguida, ouvimos os passos de Luke, fortes e irados, quando ele saiu de casa, batendo a porta com força.

Há algo que preciso falar a respeito de Luke. Até o dia em que nossos pais morreram, eu não me lembro de tê-lo visto pegar Bo no colo. Nem uma vez. Matt a pegava, mas Luke, não. Também não me lembro de ter tido uma conversa de verdade com ele. Conversei milhares de vezes com Matt, nenhuma com Luke. A não ser pelas ocasionais brigas ou provocações entre os dois, não me lembro de Luke ter demonstrado que se importava com o resto de nós, ou pelo menos que sabia que existíamos.

Pela manhã, não o vimos.
Mas ele dormira em casa, pois sua cama estava desfeita, e havia uma tigela suja no balcão da cozinha.
— Talvez ele já tenha ido para a fazenda — tia Annie opinou. — Deve ter decidido começar o trabalho mais cedo.
— De jeito nenhum — Matt discordou.
Estava muito bravo. Calçou as botas que deixara junto à porta, amarrando os cadarços com força exagerada e enfiando a barra das pernas da calça jeans para dentro dos canos, de modo a impedir que a palha entrasse.
— Aonde Luke foi? — perguntei.
— Não sei, Kate. Se ele houvesse deixado um bilhete, eu saberia, mas não deixou. Isso é típico dele. Será um dia de festa, quando Luke preocupar-se em dizer a alguém aonde vai ou o que pretende fazer.

Era verdade. Luke, o antigo Luke, o Luke de dois meses atrás, costumava enfurecer nossos pais por não mantê-los informados sobre suas idas e vindas. Naquele tempo, Matt não se importava muito, porque isso não o afetava.
Comecei a mordiscar o dedo, no lugar onde o cortara. Estava com medo de que Luke nos houvesse abandonado. Que houvesse fugido ou morrido.
— Mas aonde você acha que ele foi? — insisti.
— Kate, eu não sei. E isso não importa. O que importa é que, se ele não voltar dentro de dois minutos, chegaremos ao trabalho atrasados.
— Você terá de ir sem ele — tia Annie comentou. Estava fazendo sanduíches para o almoço deles, sanduíches de trabalhadores braçais, grandes pedaços de pão com fatias de presunto de um centímetro de espessura. — Ele terá de dar alguma desculpa. Será que foi à cidade, por algum motivo? De que modo iria até lá?
— Poderia ir de caminhão, com o leiteiro. O sr. Janie vai para a cidade por volta das quatro da manhã.
— Ele vai voltar?
Minha voz começara a tremer. Afinal, nossos pais haviam ido à cidade.
— É claro que sim. Só estou preocupado em saber o que vou dizer ao velho Pye. Ele vai explodir.
— Como você sabe que ele vai voltar?
— Kate, eu sei. Pare de morder o dedo. — Puxou minha mão, forçando-me a tirá-la da boca. — Eu sei, está bem? Eu sei.

Passei a manhã ajudando tia Annie nas tarefas caseiras e a maior parte da tarde na praia, com Bo. Ela declarara guerra a nossa tia. Suponho que, a seu modo de ver, tia Annie era a responsável por tudo o que estava acontecendo de errado em sua vida, e que a única solução seria combatê-la até a morte. Acho que ela venceria a batalha. E suspeito que tia Annie pensava o mesmo.

Assim, fomos exiladas de casa para dar a nossa tia a oportunidade de reforçar suas defesas. Posso visualizar nós duas descendo a trilha para a praia, de mãos dadas, eu me arrastando, Bo batendo os pés com tanta força que pequenas nuvens de poeira erguiam-se do chão a cada um de seus passos. Meus cabelos escorriam ombros abaixo, lisos e sem vida, e os dela, espetados, radiavam raiva como uma onda de calor. Um lindo par de irmãs.

Sentamos na areia quente e ficamos olhando o lago, que se estendia, totalmente calmo. Era possível vê-lo respirar, devagar e profundamente, sob a superfície plana, brilhante, prateada. A meu lado, Bo esfregava pedregulhos entre os dedos, suspirando de vez em quando, chupando o polegar.

Tentei acalmar o furacão dentro de mim, mas quando consegui, quando, por força de vontade, silenciei-o o bastante para que os pensamentos, um de cada vez, pudessem ser captados e analisados, foram os pensamentos que me dominaram. Íamos ficar sem Matt. Sem Luke. Íamos deixar nossa casa. Íamos morar com estranhos. Tia Annie me falara deles, contara que tinham quatro filhos, três meninos e uma menina, todos mais velhos do que eu e Bo, e dissera que eram crianças muito boas. Como sabia que eram boas? Só poderia saber se também fosse criança. Matt dissera que eu teria de tomar conta de Bo, mas devia saber que isso não seria possível. Eu estava amedrontada demais. Muito mais do que Bo.

Olhei fixamente para um pequeno barco à distância e obriguei-me a me concentrar nele. Eu sabia que aquele barco pertencia a Jim Sumack, um amigo de Luke que vivia na reserva indígena.

— Aquele lá é Grande Jim Sumack — eu disse a Bo. Queria conversar, afogar os pensamentos. Bo suspirou e chupou o dedo com mais força. Naquele período, o dedo dela estava sempre molhado, e começara a aparecer um grande calo branco na ponta.

— Ele vai pescar — continuei. — Quer pegar um peixe para o jantar. Chamam Jim Sumack de grande porque ele pesa mais de cem quilos. Não vai mais à escola, mas a irmã dele, Mary Sumack, está na terceira série. No inverno ela começou a faltar, e o pessoal da escola foi falar com a mãe dela. Mary não ia à escola porque não tinha sapatos. Os índios são muito pobres.

Minha mãe dissera que todos nós deveríamos nos envergonhar. Eu não entendera muito bem por quê, mas mesmo assim me sentira culpada. Pensei em minha mãe. Tentei me lembrar de seu rosto, mas não consegui ver uma imagem clara. Bo parara de perguntar por ela.

Uma ave mergulhadora apareceu do nada, a vinte metros da margem.

— Veja o pássaro, Bo.

Ela tornou a suspirar, e a ave desapareceu.

— "Uke"? — Bo perguntou de súbito, tirando o dedo da boca e olhando para mim.

— Luke não está aqui.

— "Att"?

— Matt também não está. Mas eles logo voltarão para casa.

Olhei em volta, procurando algo que pudesse distraí-la, antes que ela tivesse um ataque de raiva. Uma aranha andava em nossa direção, carregando uma mosca morta. Vinha de costas, segurando a mosca com a boca e as pernas dianteiras e usando o resto para movimentar-se. Uma vez, Matt e eu havíamos observado uma pequena aranha que tentava arrastar, para fora de um buraco na areia, uma efêmera três vezes maior do que ela. A areia estava seca, e toda vez que a aranha conseguia levar sua carga até a metade da subida, as laterais do buraco cediam, e ela escorregava para o fundo. A aranha tentou, tentou, nunca mudando de caminho, nunca andando mais devagar. Matt levantou uma questão, dizendo que, ou a aranha era muito determinada, ou tinha memória tão curta que se esquecia do que acontecera segundos antes e achava que estava fazendo aquilo pela primeira vez.

Observamos aquela luta por cerca de meia hora e no fim, para nossa alegria, a aranha saiu do buraco carregando seu fardo. Então, decidimos que ela não era apenas determinada, mas também muito inteligente.

— Está vendo a aranha, Bo? — perguntei. — Ela está arrastando uma mosca para sua casa. Quando chegar lá, tecerá um casulo em volta da mosca e mais tarde, quanto tiver fome, a comerá.

Eu não estava tentando compartilhar minha fascinação com Bo, como Matt fazia comigo. Meu objetivo era menos elevado. Eu simplesmente esperava que ela se interessasse pela aranha, em vez de ficar com raiva, porque não estava disposta a aturar um de seus ataques.

Mas não funcionou. Pensei que fosse dar certo, porque ela inclinou-se para a frente e observou a aranha atentamente por alguns segundos. Mas, então, tirando o dedo da boca, levantou-se, andou vacilante até a aranha e esmagou-a com o pé.

7

Matt chegou em casa um pouco antes das seis, e eu estava esperando por ele na escada da varanda. Perguntou se Luke já voltara e, quando respondi que não, não disse nada. Apenas afastou-se, indo para a praia. Tirou todas as roupas, menos a cueca, e mergulhou no lago, desaparecendo.

Eu o seguira e fiquei parada na margem, em silêncio, observando os círculos que se alargavam na superfície da água. Quando emergiu, Matt parecia uma foca molhada e lustrosa. Seu corpo estava dividido em retalhos claros e escuros: ombros, pescoço e rosto escuros, costas e peito mais claros, pernas brancas.

— Pode ir buscar um sabonete para mim, Kate? Esqueci de pegar.

Fiz o que ele pedira.

Ele se lavou furiosamente, esfregando bastante o corpo e os cabelos. Então, jogou o sabonete na margem e mergulhou de novo, formando uma nuvem de espuma branca como leite na água escura. Nadou para longe.

Não devíamos jogar um sabonete no chão, ali na praia, porque depois era quase impossível tirar a areia grudada nele. O certo era colocá-lo em cima de uma pedra. Peguei-o e comecei a lavá-lo, mas a areia apenas penetrava mais fundo.

Matt nadou de volta e saiu da água.

— Não se preocupe com isso, Kate — disse, tirando o sabonete de minhas mãos.

Deu-me um leve sorriso apertado, quando começamos a subir a trilha para casa, mas não era um sorriso de verdade, só um risco formado pela pele esticada.

Tia Annie adiou o momento de servir o jantar o mais que pôde, esperando que Luke aparecesse, mas no fim jantamos sem ele. Ela assara um pernil de porco e serviu-o com uma grande tigela de molho de maçã, coisas que eu adorava, mas não consegui comer. Sentia-me incapaz de engolir. A saliva juntava-se na boca, e eu tinha de forçá-la a descer pela garganta.

Bo parecia ter o mesmo problema. Jogou no chão o prato que tia Annie pôs a sua frente, depois ficou sentada diante de seu espaço vazio na mesa, sugando o dedo com um ar sombrio. Estava pálida e com olheiras.

Matt comia com movimentos firmes, metodicamente, como se estivesse alimentando uma fornalha. Vestira camisa e jeans limpos e penteara os cabelos molhados para trás. Os arranhões causados pela palha em seus braços e mãos eram pretos, antes de ele tomar banho, mas agora estavam vermelhos como fogo.

— Mais um pedaço de pernil? — tia Annie ofereceu, austeramente animada.

Mesmo que estivesse preocupada com Luke, não deixaria transparecer.

— Não, obrigado — Matt agradeceu.

— Batatas? Cenouras? Molho de maçã?

— Aceito, obrigado.

— Quem trouxe o molho de maçã foi a sra. Lily Stanovich. Ela veio aqui à tarde e perguntou de vocês todos. Uma alma chorosa. Bem, mas foi gentileza dela trazer o molho. Poupou-me trabalho. Eu disse que você estava na praia, Kate, e ela queria ir lá, conversar. Expliquei que você devia estar muito ocupada, cuidando de Bo, que era melhor deixar a conversa para uma outra vez. Alice Pye trouxe os legumes. Que mulher estranha! É a esposa de seu patrão, Matt.

Com uma pausa, tia Annie sugeriu que esperava que Matt dissesse alguma coisa, então ele balançou a cabeça num gesto afirmativo.

— Como ele é? — ela indagou.
— O sr. Pye?
— O sr. Pye, sim. Como ele é? Um bom patrão?

Matt continuou a mastigar.

— Ele paga direito — respondeu por fim.
— Essa não é uma descrição que se possa chamar de completa — tia Annie observou. — Fale mais.

Tivera cenas dramáticas suficientes para um dia, e íamos manter uma conversa própria de uma refeição em família, nem que isso a matasse.

— Quer que eu descreva o sr. Pye?
— Quero. Fale a respeito dele. Precisamos de um pouco de distração.

Matt cortou uma batata, espetou um pedaço com o garfo e levou-o à boca. Eu podia vê-lo escolhendo adjetivos e rejeitando-os.

— Acho que aquele homem é louco — ele disse após alguns instantes.
— Pelo amor de Deus, Matt! Faça uma descrição honesta.
— É uma descrição honesta. Acho que ele é louco. Essa é minha opinião.
— Louco em que sentido?
— Está sempre com raiva. Não. Está sempre furioso.
— Vocês tiveram alguma discussão com ele?
— Não, ele não se mete comigo ou com Luke. Sabe que simplesmente viraríamos as costas e iríamos embora. Ele solta a fúria em cima dos filhos, principalmente Laurie.

Vocês precisavam ouvir o que ele disse hoje, só porque Laurie deixou uma porteira aberta. Precisavam ouvir...
— Isso é muito sério — tia Annie comentou em tom desaprovador. Mas era óbvio que não estava se referindo à descrição que Matt fazia de seu patrão, porque acrescentou: — Vocês não devem saber, porque não foram criados em uma fazenda, mas os danos são graves, quando o gado invade um campo cultivado. Pode-se perder uma colheita inteira.
— Eu sei disso, tia Annie! Faz anos que trabalho naquela fazenda! Laurie também sabe! Não entrou gado em campo nenhum. Mas não estou falando só de hoje. O velho Pye persegue o garoto o dia inteiro, não lhe dá um minuto de sossego.

Matt estava tentando não ser grosseiro, mas eu percebia um tom cortante em sua voz. Estava tão furioso com Luke, que não sentia a mínima vontade de conversar, muito menos a respeito do sr. Pye.

Tia Annie suspirou.

— Bem, é uma pena, mas não há necessidade de você chamá-lo de louco. Quase todos os pais desentendem-se com os filhos, de vez em quando.

— Mas que desentendimento! — Matt exclamou. — Um desentendimento de catorze anos, que está ficando cada vez pior...

Interrompeu-se. Notara, ao mesmo tempo que eu, que Bo comportava-se de maneira estranha. Ela tirara o dedo da boca, erguera as mãos, e seus olhos estavam arregalados. Parecia a caricatura de alguém que prestava a atenção a algo que ouvira.

— Em nome do céu, o que ela está tramando agora? — perguntou tia Annie em tom irritado.

— "Uke" — disse Bo, virando-se na cadeira para olhar pela janela.

E, de fato, lá vinha ele, andando pela entrada de carros.
— Muito bem — Matt rosnou. Pousou a faca e o garfo, empurrou a cadeira para trás e levantou-se. — Agora vou matá-lo.
— Sente-se, Matt — tia Annie ordenou. — Não precisamos de mais confusão.
Ele nem pareceu ouvi-la. Marchou para a porta.
— Sente-se, Matthew James Morrison! Volte para sua cadeira e ouça o que ele tem a dizer.
— Não quero saber o que ele tem a dizer.
— Sente-se!
A voz de tia Annie era incerta, e, quando olhei para ela, vi que seu queixo tremia e que os olhos estavam tensos e vermelhos. Matt parou e olhou-a também. Corou.
— Desculpe — pediu, sentando-se novamente.
Luke entrou. Parou no vão da porta e olhou para nós.
— Oi — cumprimentou.
Bo deu um gritinho e estendeu os braços. Luke pegou-a. Ela enterrou o rosto em seu pescoço e beijou-o apaixonadamente.
— Estou muito atrasado para o jantar? — ele perguntou.
O queixo de tia Annie ainda tremia. Ela engoliu em seco.
— Sobrou alguma coisa — respondeu sem olhar para ele.
— Mas está tudo frio.
— Não faz mal. Não me importo de comer comida fria.
—Sentou-se com Bo no colo.
— Onde... você... esteve? — perguntou Matt, assim, destacadamente, em tom gelado.
— Na cidade — Luke respondeu. — Fui falar com o dr. Levinson, advogado de papai, para resolver algumas coisas. Coisas que eu precisava saber. Vou comer essas batatas todas, se ninguém quiser.
— Não podia ter nos dito que ia à cidade? — A voz de Matt era dura e afiada como uma faca de limpar peixe.

— Eu queria resolver tudo antes de dizer alguma coisa. Por quê? — Luke olhou em volta. — Aconteceu alguma coisa?

Matt deixou escapar um som gutural.

— Está tudo bem, Luke — tia Annie disse. — Mas agora conte o que foi fazer lá.

— Posso jantar, primeiro? Não comi nada, o dia todo.

— Não, não pode — Matt declarou.

— Afinal, o que deu em você? Está bem, está bem! Calma! Vou contar. Não é nada complicado. Em resumo, não vou para a faculdade de educação. Vou ficar aqui. Nós quatro vamos ficar. Tomarei conta de vocês. Não é nada ilegal, tenho idade suficiente para isso e tudo o mais. Teremos o dinheiro que eu usaria, se fosse para a faculdade, mas não o da venda da casa, é óbvio, porque não a venderemos. Precisaremos de mais, mas arrumarei um emprego. Trabalharei à noite, ficarei em casa durante o dia, com as meninas, e você ficará com elas, depois que voltar da escola, Matt. Como é provável que eu vá trabalhar na cidade, precisaremos de um carro, de modo que gastaremos uma parte do dinheiro para comprar um, e o dr. Levinson disse que tentará encontrar um de segunda mão. Eu disse a ele que você queria ir para a universidade, e ele prometeu falar com o gerente do banco de papai para ver se consegue um empréstimo. É claro que você terá de ganhar uma bolsa de estudos, mas como é um gênio, isso não será difícil, certo? De qualquer modo, ainda não precisamos nos preocupar com isso. O importante é que continuaremos aqui, todos nós. Então, obrigado por tudo e por ter feito planos, tia Annie, mas não precisaremos deles. Agradeça a toda a família pela preocupação.

Silêncio.

Bo apontou para a tigela de molho de maçã.

— Dá — pediu, estalando os lábios.

Ninguém prestou-lhe atenção.

— Você não vai para a faculdade — Matt disse por fim.

— Não.

— Vai ficar aqui. Está desistindo de ser professor.

— Eu não queria isso tanto assim. Eram papai e mamãe que queriam.

Luke levantou-se e pôs Bo na cadeira. Pegou um prato e começou a servir-se de pernil. Eu tinha uma sensação esquisita na cabeça, como se ela estivesse cheia de abelhas zumbindo. Tia Annie, imóvel, olhava para as mãos cruzadas no colo, e seus olhos ainda estavam vermelhos.

— Dá! — gritou Bo, pulando na cadeira de Luke, tentando olhar para dentro da tigela de molho de maçã. — Dá.

— Não, obrigado — disse Matt.

— O quê? — perguntou Luke, olhando para ele.

— Sei por que está fazendo isso, mas não quero, obrigado.

— Do que é que você está falando?

— Como você se sentiria? — Matt indagou, branco como um lençol. — Se eu desistisse de uma vaga certa na universidade, para que você tentasse conseguir um lugar, como se sentiria? Como se sentiria, pelo resto de sua vida?

— Não estou fazendo isso por você, mas por Kate e Bo — Luke informou. — E porque quero.

— Não acredito. Está fazendo isso por causa do que Kate disse ontem à noite.

— Estou pouco me importando se acredita ou não. Assim que você fizer dezoito anos e receber sua parte do dinheiro, pode ir até para Timbuctu que para mim não fará diferença nenhuma.

Acabando de fazer seu prato, Luke tirou Bo da cadeira e colocou-a no chão. Sentou-se e começou a comer.

— Dá! — Bo gritou. — Dá... pudim!

Luke tirou a tigela de molho de maçã da mesa e pousou-a no chão perto dela.

— Tia Annie, diga a ele que não pode fazer isso! — Matt pediu.

Olhei-o, incrédula. Luke oferecia-nos a salvação, e ele a estava rejeitando. Eu não conseguia acreditar. Não conseguia entender. Na verdade, passaram-se anos até que eu entendesse. Anos até que compreendesse que ele queria desesperadamente aceitar a oferta, por mim e Bo, por si mesmo, e como se sentia mal e furioso por saber que não devia.

— Tia Annie, diga a ele! — Matt tornou a pedir.

Ela estivera olhando fixamente para a travessa de fatias de pernil. Respirou fundo.

— Acho que Matt tem razão, Luke — disse. — É muito generosidade sua, muita generosidade, mas acho que não deve fazer isso.

Luke olhou-a rapidamente e continuou a comer. De sob a mesa veio o som de Bo estalando os lábios.

— Lamento que seus pais não possam vê-lo fazendo uma oferta tão generosa — tia Annie falou.

Sorriu para Luke. Mas seu rosto estava duro e branco como o de Matt. Outra coisa que não percebi durante anos foi como tudo aquilo devia ter sido duro para tia Annie. Ela queria fazer o que fosse melhor para nós, por amor ao irmão e porque, a despeito de tudo o que a havíamos feito passar, acho que ela começara a amar todos nós... e suas opções eram muito limitadas. Ela certamente compreendeu que o sacrifício de Luke resolveria perfeitamente os problemas de todos, assim como compreendeu a agonia de Matt. Acima de tudo, compreendeu que Luke não sabia realmente o que estava sugerindo.

— Não daria certo, Luke — ela continuou. — O fato de o dr. Levinson não ver isso me surpreende. Mas, claro, ele é homem.

Luke olhou-a, mastigando um pedaço de pernil.

— E daí?

— Ele não deve saber que tarefa difícil é cuidar de uma família. É um trabalho de tempo integral. Você não pode fazer isso e ao mesmo tempo trabalhar para ganhar o sustento de todos. E eu e os outros parentes não poderíamos mandar-lhes o bastante para que se sustentassem. Vocês não poderiam contar com uma certa quantia regularmente.

— Matt ajudará, trabalhando nas férias.

— Mesmo assim, seria impossível. Você não faz idéia do que é, Luke. Não faz. Não foi fácil para mim cuidar das meninas nessas últimas semanas, e olhe que dirijo uma casa há trinta anos.

— Certo, mas a senhora não está acostumada com crianças — Luke observou. — Eu estou.

— Não, não está. Viver com crianças na mesma casa é uma coisa, ser responsável por elas é outra, muito diferente. Cuidar delas. Suprir todas as suas necessidades, durante anos e anos. É um trabalho sem fim. Bo, sozinha, pode ocupar o tempo todo de uma pessoa.

— Mas acontece que ela gosta de mim — Luke replicou. Corou. — Eu não quis dizer que Bo não gosta da senhora, só que comigo ela é uma criança mais dócil. Vai dar tudo certo. Sei que não será fácil, mas os vizinhos ajudarão, e tudo o mais. Daremos um jeito. Eu sei que posso cuidar de minha família.

Tia Annie endireitou-se na cadeira. Olhou para Luke. De súbito, vi nosso pai nela. Ele tinha exatamente aquela expressão no rosto, quando decidia acabar com uma discussão que se prolongara demais. Quando ela voltou a falar, falou como ele.

— Luke, você não pode saber. Por algum tempo, irá tudo bem, mas depois a situação começará a ficar difícil. Os vizinhos não ajudarão para sempre. Matt irá embora, e você ficará sozinho, com duas crianças pequenas. Começará a ver que desistiu de sua própria vida e...
— A vida é minha — ele interrompeu-a. — Posso fazer o que quiser com ela, e o que quero é isso.
Falara em tom obstinado, desafiador, determinado, mas pousou o garfo e passou as duas mãos nos cabelos. Também vira nosso pai em tia Annie.
— É o que quer *agora* — ela salientou. — Daqui a um ano poderá querer outra coisa, mas terá perdido sua chance. Sinto muito, Luke, mas não posso permitir que...
Ouviu-se outro som. Agudo. Lamentoso. Partido de mim. Descobri que estava com a boca aberta, com os olhos arregalados, e que gemia, desesperada. Os outros estavam me olhando. Minha boca tremia com o esforço de formar uma frase:
— Por favor... por favor... por favor... por favor...

SEGUNDA PARTE

8

Quando recebi o convite para a festa do filho de Matt, tive uma noite ruim. Meus sonhos foram incoerentes e vagos. Sonhei com nossa antiga casa, com meu trabalho e, ao amanhecer, tive um sonho nítido, que ficou em minha mente pelo resto do dia. Matt e eu, já adultos, estávamos deitados de bruços na margem de nosso tanque, observando um besourinho aquático, esbelto, aerodinâmico, chamado patinador, deslizar pela superfície, procurando uma presa. Parou bem embaixo de nosso nariz, e vimos claramente as covinhas que seus pés abriam na água. "A água tem uma espécie de película na superfície, Kate", Matt disse. "É chamada de tensão superficial. É por isso que o besouro não afunda."

Fiquei atônita por ele ter pensado que precisava me ensinar algo tão elementar. No momento, estou trabalhando com surfactantes, compostos que reduzem a tensão superficial. Esse trabalho faz parte de meu campo de pesquisa. "Eu sei", falei gentilmente. "E a tensão superficial é causada pelo fato de a água ter um alto grau de coesão. As moléculas são polares. Os átomos positivos de hidrogênio de uma molécula são atraídos pelo átomo negativo de outra. Isso é chamado de ponte de hidrogênio."

Olhei para Matt para ver se ele compreendera, mas ele estava olhando para a água. Durante um longo tempo, esperei, mas ele não disse mais nada. Então, o despertador tocou.

Era sábado. À tarde, eu iria a uma exposição com Daniel, depois nos encontraríamos com os pais dele no centro da cidade, para jantar. Eu tinha uma enorme pilha de relatórios laboratoriais para corrigir, de modo que me levantei, tomei uma ducha e fiz café, o tempo todo consciente da sensação desagradável deixada pelo sonho. Meu café da manhã foi uma tigela de *cornflakes*, e comi de pé junto à janela da cozinha, que oferecia uma vista esplêndida da janela da cozinha do apartamento no outro lado do poço de ventilação. Depois, levei minha xícara de café até a pequena sala conjugada, onde, sobre a mesa de jantar, a pilha de relatórios me esperava. Avaliar relatórios laboratoriais é uma das mais deprimentes atividades conhecidas pelo homem. Eles são escritos imediatamente após uma experiência em laboratório, quando tudo o que os alunos aprenderam ainda está fresco na memória, e assim mostram o que eles entenderam ou deixaram de entender. Não é preciso mais do que isso para fazer uma pessoa chorar. Este é meu primeiro ano como professora-assistente, mas essa parte do trabalho já está acabando comigo. Por que os jovens vão para a universidade, se não estão interessados em aprender? Porque, naturalmente, acham que é uma opção fácil. Vão para a universidade pensando em cerveja e festas e, quando aprendem alguma coisa *en route,* é por puro acaso.

    Li o primeiro relatório. Não fazia sentido, de modo que li-o de novo. Na terceira vez, percebi que, por mais espantoso que fosse, a culpa não era do relatório, mas minha. Coloquei-o de lado e tentei descobrir o que estava acontecendo comigo, o que era aquela emoção que eu sentia, aquele rastro deixado pelo sonho, e vi, de repente, que era vergonha.

    Não tinha a menor lógica eu me sentir envergonhada por algo que fizera em sonho. Na realidade, eu nunca faria uma preleção a Matt. Sempre tenho muito cuidado a respeito disso. Nunca falo com ele sobre meu trabalho, porque teria de simplificá-lo, e me parece que o insultaria, se agisse assim. Pode ser que ele não visse as coisas dessa forma, mas eu vejo. Voltei aos relatórios. Um ou dois demonstravam que o aluno fizera um esforço para ser acurado, que possuía alguma noção de método científico. Uma meia dúzia era tão deprimente que tive de me conter para não escrever embaixo: "Desista do curso". O interfone tocou quando ainda faltavam dois para eu ler. Levantei-me, apertei o botão para abrir a porta de entrada do prédio e sentei-me novamente.

— Estou quase acabando — disse, quando Daniel entrou ofegante por ter subido a escada.

Considerando que só tem 34 anos, ele está muito fora de forma. É esbelto e tem o tipo de constituição física de uma pessoa que nunca será gorda, mas isso não quer dizer que seja saudável. Eu insisto para que se cuide, ele me ouve com seriedade e concorda que precisa fazer mais exercício, comer de modo mais sensato e dormir o suficiente. Imagino que ele aprendeu muito cedo essa tática de concordar solenemente com uma crítica. A mãe, professora Crane do Departamento de Belas-Artes, tem o que se pode chamar de personalidade dominante, e o pai, professor Crane do Departamento de História, é ainda pior. Daniel lida com eles com muita habilidade, concordando com tudo o que dizem e depois ignorando tudo o que ouviu.

— Fiz café — informei. — Sirva-se.

Ele foi para a cozinha, voltou com uma caneca de café e postou-se atrás de mim, lendo o relatório por cima do meu ombro.

— Inacreditável como são ruins — comentei. — Uma verdadeira tragédia.

— Todos são assim — ele concordou. — Por que está lendo relatórios? Tem assistentes, é para isso que eles servem.
— E como vou saber se os alunos estão indo bem ou não?
— Por que quer saber? Pense neles como elefantes passando.

Daniel abanou a mão, como que indicando uma manada se afastando.

É tudo fingimento, claro. Ele é, no mínimo, tão consciencioso quanto eu. Diz que eu levo tudo muito a sério, dando a entender que deixa seus alunos se virarem sozinhos. Mas o fato é que ele gasta mais tempo do que eu cuidando do lado didático da atividade. A diferença é que isso não parece deixá-lo louco.

Continuei a avaliação. Daniel andou pela sala, bebericando seu café, pegando objetos, examinando-os e recolocando-os no lugar. Vive mexendo em tudo. É um mexedor, a mãe dele diz. Ela vem colecionando objetos lindos há anos, e teve de trancá-los em armários com portas de vidro para impedir Daniel de pegá-los.

— Tem de haver um parentesco.

Ergui os olhos. Ele segurava uma foto. A foto de Simon. Eu esquecera que a deixara no sofá.

— É meu sobrinho — expliquei.

— Ele se parece um pouco com a altiva dama do retrato que você tem no quarto. Sua tataravó ou algo que o valha.

— Minha bisavó.

Fiquei tensa, de repente. Não conseguia lembrar onde pusera o convite com o bilhete anexado de Matt: "Traga alguém, se quiser". Deixara-o junto com a fotografia? Daniel o vira?

— Todos vocês têm essa cabeleira espantosa?

— Cabelos loiros, mais nada.

Ele deve ter percebido alguma coisa em minha voz, porque me olhou com ar curioso e pôs a foto em cima da mesa de centro.

— Desculpe, mas a foto estava lá, não pude deixar de notar a semelhança.

— Certo — respondi em tom casual. — Eu sei. Todo mundo diz que todos nós nos parecemos.

Ele vira o convite ou não?

Daniel me apresentou aos pais um mês depois de começarmos a sair juntos. Fomos jantar com eles. Moram exatamente onde se esperaria que acadêmicos ilustres morassem, em uma linda casa construída mais de um século atrás, com uma placa na parede, na área conhecida como Anexo, perto da universidade. Os quadros nas paredes eram originais, não reproduções, e havia pesadas esculturas em vários lugares. A mobília parecia antiga e boa, tinha um brilho que imagino que só é conseguido graças a um carinhoso polimento uma vez por semana, por no mínimo cem anos. No lugar de onde eu venho, tanto bom gosto seria visto com discreta desaprovação por denotar apego às coisas materiais. Mas sei que essa atitude é um tipo de esnobismo e, para ser franca, achei a casa deles mais interessante do que ostentosa.

Seja como for, aquela foi uma noite desagradável: nós quatro comemos em uma sala de jantar com papel de parede vermelho-escuro, sentados à volta de uma mesa oval bastante grande para acomodar doze pessoas, e achei os pais de Daniel alarmantes. Ambos falam extremamente bem, são cheios de opiniões próprias e contradizem um ao outro sem parar, de modo que o ar fica atulhado de interrupções, negações e observações carregadas de farpas, todas voando em alta velocidade o tempo todo. Durante aquele jantar, a situação não foi diferente. De vez em quando, um dos dois de repente lembrava-se de que o filho e eu estávamos lá, parava no meio de um ataque e dizia algo como: "Daniel, sirva mais vinho a Katherine". Em seguida, a batalha recomeçava.

A mãe fazia declarações do tipo: "O pai de Daniel tentará fazê-la acreditar nisso". Ou naquilo. Então, erguia uma sobrancelha elegante, olhando para mim, exigindo que eu me divertisse com o absurdo disso ou daquilo. Ela é alta, magra, sua aparência chama a atenção, tem cabelos que estão ficando prateados, em vez de grisalhos, cortados curtos na nuca e, na frente, caindo nas faces em duas mechas oblíquas e bem definidas.

O marido é mais baixo do que ela, mas dá uma impressão de força, grandeza e energia feroz e mal contida. Limpava a boca com o guardanapo de uma maneira que me fazia pensar em um perito atirador calmamente ajustando a mira. Referia-se à mulher como "a ilustre doutora". "A ilustre doutora está tentando recrutar você para a causa dela, Katherine. Mas não se deixe enganar. Não há lógica no que ela defende."

Eu os ouvia, respondendo nervosamente quando uma resposta era exigida, imaginando por qual capricho da genética aqueles dois haviam conseguido produzir uma pessoa tão pacífica, tão desprovida de competitividade como Daniel.

Ele comia seu cozido de carne de veado, sem lhes prestar a menor atenção. Fiquei impressionada com sua coragem em ousar mostrá-los a outras pessoas, pois, se aqueles dois fossem meus pais, eu diria que não os conhecia, e esperei que mais tarde ele se desculpasse por eles. Mas isso não aconteceu. Daniel parecia achá-los perfeitamente normais. Tinha como certo que eu gostaria deles, ou, se não pudesse chegar a tanto, que pelo menos os toleraria, por ele. E, de fato, assim que os conheci melhor, gostei dos dois, mais ou menos, desde que pudesse tragá-los em pequenas doses. Ambos são muito hospitaleiros comigo, e acho-os interessantes. Além disso, capricho da genética ou não, eles produziram Daniel, de modo que não podem ser tão ruins. Daniel não duvidava de que eu ia me entrosar com eles. A seu modo de ver, é necessário levar para o círculo familiar a pessoa com quem se mantém um relacionamento. Depois da primeira reunião, passamos a nos reunir com os pais dele mais ou menos uma vez por mês. Às vezes íamos à casa deles, ou os encontrávamos em um restaurante. Eles telefonavam para Daniel, ou ele dizia que estava na hora de visitar o departamento de guerra, que era como chamava os dois. Presumia que eu quisesse vê-los também. E eu queria.

Mas, é claro, ele esperava que eu fizesse o mesmo, que o aproximasse de minha família. A situação era diferente, por causa da distância, mas ainda assim eu sabia que ele estava intrigado — mais do que isso — com o fato de eu não tê-lo levado para conhecer nem mesmo meus irmãos. Sabia, não apenas achava, porque ele dissera isso, um mês antes de eu receber o convite para a festa de aniversário de Simon.

Nós havíamos saído com amigos, um colega do departamento e sua esposa, que haviam contado como fora seu primeiro Natal de casados. Passaram a véspera com a família dele, e o dia, com a dela. Essa solução não agradara a ninguém, e os dois tiveram de fazer uma viagem de 150 quilômetros, numa tempestade de neve, para ir de um lugar ao outro. Contaram aquilo como se fosse algo engraçado, mas achei a história deprimente. Na volta para casa, Daniel estava calado, o que não era normal, e senti que ele também não vira graça nenhuma no relato de nossos amigos. Comentei que, pelo menos, eles eram capazes de rir daquilo, e Daniel respondeu com um resmungo. Depois de alguns instantes, ele perguntou:

— Aonde estamos indo, Kate?

Pensei que ele estivesse se referindo à casa dele ou a minha. Daniel mora de aluguel no último andar de uma construção decadente a mais ou menos um quilômetro e meio da universidade. É um lugar escuro e mal conservado, com janelas pequenas e enormes aquecedores superativos, que geram um calor tão exagerado que ele é obrigado a deixar as janelas abertas, seja qual for a estação do ano, mas há bastante espaço para nos movermos à vontade, o que não pode ser dito de meu apartamento minúsculo, de maneira que passávamos lá a maior parte do tempo que ficávamos juntos.

— Para sua casa? — sugeri.

Era ele quem estava dirigindo. Sempre gostei do perfil de Daniel, parecido com o de um falcão amigável, mas agora, iluminado de modo intermitente pelos faróis dos carros que cruzavam conosco, seu rosto estava sério demais.

— Não foi isso o que eu quis dizer — ele esclareceu, lançando-me um rápido olhar.

Algo em sua voz fez meu coração dar um leve salto. Daniel nunca dramatiza coisa alguma. Tem uma visão bem-humorada da vida, ou gosta de parecer que tem, e, seja qual for o assunto de uma conversa, seu tom é sempre leve e ligeiramente divertido. E continuava assim, mas detectei algo diferente abaixo da superfície, algo que eu não sabia o que era.

— Desculpe. O que você quis dizer, então?

Ele hesitou.

— Percebe que estamos juntos há mais de um ano? — perguntou por fim.

— Claro.

— O que acontece é que não sei muito bem se estamos chegando a algum lugar. Não tenho idéia do que é que você sente a respeito... bem, na verdade, a respeito de tudo. Nem sei se nosso relacionamento é importante para você.

— É importante, sim — respondi rapidamente, olhando para ele.

— Um pouco importante? Bastante importante? Muitíssimo importante? Escolha.

— Muito. Muitíssimo importante.

— Que alívio!

Daniel ficou em silêncio por alguns instantes. Eu também não disse nada. Estava dura, com as mãos cruzadas no colo.

— Mas não faz nada para demonstrar isso, não é? — ele continuou. — Nada para demonstrar que nosso relacionamento é importante para você. Eu sinceramente não sabia se era, ou não. Sobre o que conversamos? Trabalho. Conversamos sobre amigos e colegas, mas quase só sobre o trabalho que fazem. Vamos para a cama juntos, e isso é sempre ótimo, mas depois rolamos para o lado e falamos sobre o que vamos fazer no trabalho, no dia seguinte. Trabalho é importante, sem dúvida, mas não é tudo.

Paramos num sinal vermelho, e Daniel ficou olhando para o semáforo, como se ali fosse encontrar resposta para alguma coisa.

— Ainda sinto que não sei quase nada sobre você — ele disse, olhando-me de relance e tentando sorrir. — Gostaria de saber tudo sobre você. Faz mais de um ano que estamos juntos, acredito que está na hora de eu conhecê-la melhor. Não sei se estou me explicando bem... Parece que há alguma coisa... — Tirou uma das mãos do volante e fez um gesto como se estivesse espalmando-a contra uma parede. — Parece que há... uma barreira, algo atrapalhando. É como se você mostrasse apenas uma parte muito pequena de si mesma... Não sei. Não sei como explicar.

Depois de um instante de silêncio, tornou a olhar para mim, novamente tentando sorrir.

— Enfim, isso é um problema — declarou. — Achei que você precisava saber disso.

O sinal ficou verde. Fomos em frente. Eu estava com medo. Não imaginava que Daniel se sentisse assim. Fiquei assustada só de pensar que ele queria dizer que estava tudo acabado entre nós. Fora um choque perceber, de repente, como nosso relacionamento era importante para mim.

Espero que ninguém me compreenda mal. Eu nunca pensara que um dia fosse amar alguém de verdade. Isso não estava em meus planos. Para ser franca, sempre achara que um sentimento tão intenso estava além de minha capacidade. Quando "descobri" Daniel, se é que posso me expressar assim, acho que fiquei um pouco ofuscada pelo mero fato de ele existir. Não analisei meus sentimentos muito profundamente, não me afligi a respeito deles, talvez porque tivesse medo de que, se o amasse demais, se precisasse dele demais, Daniel com certeza desapareceria. Pela mesma razão, eu não me permitia pensar muito a respeito do futuro, *nosso* futuro. Só esperava pelo melhor.

Só agora, relembrando, é que sou capaz de dizer tudo isso. Naquela época, não tinha essa percepção. Não pensara em nosso relacionamento crescendo, evoluindo, nunca me ocorrera que isso fosse necessário ou mesmo desejável. Eu era fatalista. Achava que as coisas iam dar certo, ou não iam, e que eu podia fazer muito pouco a respeito. Esperar pelo melhor. Suponho que seja como dirigir um carro com os olhos fechados.

Eu não sabia o que dizer a Daniel. Como fazê-lo compreender. Estava muito angustiada.

— Não sou muito boa para... falar a respeito dessas coisas... amor, por exemplo. Mas isso não significa que eu não ame.

— Eu sei. Mas é mais do que isso, Kate.

— Mais? O quê?
Ele não respondeu imediatamente.
— Você poderia me deixar participar de outros aspectos de sua vida — falou depois de alguns instantes. — De aspectos que sejam importantes para você.
Não disse explicitamente que esperava que eu o apresentasse a minha família, mas eu sabia que era isso o que ele queria, além de outras coisas, talvez. Queria, para começar, que eu o levasse a minha terra e o apresentasse a Luke e Bo. E a Matt.
Isso era algo que eu nem conseguia me imaginar fazendo. Não sabia por quê. Ainda não compreendo bem. Sabia que Daniel iria gostar de meus irmãos, sabia que eles iriam gostar dele, no entanto achava totalmente impossível lidar com a idéia de aproximá-los. Ridículo. Eu dizia a mim mesma que isso era ridículo.
Daniel entrara em uma rua lateral e parara junto à calçada. Não sei quanto tempo ficamos lá, o motor funcionando, a neve sibilando, escorrendo pelo pára-brisa.
— Vou tentar — falei por fim. — Prometo que vou.
Ele concordou, movendo a cabeça. Eu queria que ele dissesse alguma coisa, que dissesse que compreendia, mas ele ficou calado. Pôs o carro em movimento e me levou para meu apartamento. Desde então, passara-se um mês, e não havíamos mais tocado no assunto. Mas o assunto estava lá, entre nós. Não fora embora.
Assim, eu sabia o que ele sentiria se visse o convite mandado por Matt. Veria aquilo como uma oportunidade perfeita de conhecer minha família, o que de fato era.
Ele pousara a foto na mesa de centro cuidadosamente, como se adivinhasse que tinha um significado especial para mim. E, por causa desse cuidado, eu quase consegui convidá-lo para ir comigo. Quase consegui me forçar a ven-

cer a barreira, fosse ela qual fosse. Matt, porém, ainda dominava minha mente, por causa do sonho, e de repente visualizei nitidamente os dois sendo apresentados. Sorrindo e apertando-se as mãos. Vi claramente Matt perguntando se a viagem fora boa, e Daniel respondendo que sim, que fora ótima, que as paisagens eram magníficas. Os dois andando na direção da casa. Matt dizendo: "Você é da universidade, não é? Seu campo é microbiologia, Kate disse". De súbito, o ressentimento cresceu dentro de mim, com tanta impetuosidade que fiquei sem fôlego. Olhei para o relatório a minha frente, sentindo um gosto amargo e metálico na boca.

— Kate?

Olhei para Daniel com relutância. Ele me olhava de testa franzida, parecendo confuso. Daniel Crane, o mais jovem professor catedrático do Departamento de Zoologia, parado no meio de minha sala, parecia confuso porque havia um detalhe em sua vida que não era perfeito.

Eu queria dizer: "Você teve tudo fácil. Tão *fácil*. Trabalhou muito, mas a sorte esteve a seu lado durante todo o caminho, e aposto que você nem sabe. Você é inteligente, não estou negando isso, mas preciso dizer que sua inteligência, comparada à dele, não é nada fora do comum. Não, mesmo. Comparada à de Matt, não é.

— Algum problema?

— Não — respondi. — Por quê?

— Você parece...

Esperei que ele continuasse, mas não continuou. Tomou mais um gole de seu café, ainda me observando.

Não posso, pensei. Não posso. Se ele viu o convite... bem, é uma pena, mas...

— Estou quase terminando — informei, voltando à leitura do relatório.

9

Não faz muito tempo, participei de um congresso em Edmonton, para apresentar um trabalho a respeito do efeito de pesticidas sobre a vida em tanques de água parada. Não foi um congresso particularmente bom, mas na volta voamos muito baixo sobre o norte de Ontário, e só isso fez a viagem valer a pena. Fiquei atônita ao ver aquela vastidão. O vazio. Voamos quilômetros e quilômetros acima de rochas, árvores e lagos, uma paisagem linda, desolada, remota como a Lua. Então, de repente vi uma linha fina, de um branco-acinzentado, serpenteando através de todo aquele ermo, rodeando lagos, pântanos e afloramentos graníticos. E mais à frente, como se fosse um balão preso àquela linha frágil, apareceu uma clareira junto a um lago. Havia campos demarcados naquele espaço aberto, casas espalhadas e ligadas por várias outras linhas acinzentadas. Mais ou menos no centro, identificável por sua pequena torre atarracada e pelo cemitério que a cercava, estava a igreja, e ao lado, no meio de um pátio, a escola.

Não era Crow Lake, mas bem poderia ser. Minha terra, pensei. Não éramos de fato corajosos? Não pensava em minha família especificamente, mas em todas aquelas pessoas que tinham a ousadia de viver longe de seus semelhantes, numa terra tão vasta e silenciosa.

Desde então, sempre que penso em minha terra, é como se a visse do ar. Vôo sobre ela, por assim dizer, em círculos cada vez mais baixos, os detalhes vão se tornando mais claros, e finalmente vejo nós quatro. Em geral, estamos em uma igreja, por alguma razão. Lá estamos, dois meninos e duas meninas, sentados em cadeiras enfileiradas. Bo não se comporta tão bem quanto se comportaria, se nossa mãe estivesse lá, mas não tão mal, levando-se em conta como ela é, e o resto de nós está em reverente silêncio. É possível que nossas roupas não estejam muito limpas, que nossos sapatos não tenham sido engraxados, mas eu não desço o suficiente para poder verificar.

É estranho eu ver nós quatro, porque fomos quatro apenas no primeiro ano. Depois, Matt não estava mais conosco. Mas aquele ano foi o mais significativo. A mim, parece que aconteceram mais coisas naquele tempo do que em todos os anos de minha infância juntos.

Tia Annie ficou em nossa casa até meados de setembro. Tendo chegado à conclusão de que eu não sobreviveria à separação da família, foi obrigada a aceitar o plano de Luke, de desistir da carreira de professor para "criar as meninas". Não ficou contente, mas não tinha escolha, de maneira que permaneceu conosco até que nossas aulas recomeçassem e então partiu.

Lembro que a levamos à estação em nosso novo carro — velho — embora não houvesse necessidade de irmos tão longe, pois poderíamos parar o trem quando ele cruzasse a estrada Northern Side, mas suponho que Matt e Luke acharam que essa não seria uma despedida muito digna. Eu me lembro do trem, de como era grande e de como era preto, ofegando como um cachorro com calor. Lembro como Bo ficou espantada ao vê-lo. Luke segurava-a nos braços, e ela pegava o rosto dele entre as mãos e virava-o para que ele olhasse o trem, insistindo para que se espantasse também.

Tia Annie não disse "até logo". Quando chegou o momento de embarcar, disse pela segunda vez que me indicara como redatora oficial de cartas e, pela terceira vez, que telefonássemos, se houvesse algum problema. Em seguida, subiu muito agilmente a escadinha que o condutor desdobrara para ela e entrou no trem. Ficamos observando-a andar pelo corredor do vagão, com o condutor atrás, carregando sua mala. Ela sentou-se junto a uma janela e acenou para nós. Foi um aceno animado, infantil, com os dedos abrindo-se e fechando-se. Eu me lembro disso porque o aceno e o sorriso dela contrastavam estranhamente com as lágrimas que lhe escorriam pelas faces. "Não se importem com as lágrimas", o sorriso e os dedos em movimento diziam. Assim, não nos importamos com elas, como se nada tivessem a ver com tia Annie, e acenamos de volta, gravemente.

Lembro-me da volta para casa, todos nós sentados no banco da frente, Matt dirigindo, Luke com Bo no colo, e eu entre os dois. Ninguém disse uma palavra durante todo o percurso. Quando entramos na alameda que levava a nossa casa, Luke olhou para Matt e comentou:
— Bem, aqui estamos.
— É — Matt respondeu.
— Tudo bem com você?
— Claro.
No entanto, Matt parecia preocupado e não muito contente.
E Luke? Luke parecia feliz. Parecia um homem indo gloriosamente para uma batalha, sabendo que Deus estava a seu lado.

Houve mais um acontecimento naquele dia, um incidente que não teve nenhuma ligação com a partida de tia Annie.

Na época, nenhum de nós importou-se com o fato. Passou-se muito tempo até que eu pensasse novamente no que acontecera, e mais tempo ainda até que percebesse que aquilo podia ter alguma importância.

Foi ao escurecer, depois do jantar, enquanto Matt e eu lavávamos a louça, e Luke estava com Bo no quarto, vestindo-a para a noite.

Tia Annie deixara a casa na mais perfeita ordem. Nos últimos dias antes de sua partida, ela fizera uma faxina completa em todos os cômodos, limpara todas as janelas e lavara tudo o que era de pano, a começar pelas cortinas. Não havia dúvida de que ela já conhecia Luke bastante bem para saber que aquele seria o último contato que muitas coisas teriam com água e sabão, mas imagino que, além de preocupar-se com nosso bem-estar, ela também estava fazendo um trato com Deus: se fizesse tudo o que estivesse a seu alcance para nos dar um bom começo, Ele seria obrigado a fazer tudo o estivesse a Seu alcance para evitar que algo de ruim nos acontecesse. E trato é trato.

Matt e eu, então, estávamos em uma cozinha cintilante, lavando nossas panelas cintilantes e secando-as com panos de prato que haviam sido lavados, fervidos e passados a ferro até que parecessem folhas de papel encerado. Bo e Luke entraram. Ela, usando um pijama sobrenaturalmente limpo, pediu algo para beber. Luke deu-lhe um copo de suco gelado, esperou que ela o tomasse, pegou-a no colo e mandou-a dizer "boa noite" para nós. Mostrava-se firme, fazendo-a saber, desde o início, que agora ele era o chefe, e Bo, bem-humorada por ter — a seu modo de ver — derrotado tia Annie, deixava-o pensar que ele estava tendo sucesso em sua pretensão.

— Diga "boa noite" aos escravos da cozinha — Luke instruiu-a.

Bo olhava pela janela. Virou a cabeça e sorriu para mim e Matt, mas então apontou para fora.

— Lá!

Já escurecera bastante para que acendêssemos a luz da cozinha, mas ainda podíamos distinguir o contorno de cada árvore lá de fora. E, olhando bem, podíamos ver o vulto escuro de uma pessoa, quase misturado às sombras do bosque que à noite parecia fechar-se ao redor da casa. Ficamos olhando, e o vulto moveu-se, deslizando um pouco mais para trás.

Matt franziu as sobrancelhas.

— Parece Laurie Pye.

Luke concordou com um gesto de cabeça. Foi à porta dos fundos, abriu-a e gritou:

— Laurie!

O vulto hesitou, então começou a aproximar-se lentamente. Luke passou Bo para o outro braço e manteve a porta aberta.

— Como vai, Laurie? Entre.

O rapazinho parou a alguns passos da porta.

— Não. Aqui está bom.

— Entre — Luke repetiu. — Venha tomar um copo de suco. Em que podemos ajudá-lo?

Matt e eu fomos para a porta também, e Laurie olhou-nos de relance, os olhos escuros só passando por nós.

— Não é nada. Está tudo bem — ele disse, então virou-se e foi embora.

Só isso.

Ficamos olhando, até vê-lo desaparecer no bosque. Matt e Luke entreolharam-se. Luke fechou a porta delicadamente.

— Estranho — Matt comentou.

— Acha que aconteceu alguma coisa?

— Não faço idéia.

Não pensamos mais naquilo. Matt e eu voltamos à louça, e Luke levou Bo para a cama.

Recordando o fato, acho que Laurie fora a nossa casa querendo conversar com Luke ou Matt. Não posso pensar em muitas outras razões. Ele conhecia meus irmãos mais do que conhecia qualquer outra pessoa fora de sua família. Fazia anos que trabalhava junto com os dois nos campos de seu pai. Devia confiar neles, se era que confiava em alguém. No entanto, não consigo imaginar Laurie Pye conversando com outras pessoas. Não consigo ver seu rosto branco como cera, os olhos perturbadores, e imaginá-lo dizendo as palavras que tanto devia estar precisando dizer.

A outra possibilidade em que posso pensar é que ele fora lá por acidente. Saíra para um passeio e de repente se encontrara perto de nossa casa, embora isso sugira que, de modo consciente ou inconsciente, ele estava procurando alguém com quem falar.

Seja qual for a razão, ele ficara lá fora, no escuro que gradualmente aumentava, olhando para nossa casa. Observando. Imagino como aparecemos a seus olhos. O estresse e a ansiedade com os quais Luke e Matt ainda lidavam, a fragilidade de Bo, meu próprio estado um tanto apático, de menina traumatizada, nada disso seria visível para ele. O que ele viu foi uma casa limpa, em ordem, uma tranqüila e feliz cena doméstica, nós quatro levando a vida em frente, ajudando-nos mutuamente, o irmão mais velho carregando a irmã mais nova nos braços. Deve ter sido uma visão idílica. Deve tê-lo feito achar impossível, totalmente fora de cogitação, a idéia que tivera, de entrar e conversar sobre o que estava acontecendo em sua própria família. Se Bo estivesse chorando, aos gritos, se Matt e Luke estivessem discutindo, ou se não estivéssemos todos reunidos na cozinha cintilante, isso teria sido possível. Mas ele escolhera a noite errada.

* * *

Luke não encontrou ninguém na cidade que o empregasse para trabalhar no horário que ele queria, mas conseguiu emprego no armazém dos McLean. Pensando nisso agora, tenho minhas dúvidas a respeito de os McLean estarem realmente precisando de um empregado. Fazia vinte anos que dirigiam o armazém sozinhos, saindo-se muito bem. Ainda assim, disseram que Luke podia trabalhar com eles durante algumas horas por dia, e não ocorreu a nenhum de nós que aquilo talvez fosse um ato de caridade.

Eram pessoas estranhas. Estranhas individualmente e como família. Se pusessem um grupo de filhos em um lado de uma sala, e um grupo de pais no outro lado, e mandassem alguém reunir os membros das diferentes famílias, Sally seria a última a ser designada para os McLean. Para começar, os dois eram baixinhos e tímidos, enquanto Sally era alta e tinha aqueles cabelos notáveis. E, enquanto o sr. McLean e a esposa eram famosos por sua timidez, Sally, principalmente na adolescência, era famosa por ser o oposto deles. Sua linguagem corporal, por exemplo, o modo como se mantinha de pé, com os quadris projetados para a frente, os seios erguidos, o queixo delicadamente levantado... Tenho certeza de que essa era uma linguagem que a sra. McLean nunca falara e que o sr. McLean nunca compreendera.

Outra coisa que os tornou famosos foi seu amor por crianças. Juntos, ficavam atrás do longo balcão escuro, que corria ao longo da metade do comprimento do armazém, e, quando uma criança entrava, em vez de sorrir timidamente, como sempre, mostravam sorrisos largos e cheios de alegria. Deveriam ter tido uma dúzia de filhos, mas só tinham Sally. Acredito que tivessem mais de quarenta anos quando ela nasceu, pois eram bem mais velhos do que os outros pais que eu conhecia. Imagino que tenham tentado ter um filho durante anos, sem sucesso, e que quando já haviam se resignado, aceitando que aquela era a vontade de Deus, chegara Sally. Uma surpresa, como eles mesmos diziam. E suponho que ela continuou a surpreendê-los.

Bem, Luke foi trabalhar para o casal McLean. Não lembro o que achei disso. Imagino que não tenha pensado muito a respeito. Eu gostava do armazém, ou gostara, nos tempos em que ia lá com minha mãe, acompanhando-a nas excursões semanais de compras. O prédio era um grande e antigo celeiro, feito de tábuas sem acabamento, com toscas prateleiras de madeira enfileiradas, cheias até as traves do teto de tudo o que se podia imaginar: frutas e legumes em cestos, pão fatiado, latas de feijão, pacotes de uva passa, forcados, sabão, lã para tricô, ratoeiras, botas de borracha, ceroulas, papel higiênico, grampos para cabelo, balas de espingarda, artigos de papelaria, laxantes. Minha mãe me dava uma parte da lista de compras, com os itens cuidadosamente escritos em letras de forma, para que eu lesse sem dificuldade, e eu vagueava pelos corredores entre as prateleiras, procurando o que quer que fosse que estivesse em minha lista, pegando as coisas e colocando-as em minha cesta. Minha mãe e eu nos encontrávamos várias vezes, sorríamos uma para a outra, e ela me perguntava se eu vira onde estavam as passas, ou as latas de pêssego. Quando acabávamos de juntar tudo o que precisávamos, íamos ao balcão, onde o sr. McLean punha nossas compras em sacos, enquanto a sra. McLean anotava os preços com um grosso lápis preto, os dois sorrindo para mim o tempo todo.

Adoro lembrar aquelas idas ao armazém com minha mãe. Essa é uma das poucas lembranças que tenho de nós duas juntas, sozinhas.

Agora, Luke também estava instalado atrás do balcão, mas sorrisos não apareciam facilmente no rosto dele. Seu horário era das quatro da tarde, quando Matt voltava da escola, na cidade, até às seis, hora em que os McLean fechavam o armazém, de segunda a sexta-feira. Toda segunda-feira ele trabalhava até mais tarde, pois ia à cidade no caminhão dos McLean buscar as mercadorias para a semana, e depois arrumava-as nas prateleiras.

Às vezes, Sally acompanhava-o naquelas viagens. À luz do que transpirou mais tarde, suponho que ela se sentava mais perto de Luke do que seria necessário, e que se firmava pondo a mão na coxa dele, quando o caminhão balançava, passando por saliências e depressões na estrada. Só posso tentar adivinhar como era que Luke sentia-se com isso. Ele devia sentir todas as coisas normais e ficar confuso, pois tinha consciência de sua situação.

Nos sábados de manhã, ele trabalhava na fazenda de Calvin Pye, e Matt, à tarde. Pelo que sei, nada foi dito a respeito da estranha aparição de Laurie em nossa porta. Luke poderia trabalhar para Calvin seis dias por semana, mas estava preso a sua decisão de cuidar, ele mesmo, de mim e de Bo. Vários vizinhos ofereceram-se para ficar comigo e Bo por algumas horas, todas as tardes, mas nem Luke nem Matt quiseram aceitar. Bo tornara-se totalmente refratária a estranhos, e eu também estava dando a eles motivos de preocupação. Parece que eu continuava muito fechada em mim mesma, e meus irmãos acharam que quanto menos me sentisse separada deles, melhor seria.

A idéia que Matt fazia de cuidar de nós duas era levar-nos aos tanques todas as tardes, enquanto o bom tempo durasse, e naquele ano durou até quase o fim de outubro. Por falar nisso, recomendo a observação de tanques como excelente terapia. Existe algo especial na água, mesmo que a pessoa não tenha grande interesse pelas formas de vida que ela abriga. Foi desse ambiente que viemos, afinal. Todos nós, no início da vida, fomos embalados pela água.

No que me diz respeito, a única coisa que estragava o prazer balsâmico daquelas tardes era que quase sempre encontrávamos Marie Pye no caminho de volta. Àquela hora, eu estava cansada, faminta, querendo ir logo para casa, e ficava andando em volta de Matt, chutando com impaciência os dormentes da linha férrea, enquanto ele e Marie conversavam. Eu não sabia o que era que eles tanto tinham para dizer um ao outro que não pudessem esperar para conversar aos sábados, quando Matt ia à fazenda. Os dois estavam sempre carregando peso, Marie com uma cesta de compras em cada braço, e Matt com Bo em seus ombros, largada como um saco de areia. Era de se supor que ambos quisessem chegar em casa o mais rápido possível, no entanto ficavam parados lá, falando de coisas que não tinham importância. Os minutos arrastavam-se, eu cavava buracos na terra com a ponta do sapato e mordia um dos dedos nervosamente. Por fim, Matt dizia: "É melhor eu ir agora". Marie concordava, e os dois continuavam falando por mais dez minutos.

Uma vez ela perguntou a Matt como ele estava, se estava bem. Essa era uma pergunta que todo mundo nos fazia o tempo todo, e nós respondíamos que sim, que estávamos bem, agradecíamos, e pronto. Daquela vez, porém, Matt demorou a responder. Olhei-o e vi que ele desviara o olhar para o bosque, além dos trilhos. Então, ele tornou a olhar para Marie, sorriu e respondeu: "Mais ou menos".

Ela fez uma espécie de gesto, um movimento com os braços, apesar de estarem sustentando as cestas. Matt deu de ombros, sorriu novamente e disse: "Bem, preciso ir".

Pergunto-me agora, se a morte de nossos pais foi um golpe mais duro para Matt do que para qualquer outro de nós. Todo mundo achava que eu fora a mais afetada, mas pergunto-me se isso é verdade. Eu tinha Matt a quem recorrer. Ele não tinha ninguém. Completara dezoito anos no início de setembro, era visto por todos como adulto, portanto capaz de cuidar de si mesmo.

Espero que Bo e eu tenhamos servido de conforto para ele. Sei que os tanques serviram. Sei que ele extraía conforto da continuidade de vida que havia lá. Do fato de que a perda de uma vida não destruía a comunidade. Do fato de que o fim da vida fazia parte do padrão.

Quanto a Marie... Agora vejo que ele também pode ter encontrado algum conforto naquelas breves conversas com ela.

10

Preciso falar dos Pye. A maior parte do que sei aprendi com a velha srta. Vernon, quando cursava o colegial e cuidava da horta dela. É possível que sua memória não fosse muito confiável, mas, por outro lado, ela vivera lá, acompanhara a família em todas as suas fases, de Jackson Pye em diante, de modo que, como fonte de informação, ela era muito boa. Não era apenas sobre os Pye que ela me falava, claro. A história inteira de Crow Lake e de seus primeiros habitantes foi contada no meio daqueles canteiros de vagens e cenouras. Ela falava enquanto eu trabalhava. Quando eu me afastava para cuidar de um canteiro mais distante, ela erguia a voz para se fazer ouvir e de repente gritava: "Venha cá e me ajude a mudar de lugar, pelo amor de Deus!" Eu a ajudava a se levantar e levava a cadeira para mais perto de onde estava trabalhando, para que ela se acomodasse ali e pudesse continuar falando sem precisar fazer muito esforço.

De acordo com a srta. Vernon, Jackson Pye era um homem muito inteligente. Uma vez ela me perguntou se eu alguma vez reparara na casa dos Pye. Não entendi o que ela queria dizer. Vira a casa deles milhões de vezes, mas depois daquela conversa, fui lá e olhei-a de novo. Era uma grande construção de madeira, bem afastada da estrada. A parte da frente era o que a srta. Vernon chamava de bonita pela simetria. Exibia grandes janelas emolduradas em ambos os lados da porta da frente, e uma varanda larga e graciosa cercava a casa em três lados. Jackson poupara várias bétulas, que se erguiam próximo da casa, fornecendo sombra no verão e servindo de quebra-vento no inverno. Eu podia me imaginar sentada naquela varanda, numa noite quente, ouvindo a brisa soprar nas bétulas, relaxando após um dia de trabalho árduo. Isso era o que Jackson devia ter em mente quando a construíra, embora eu não consiga imaginá-lo sentado ali. Na verdade, não me lembro de alguma vez ter visto alguém naquela varanda. Os Pye não pareciam gostar de descontração.

Mas, como a srta. Vernon dizia, era uma casa melhor do que a maioria, levando-se em conta que fora projetada e construída por um homem sem nenhuma instrução. Ele projetara a casa dos Janie e a dos Vernon também, e fizera um bom trabalho. Ela dizia que ele tinha um desenho na cabeça, mostrando qual seria a aparência que a casa teria, e que podia fazer com que a construção ficasse idêntica a esse desenho. Além de inteligente, ele era um bom fazendeiro, escolhera bem suas terras. A fazenda dos Pye era a melhor de todas, tinha solo fértil, com boa drenagem. Solo fértil, considerando-se a região. Jackson poderia ter progredido muito, se não tivesse brigado com todos os filhos homens. Um fazendeiro precisa de braços masculinos, por isso as mulheres não são de muita serventia. A maioria delas não tem músculos para enfrentar o trabalho duro.

A srta. Vernon contou-me tudo isso numa tarde, durante as duas horas em que trabalhei em sua horta sob o sol escaldante de julho.

— Quantos filhos ele teve? — perguntei.

Muitas das histórias dela sobre os velhos tempos não me interessavam, naquela época. Os jovens não se interessam pelo passado, concentram-se no futuro. Mas a história dos Pye era uma exceção. Todo mundo se interessa por catástrofes, e além disso eu tinha minhas razões para querer saber mais sobre aquela gente.

— Sete. Continue cavando. Você cava, e eu falo, dessa maneira nós duas fazemos aquilo que sabemos fazer bem. Sete filhos, cinco meninos e duas meninas. As meninas eram gêmeas, mas morreram quando ainda eram bebês. Não sei do que foi que morreram, eu era muito pequena. Talvez tenha sido de escarlatina. Os meninos... Deixe-me ver... Norman era o mais velho. Um pouco mais velho do que eu. Ele fugiu. Eu já lhe contei isso, não é? Fomos deslizar no lago congelado, o gelo rachou, e ele ficou com medo demais do pai para voltar para casa. Depois dele vinha Edward. Esse era meio lento para aprender as coisas. A sra. Pye sofreu muito para trazê-lo ao mundo, e talvez isso tenha algo a ver com o problema dele, não sei. Edward nunca aprendeu a ler e escrever, e sua lentidão deixava Jackson furioso. O rapaz ouvia gritos o tempo todo e ficava parado, entendendo, tanto quanto um carneiro entenderia, o motivo da fúria do pai. Um dia, afastou-se, bem no meio de uma daquelas gritarias. Virou-se e deixou Jackson falando sozinho, como se, depois de anos e anos tentando somar dois e dois, houvesse finalmente achado a resposta: as coisas jamais iam melhorar. Foi embora. O terceiro filho era Peter. Já ouviu nome mais engraçado? Peter Pye. Todos zombavam dele por causa disso, deixando-o quase louco. Mas essa não era a maior de suas preocupações. Não, não era.

A velha srta. Vernon bateu os dentes, curvando-se na cadeira, olhando para o passado. Lembro que pensei que seu passado era muito extenso.

— Quer limonada? — ela perguntou abruptamente.
— Quero, obrigada.
— Vá buscar, então.

Minha primeira tarefa, todas as tardes, quando eu chegava à casa dela, era fazer um litro de limonada, que punha na velha e malcheirosa geladeira. Depois que eu cuidava de alguns poucos canteiros, ela me mandava buscar um copo para cada uma de nós, e após alguns poucos copos eu precisava ajudá-la a ir ao banheiro, sempre com uma certa urgência.

— Do que estávamos falando? — ela perguntou, depois de acabarmos de tomar nossa limonada e de eu mover sua cadeira para perto do canteiro de rabanetes.

— Dos filhos de Jackson Pye.

— Ah, sim. Em que ponto eu estava?

— Ia começar a falar de Peter.

— Peter — ela repetiu, meneando a cabeça. — Certo.

Olhou para mim de modo penetrante. Seus olhos eram claros e leitosos, mas mesmo assim eu sempre tive a impressão de que ela via mais coisas do que a maioria das pessoas.

— Eu gostava de Peter — prosseguiu. — Gostava de verdade. Ele também gostava de mim. — Lançou-me um olhar ardiloso. — Talvez, sendo tão jovem, você não acredite, acha que sempre fui assim.

O longo queixo moveu-se num movimento de ruminação. Ela me lembrava um cavalo, um cavalo muito velho, com pele flácida, bigode e quase sem cílios.

— Ele era um bom rapaz. Meigo, como a mãe. Aquela coitada era bonita, além de meiga. É engraçado, mas os Pye sempre tiveram bom gosto no que se refere a mulheres. Ninguém diria, não é? Peter era como ela. Calmo e doce. Inteligente também. Teria sido um bom aluno, se houvesse ido à escola. Mas ele percebeu, mais cedo do que os outros irmãos, que tinha de ir embora. Disse-me que ia partir, que pretendia ir para Toronto. Queria que eu fosse com ele. Eu não sabia o que fazer.

Ela fez uma pausa, recordando. Observando-a, quase a vi jovem. Quase a vi, fresca e bonita, olhando aquele rapaz no rosto, querendo ir com ele, querendo ficar. Dividida. Tentando imaginar como seria sua vida se fosse, como seria se ficasse.

— Não fui — ela contou. — Tive medo. Só tinha quinze anos. Era muito apegada a minha irmã Nellie, um ano mais nova do que eu, e ela a mim. Não podia deixá-la, nem mesmo por Peter.

Ficou imóvel durante alguns instantes, depois ergueu a cabeça e olhou para mim.

— Quantos anos você tem?
— Quinze.
— Talvez me compreenda, então. Iria embora com um rapaz, se gostasse dele? Agora mesmo, quero dizer. Iria?

Abanei a cabeça, negando. Sabia que nunca iria embora de casa com um rapaz. Iria sozinha, quando estivesse preparada. Sabia. Estava planejando isso. O dinheiro que a srta. Vernon me pagava ia para uma conta bancária especial, uma conta universitária. Luke abrira-a para mim, e eu lhe era grata, porque ele poderia usar esse dinheiro extra. Era muito aplicada na escola, mais aplicada do que qualquer outro aluno. Não gostava muito do lado social, nunca fui uma das garotas populares. Mas gostava de estudar. Não tinha muita facilidade em artes plásticas, idiomas, história e música, mas mesmo assim ia bem nessas matérias. Eram as ciências que eu adorava, principalmente biologia. Como poderia ser de outro modo? Todas as minhas notas eram boas. Luke examinava meu boletim cuidadosamente, então dizia com ar pensativo: "Você é igualzinha a Matt". Mas ele estava enganado. Eu não era, nem de longe, tão inteligente quanto Matt.

— Quer me dar um desses rabanetes? — a srta. Vernon pediu. — Fiquei com vontade de comer um.

Escolhi um rabanete grande e entreguei-o a ela.

— Parece bom. Coma um, se é que gosta.

Rejeitei o oferecimento. Comer rabanetes depois da limonada não me parecia uma boa idéia.

— Todos nós temos opções. Às vezes, ficamos sem saber se fizemos a escolha certa, mas não adianta nada pensar nisso agora. Bem, esse era o Peter. Três partiram, dois ficaram. Pense naquela pobre mulher vendo sua família desmantelar-se. Pôs sete filhos no mundo, e agora só tinha dois. Acho que os que partiram nunca lhe escreveram uma carta sequer. Não eram dados a esse tipo de coisa. Sumiram da face da terra, simplesmente. Arthur e Henry foram os que ficaram. Fizeram um trato entre eles, estabelecendo que iam ficar, não importava o que acontecesse, de modo que herdariam a fazenda, grande o bastante para os dois. O tempo foi passando. Nellie, eu e os meninos Pye estávamos no fim da adolescência... mas acho que Arthur já completara vinte anos. O futuro de Arthur e Henry tornara-se importante para mim e Nellie, porque havíamos decidido que nos casaríamos com eles.

A srta. Vernon deixou escapar uma risada aguda como um cacarejo.

— Acredito que você esteja achando isso estranho, porque acabei de dizer que gostava de Peter — prosseguiu. — Mas esperei muito tempo por ele, mesmo sabendo, lá no fundo, que não voltaria, e, quando fiz dezenove anos, refleti que meu tempo estava ficando curto. No que se refere a moços, em Crow Lake não havia muita escolha, naquele tempo. Você deve achar que agora também não há, mas naquela época era muito pior. Aqui viviam apenas nossas três famílias, e Struan ficava a um dia de viagem, de maneira que não íamos lá com freqüência. Frank Janie tinha um bando de rapazes, mas aquela era uma família terrivelmente feia. Não é gentil dizer uma coisa dessas, mas é verdade.

121

Eles eram esqueléticos e pálidos. Rapazes bons, mas quando somos jovens queremos algo mais que isso. Pelo menos, Nellie e eu queríamos. Para ser franca, não pensávamos muito na aparência dos meninos Pye. O que tínhamos em mente era casar com os dois irmãos e ir morar naquela bonita casa enorme construída pelo velho Jackson. Víamos nós duas conversando e rindo na cozinha, enquanto fazíamos o jantar, ou assávamos tortas de maçã às cinco da manhã para não ter de enfrentar o forno nas horas quentes do dia, ou cuidando da horta, dos porcos e galinhas, limpando a casa, tudo, enfim, o que nossa mãe fazia, só que seria divertido, porque Nellie e eu estaríamos juntas. Teríamos filhos da mesma idade, que cresceriam juntos e nunca saberiam exatamente quem era a mãe ou a tia deles. Ah, tínhamos tudo planejado! Víamos nós duas sentadas naquela varanda à tardinha, remendando roupas e tagarelando, enquanto nossos homens conversavam entre si, falando de seus assuntos...

Parou de falar por um momento, vendo aquele quadro em sua mente, então bufou.

— Éramos duas moças tolas, brincando de mulheres adultas. Não tínhamos uma idéia sensata na cabeça. — Correu nervosamente os dedos retorcidos de uma das mãos sobre os nós salientes da outra. Setenta anos depois, as tolices de sua juventude ainda a aborreciam. Olhou para mim através do canteiro e disse em tom rabugento: — Não éramos como você, srta. Morrison. Acredito que só tenha idéias sensatas nessa sua cabeça. Idéias sensatas demais. Tente ser jovem por algum tempo, enquanto pode. A vida não é apenas o estudo, sabe? Há mais coisas na vida, além da inteligência.

Não respondi. Detestava quando a srta. Vernon fazia comentários a meu respeito. Na semana anterior, ela dissera que eu parecia zangada o tempo todo e que já estava na hora de perdoar quem quer que fosse que me magoara e

levar minha vida adiante. Eu ficara tão brava que fora embora sem pegar meu dinheiro e sem me despedir.
Agora ela resmungava consigo mesma, observando-me arrancar os pés de mato que cresciam em volta dos rabanetes. O calor era muito forte. Eu estava descalça, e a terra escura queimava-me a sola dos pés, a menos que eu cavasse covas pequenas para acomodá-los. Nos arbustos atrás de nós, as cigarras cantavam seu hino de louvor ao sol.

— Vá buscar um pouco de limonada para nós — a srta. Vernon ordenou ainda com voz áspera. — Pegue biscoitos também. Depois, sente-se para comer. O dia está muito quente.

Fui até a casa. Eu não gostava muito da casa da srta. Vernon, por melhor que o velho Jackson a houvesse projetado. Era escura e silenciosa demais, cheirava a velhice e camundongos. Lavei os copos que tínhamos usado e tornei a enchê-los com limonada, então peguei a lata de biscoitos e examinei o conteúdo. Biscoitos de canela. Biscoitos de canela estavam relacionados com a sra. Stanovich. Biscoitos de creme de leite azedo estavam relacionados com a sra. Mitchell. Quadradinhos de tâmaras e uvas passas estavam relacionados com a sra. Tadworth. Nós, os jovens Morrison, não éramos os únicos a pesar na consciência das boas senhoras de Crow Lake. Equilibrei os copos em cima da lata e voltei para a horta. Sentei-me na grama ressequida ao lado da cadeira da srta. Vernon, e nós duas comemos biscoitos de canela em silêncio, ouvindo as cigarras, dando-nos o tempo necessário para deixarmos de nos sentir aborrecidas com o passado e uma com a outra.

— Onde eu parei? — ela perguntou por fim.

— A senhora e sua irmã decidiram casar-se com Henry e Arthur Pye.

— Ah, isso mesmo!

Ela endireitou-se na cadeira e estreitou os olhos, olhando para além da horta, na direção dos bosques, e para além dos bosques, na direção do passado. Agora, encarava-o com firmeza e severidade, sem as idéias românticas de sua juventude.

— Enfiamos isso na cabeça, Nellie e eu. Não tinha o menor cabimento. Nenhum dos dois jamais nos cortejara. Não havia nada mais do que um pouco de flerte, de vez em quando. A verdade é que nem conhecíamos aqueles dois rapazes tão bem assim. Parece estranho, já que crescemos todos juntos, num tempo em que não havia outras pessoas para conhecer. Mas eles trabalhavam naquela fazenda do amanhecer até o crepúsculo, faziam isso quase desde quando tinham aprendido a andar, e não dispunham de muito tempo livre. Também não eram muito de conversar. Peter era o único que gostava de falar e de pensar sobre as coisas. Nellie e eu sabíamos que Henry e Arthur Pye eram solteiros e bonitos, nada mais. Os homens da família Pye eram todos bonitos, do primeiro ao último. Bem, você sabe disso. Todos eles, depois que passam da fase de crescimento, ficam altos, esbeltos, com aqueles cabelos e olhos escuros. Nellie costumava dizer que os olhos deles eram escuros como os de Deus. Arthur e Henry, principalmente, tinham olhos maravilhosos. Eram altos, robustos, maiores do que o pai. Maiores do que nossos irmãos.

Fazendo uma pausa, a srta. Vernon suspirou.

— Bem, Nellie e eu planejávamos nos casar com os rapazes Pye. Assim, ficamos contentes, quando soubemos que iam herdar a fazenda. Mas, claro, o velho Jackson não estava em nossos planos. Você pode pensar que ele aprendera a lição, não é? Enxotara três de seus filhos, mais da metade de sua força de trabalho. Qualquer homem perceberia que teria de se modificar e tratar os que haviam ficado com mais respeito, mas parece que isso era algo que ele não conseguia aprender. Naquele inverno, mandou os filhos limpar mais uma área de terra, cortar árvores, arrancar as raízes e acabar com o mato rasteiro. Um trabalho realmente duro. Meus irmãos ajudaram, pois as três famílias ajudavam-se mutuamente, e diziam que quando chegavam ao lugar, pela manhã, os rapazes Pye já estavam em atividade e que quando iam para casa, à noite, deixavam os dois ainda trabalhando, e que Jackson não parava de xingá-los nem por um minuto. Até que um dia, ao entardecer, Jackson gritou com Henry por causa de alguma coisa, e o rapaz parou de trabalhar, ficou parado como uma pedra por um momento, olhando para os próprios pés. Então, jogou o machado no chão e andou na direção do pai. Lembra que falei que eram grandes e fortes? Bem, ele pegou Jackson pelo pescoço.

A srta. Vernon ergueu a mão enrugada, deformada pela artrite, e agarrou o pescoço, perto do queixo.

— Assim — mostrou. — Levantou-o do chão e segurou-o no alto por um minuto. Jackson ficou pendurado, esperneando e chutando, gritando com voz esganiçada. Meus irmãos disseram que teria sido engraçado, se não fosse apavorante. Henry olhou para Arthur, que ficara afastado, sem nem tentar ajudar o pai, e disse: "A fazenda é toda sua, Art". Então, deixou o pai cair no chão e marchou para casa. Juntou suas coisas e foi embora naquela mesma noite.

Suspirando, a srta. Vernon juntou as mãos no colo.

Ofereci-lhe um biscoito de canela, mas ela abanou a cabeça, recusando. Então, coloquei-o na boca e o mastiguei em silêncio para não perturbá-la, na esperança de que ela continuasse a falar.

— Henry era para ser meu — a velha senhorita contou após um longo tempo. Parecia cansada, como se as lembranças lhe fossem pesadas. — Não me lembro de como foi que

Nellie e eu decidimos quem seria de quem, mas sei que Henry era para ser meu. Talvez ele não soubesse disso, porque não veio despedir-se de mim. Imaginei-o descendo aquela estrada, suas pegadas encaixando-se nas de Peter, Edward e Norman... Quatro trilhas de pegadas Pye indo para o sul, nenhuma voltando. Imaginei tudo isso, mas era em Peter que eu pensava. E me lembro de ter pensando também: "Lá se vai minha última chance".

Tornou a ficar em silêncio, então bufou novamente, e dessa vez não parecia expressar desprezo, mas aceitação.

— Arthur ficou com a fazenda — explicou.

Parou de falar outra vez e começou a mastigar os dentes. Comecei a me preocupar, achando que ela não ia continuar.

— E Nellie? — perguntei para incentivá-la. — Casou-se com Arthur?

— Já vou chegar lá. — Ela me lançou um olhar severo. — Tenha um pouco de paciência. A história é longa, e estou ficando cansada.

Era isso que eu temia, que ela ficasse exausta antes de chegar ao fim. Eu precisava saber tudo o que acontecera naquela fazenda. Não queria esperar até o dia seguinte. E se ela morresse durante a noite, ou tivesse um derrame e perdesse a capacidade de falar? Eu nunca saberia o resto da história. Por alguma razão, aquilo me parecia uma calamidade. Era como se sentisse que, conhecendo o passado, sabendo o que acontecera com os Pye anteriores, poderia voltar no tempo e mudar a história deles, dar-lhe um curso diferente, de modo que não colidisse com a nossa.

Por isso, achava difícil conter a impaciência. Tive de resistir ao impulso de pressionar a mulher, fazendo-a continuar. Nós duas havíamos esquecido que eu estava lá para cuidar da horta. Ficamos sentadas, ela na cadeira, eu na grama, enquanto o calor diminuía com a aproximação do entardecer.

— O que aconteceu em seguida... — ela começou e parou, batendo os dentes, talvez pesquisando o passado. — O que aconteceu em seguida foi que a sra. Pye morreu. Isso mesmo. Pneumonia. Logo depois que Henry partiu. Uns dois meses mais tarde, Arthur pediu Nellie em casamento. Eu me lembro de que fiquei observando-os através da janela da cozinha. Eles estavam perto do celeiro. Soube que ele estava pedindo Nellie em casamento porque ela se retorcia toda dentro das roupas. Mesmo vendo-a de costas, notei como ficou contente. Claro que ela disse "sim". Mas nosso pai disse "não". Ele explicou que não tinha nada contra Arthur, mas que um dia alguém ia ser assassinado na fazenda dos Pye, e ele não queria que uma filha sua estivesse lá, quando isso acontecesse. E estava acabado. Nellie foi embora com um pregador itinerante, um ano mais tarde. Um dia, vou lhe falar sobre isso. É uma história e tanto. Bem feito para Nellie!

— Jackson e Arthur ficaram sozinhos. Dizem que durante os três últimos anos da vida do pai Arthur não falou com ele, mas não sei se isso é verdade. E na hora do jantar? Será que Arthur não pedia ao velho: "Me passe o sal"? Ou: "Onde pôs a faca de pão?" Seja como for, uma coisa é certa: Arthur estava feliz, no dia em que o pai foi sepultado. Isso eu sei, porque fui ao enterro. Ele não conseguia parar de sorrir. Eu não ficaria surpresa se alguém me dissesse que ele voltou ao cemitério, mais tarde, e dançou descalço sobre o túmulo do pai. No dia seguinte, montou em seu cavalo e desapareceu na estrada. Um mês e meio depois, voltou com uma esposa.

Olhei-a, inquieta. Começava a ter um mau pressentimento, quase uma premonição, como se, de modo inconsciente, eu já soubesse o rumo que aquela história ia tomar. Como se esse conhecimento já existisse dentro de mim, mas houvesse ficado enterrado até aquele momento.

A srta. Vernon olhava para mim, movendo a cabeça afirmativamente, como se soubesse o que eu estava pensando e concordasse com tudo.

— Era a nova sra. Pye — continuou. — Uma coisinha linda. Grandes olhos azuis. De fato, parecia-se bastante com a mãe de Arthur. Os dois foram morar naquela grande casa cinzenta. Tinham tudo a favor deles. Era um novo começo. Um ano mais tarde, ela teve um bebê. No ano seguinte, teve outro, e assim foi, um filho por ano. Seis ao todo, três meninos e três meninas, uma família grande. Era para tudo correr bem, mas adivinhe. Arthur maltratava todos os filhos, sem exceção. As meninas casaram-se novinhas, ainda no começo da adolescência, só para sair daquela vida. Não sei para onde foram com seus maridos, porém nunca nenhuma delas voltou. E dois dos rapazes também foram embora, seguindo as pegadas dos tios, estrada abaixo...

Abanou a cabeça, estalando a língua numa atitude de desalento.

— Nossa! As mulheres Pye devem ter odiado aquela estrada. Era como se houvesse uma placa nela, com o aviso: "direção única". Como naquelas histórias de fadas que contam às crianças. Como a montanha encantada, que engolia todas as crianças. Você conhece aquela história dos ratos.

— Conheço.

— Qual era, mesmo? Esqueço os nomes das coisas, e isso me deixa furiosa.

— *O Flautista de Hamelin*.

— Isso. As crianças eram engolidas pela montanha. Era assim que a sra. Pye devia ver a situação. Todas as sras. Pye. Os filhos iam embora, engolidos por aquela estrada.

Pensei na estrada. Branca, empoeirada, monótona. A saída. Eu própria queria sair por ali. Mas, mesmo então, eu sabia que não desejava isso tanto quanto os filhos dos Pye haviam desejado. E é preciso considerar que nunca fui tão amarga e revoltada quanto naquela época. Coitada da srta. Vernon, conheceu o que havia de pior em mim.

— Restou um filho — ela prosseguiu. — Sabe quem era?

Voltei atrás no tempo, examinando as gerações anteriores, tentando ligar o que a srta. Vernon me contara com o que eu já sabia, então percebi que esse filho só podia ser uma pessoa.

— Calvin?

— Certo. Calvin Pye. Foi o que ficou. Em minha opinião, ele odiava o pai mais do que todos os outros irmãos. E era também o que mais tinha medo dele. Ainda assim, foi o único que ficou. Teimoso. Deve ter sido duro para ele, um menino muito magro, pequeno para a idade. Só ficou forte aos dezoito anos, mais ou menos, de modo que o trabalho deve tê-lo judiado muito. E Arthur gritava com ele o tempo todo.

No decorrer de toda aquela história, um quadro formara-se em minha mente, mostrando todas as fases de todas as pessoas, no entanto descobri que não conseguia ver Calvin como menino. No lugar dele, via Laurie, um garoto muito magro, pequeno para a idade, trabalhando nos campos dia após dia, sempre, *sempre* suportando os abusos do pai.

— Ele nunca retrucava — a srta. Vernon dizia, e fiquei confusa, até me lembrar que era de Calvin que ela estava falando. — Nunca ousou enfrentar o pai, nem mesmo depois de adulto. Tinha medo demais. Ficava parado, ouvindo os gritos, engolindo os sentimentos, e isso deve tê-lo queimado por dentro.

Havia uma diferença, afinal. Na infância, Laurie também fora queimado por dentro pelo fogo da raiva engolida, porém, mais velho, retrucava ao que o pai dizia. E como!

— Então, a mãe dele morreu — a srta. Vernon continuou. — Vamos ver... Quantos anos Calvin teria? Vinte um, 22. Ela morreu na beira do fogão, fazendo molho de carne. Nunca se queixava de nada. E naquele dia fez todo o jantar, só não acabou de fazer o molho. Sei disso porque ajudei a arrumá-la para o velório. A panela estava queimada, com o molho grudado no fundo, porque os homens não pensaram em tirá-la do fogo. Tive um trabalho danado para limpá-la. Ninguém entendeu por que Calvin não foi embora depois disso. Todos nós achávamos que ele não ficaria aqui, mas ficou. Queria a fazenda a qualquer custo. Talvez pensasse que o pai morreria logo, mas estava enganado. Arthur era um homem saudável, viveu mais dezoito anos. Imagine. Os dois morando e trabalhando juntos, todos os dias, durante dezoito anos, odiando-se ferozmente. Basta isso para que eu sinta o sangue coagular nas veias.

Abanou a cabeça e estalou a língua novamente.

— Famílias...

Mexeu-se na cadeira, procurando uma posição mais confortável. Esperei que ela não me dissesse que precisava ir ao banheiro. Temia que perdesse o fio da meada, assim, no último minuto, quando sua história estava tão perto de chegar ao ponto onde começariam a desenrolar-se os acontecimentos que eu já conhecia. Ela não quis ir ao banheiro, felizmente.

— Onde eu estava?

— Arthur e Calvin ficaram sozinhos e juntos.

— Certo, certo. Só os dois, naquela casa enorme, odiando-se. Devem ter ficado muito bons nisso de odiar-se. A prática gera a perfeição. Por fim, Arthur teve um derrame. Estava berrando com Calvin por algum motivo, do outro lado de um campo de beterrabas, quando caiu morto. Esse podemos dizer que morreu de raiva, e foi um alívio para todo mundo.

Mais uma pausa.

— Então, quantos anos tinha Calvin, quando finalmente ficou livre? — perguntou. — Faça as contas. Não sou muito boa nisso.

— Trinta e nove ou quarenta — calculei.

— Está certo. Era um homem de meia-idade. Mas isso não importa. Ele estava livre e tinha uma boa fazenda. O que você acha que aconteceu depois? Pense.

Engoli em seco. A apreensão que sentira um pouco antes agora transformara-se em um bloco de gelo em meu estômago.

— Foi a New Liskeard e arrumou uma esposa? — arrisquei.

— Correto. Você pensou bem. Percebeu o padrão.

Ficamos caladas por alguns momentos, ouvindo o silêncio. As cigarras haviam parado de cantar. Durante anos, eu tentara notar o instante em que seu canto cessava, ouvir a última cigarra entoar a última nota do dia, mas nunca conseguira. Os bosques estavam fantasmagoricamente quietos, esperando que as criaturas noturnas começassem seu turno.

— Agora eu comeria outro biscoito — a srta. Vernon anunciou.

Dei-lhe um, e ela comeu-o devagar, derrubando migalhas no vestido. Então contou, ainda de boca cheia:

— A esposa de Calvin também era bonita. Esqueci o nome dela. Os Pye tinham bom gosto no que se referia a mulheres. Mas qual era o nome dela? Não sei como fui esquecer!

— Alice — informei.

— Isso! — ela concordou. — Alice. Bonita. Começou cheia de vida, como todas as outras. Fazia bolos e biscoitos para as festas da igreja, juntou-se ao grupo de costura. Acho até que tocou órgão na igreja durante algum tempo. Tocou, sim. Mas Calvin disse que os ensaios tomavam muito tempo, e ela teve de desistir. Joyce Tadworth, que tomou o lugar dela, não sabia diferenciar uma nota da outra. Ouvi-la tocar era uma verdadeira tortura.

Estendeu o olhar na direção dos bosques escuros, recordando a dissonância.

— Alice teve muitos abortos — disse após alguns segundos. — Dois abortos para cada criança que nascia viva, pobre mulher. Dessa maneira, ficou com apenas três filhos. Não consegui gravar os nomes deles na memória. Mas não preciso lhe dizer isso. Você os conhece.

Pensei em Rosie. Ela parecia uma pobre plantinha que nascera de uma semente plantada por acidente na frente da porta da casa de alguém, delgada e pálida, pisada toda vez que tentava erguer a cabeça. Tive uma súbita e vívida lembrança dela de pé ao lado de sua carteira na escola. Nossas carteiras ficavam muito próximas, de modo que ela estava ao lado da minha também. Devíamos ter seis anos na época, estávamos na primeira série. Tínhamos de ficar de pé quando a professora nos fazia uma pergunta, portanto a srta. Carrington devia ter lhe perguntado alguma coisa. Rosie, porém, não respondeu. Ficou parada, muda, e após alguns instantes seu corpo todo começou a tremer. "Tenho certeza de que você sabe, Rosie", a srta. Carrington disse com bondade. "Pense um pouco." Então, ouvi o leve ruído de algo escorrendo e senti cheiro de urina. Vi uma poça formar-se no chão, aos pés da menina. Depois disso, a professora nunca mais perguntou-lhe coisa alguma.

Essa era Rosie. E havia Marie. Era incrível o modo como ela, mesmo quando não estava carregando nada, mantinha os braços apertados ao redor de si mesma, segurando os cotovelos como se sentisse frio, até nos dias mais quentes. A voz dela era sempre suave e tímida. Suave e tímida demais. Aquilo me irritava. Lembro-me de que quando a ouvia falar com Matt ficava irritada com o som de sua voz.

E Laurie, que ficara com a parte do leão na partilha da ira de Calvin. Quando eu era pequena, não fazia idéia de como a vida dele era miserável. Tais coisas estavam além de minha imaginação. Tudo o que eu sabia era que ele quase nunca fitava alguém nos olhos e que, quando o fazia, havia algo no olhar dele que obrigava a outra pessoa a desviar o seu.

A srta. Vernon remexeu-se na cadeira e suspirou.

— Agora é sua vez de me contar alguma coisa. Dizem que é inteligente, então me diga por que todos os homens Pye detestaram os próprios filhos. Como é possível acontecer isso, três gerações em seguida? Está no sangue deles? Ou é porque nunca aprenderam a comportar-se de outra maneira? Não me parece normal, não faz sentido.

— Não sei — eu disse.

— Não achei que soubesse. Não é tão inteligente assim. Ninguém sabe.

Silêncio. Sombras alongavam-se, saindo do bosque e rastejando em nossa direção. Dei um tapa no braço para matar um mosquito e senti que minha pele estava fria.

— Você sabe o resto. Talvez melhor do que eu — a srta. Vernon comentou.

Concordei com um gesto de cabeça. Sim, eu sabia o resto.

Ela passou as velhas mãos retorcidas no vestido, tirando as migalhas de biscoito.

— Quer que eu colha alguns legumes para seu jantar? — ofereci.

— Vagens. Mas, primeiro, terá de me levar ao banheiro. Esperei muito para ir.

Fomos arrastando os pés para o banheiro, deixando que o ar frio do anoitecer absorvesse a história dos Pye juntamente com a névoa que subia do lago.

11

Eu tinha quinze anos, quando a srta. Vernon contou-me a história dos Pye. Com essa idade, fui capaz de compreender tudo o que ela disse, de refletir e ver a relação daqueles fatos com o que acontecera em minha própria geração. Não vou dizer que isso me tornou mais bondosa e compreensiva, mas pelo menos ajudou-me a enquadrar as coisas em um contexto. Se tivesse ouvido a história aos sete anos, tenho certeza de que não lhe daria a menor importância. Para começar, as crianças são necessariamente egocêntricas. O que lhes importa se a vida dos vizinhos é trágica ou desregulada? A principal ocupação delas é garantir a sobrevivência, e sua preocupação é com aqueles que as ajudam a sobreviver. Elas também se ocupam em aprender a respeito do mundo que as cerca, daí a ilimitada curiosidade dos animais jovens, mas a sobrevivência vem em primeiro lugar. E para mim, naquele ano, a sobrevivência, pelo menos no sentido emocional, foi tudo com o que pude me ocupar.

Naquele ano horrível, como em todos os outros, fui à escola diariamente, andando ao longo dos trilhos da estrada de ferro. Era o caminho mais curto. A rodovia fazia muitas voltas, enquanto os trilhos da ferrovia corriam em linha reta. Agora o fato de serem tão retos me deixa admirada, embora isso não merecesse a menor reflexão de minha parte nos meus tempos de criança.

Quando os trabalhadores que construíram a ferrovia encontravam um obstáculo, detonavam-no, cortavam-no, preenchiam-no ou construíam uma ponte, dependendo do caso. Vejo fotos antigas daqueles homens, e eles não têm a aparência de heróis. Estão inclinados sobre picaretas, os capacetes empurrados para trás, sorrindo para a câmera, mostrando dentes estragados. Em sua maioria são baixos, magros demais, têm músculos encordoados, em vez de arredondados e volumosos. A impressão que dão é que não tinham muito o que comer quando estavam crescendo. Mas deviam ter muita energia e uma enorme resistência, disso não há dúvida.

O caminho que abriram era três ou quatro vezes mais largo do que o leito dos trilhos, e com o passar dos anos esse espaço cobriu-se de grama, capim barba-de-bode e flores silvestres, de modo que caminhávamos ao longo dos trilhos, todas as manhãs, como se estivéssemos passando por uma campina. Em setembro, tudo aquilo enchia-se de sementes que caíam sobre nós como pó, sopradas pelo vento, ou que, cheias de espinhos, grudavam-se em nossas roupas. Havia dias em que as vagens das ervas abriam todas de uma vez sob o calor do sol. E milhares e milhares de pequenas explosões repetiam-se como silenciosas salvas de tiros ao longo dos trilhos. Nesses dias, eu andava através de nuvens de lanugem sedosa que flutuavam como fumaça na brisa da manhã.

Passava por tudo aquilo como uma sonâmbula. Tinha consciência do que me cercava, mas não via realmente. Na escola era a mesma coisa. A srta. Carrington explicava as lições de aritmética, gramática, história ou geografia, e eu educadamente tentava prestar atenção, mas não entendia uma única palavra. Acho que ficava olhando as partículas de pó que dançavam nos raios de sol que entravam pelas janelas. Ou ficava ouvindo o barulho surdo produzido pelas beterrabas sendo despejadas nas gôndolas do trem de carga que as levaria para o sul. Os trilhos da ferrovia passavam perto dos fundos do pátio de recreio, e o desvio onde as gôndolas ficavam à espera estendia-se bem em frente à escola. A balança e o funil de carregamento, uma escalavrada estrutura de madeira que parecia uma pirâmide invertida, ficavam ali, assim como o longo braço de metal e borracha da esteira de transporte, erguido no ar, movendo-se sobre as gôndolas. Durante todo o mês de setembro, caminhões vindos de fazendas sacolejavam pelo caminho sulcado ao lado dos trilhos e despejavam sua carga de beterrabas no funil com um estrondo que fazia a srta. Carrington parar de falar. Então, a esteira era ligada, e as beterrabas começavam a cair, no início uma de cada vez, depois num tropel contínuo, para dentro de uma enorme gôndola. Nos outros anos, depois de uma semana ouvindo esse barulho, eu quase não o notava mais. Todos nós crescemos ouvindo aquilo, que, como o som das ondas do lago, fazia parte do cenário de nossas vidas. Naquele setembro, entretanto, o ruído parecia hipnótico. Eu o ouvia, fascinada, e era como se o rumor pesado e surdo penetrasse minha alma.

Um dia, depois das aulas, a srta. Carrington perguntou se podia me acompanhar até em casa.
— Faz tempo que não vejo seus irmãos — ela comentou. — Acha que eles se importariam se eu fosse lá para vê-los?
Devíamos estar no início de outubro. Os dias ainda eram quentes, mas bem mais curtos, porque escurecia depressa, e fazia frio à noite.
Não levei a srta. Carrington pelo caminho ao longo dos trilhos, porque ela estava usando uma saia comprida e nunca conseguiria tirar todos os carrapichos que se grudariam nela. Fomos pelo caminho normal, acompanhando a rodovia, embora fosse mais longo e muito poeirento. Ela me falou

do lugar de onde viera, outra comunidade rural, só que maior e menos remota do que a nossa. Morara em uma grande casa de fazenda e tivera um cavalo.

— Também tenho irmãos — contou. — Três homens. Nisso, você está melhor do que eu, porque tem uma irmã.

Sorriu para mim. Ela prendera os cabelos frouxamente na nunca, amarrando-os com uma fita azul. Era alta e esbelta, tinha o rosto comprido demais para ser bonito, mas os olhos eram lindos, grandes, castanho-escuros. Os cabelos também eram escuros, mas em dias ensolarados mostravam reflexos ruivos e dourados.

Quando chegamos, Luke e Bo estavam ao lado da casa, pendurando roupas no varal, embora já fosse tarde, e o sol começasse a perder o calor. Matt ainda não chegara, o ônibus deixava-o na estrada, por volta de quatro horas. Luke parou quando viu a srta. Carrington. Deixando uma fralda pendurada por apenas um prendedor, pegou Bo no colo e foi ao nosso encontro. A fralda não parecia muito limpa. Estava com manchas e já nem parecia branca.

— Oi, Luke — a srta. Carrington cumprimentou. — Espero que não se importe por eu ter vindo. Só vim para saber se está tudo bem com vocês.

Luke pareceu ficar embaraçado. Era óbvio que não gostara que a professora o visse pendurando fraldas.

— Hã... está tudo bem, obrigado. Eu me atrasei um pouco... — Fez um gesto, indicando as fraldas no varal. — Era para eu ter feito isso de manhã, mas Bo me manteve ocupado.

Ele estava sempre atrasado no que dizia respeito a pôr fraldas para secar. Era o que menos gostava de fazer, algo que ia protelando o dia inteiro.

Pôs Bo no chão, mas logo tornou a pegá-la, porque ela choramingou e começou a querer subir por sua perna. Passou a mão livre por entre os cabelos.

— Gostaria de tomar um refresco ou outra coisa? — ofereceu, olhando vagamente na direção da casa.

— Não, não — a srta. Carrington respondeu depressa. — Não vou me demorar. Só queria mesmo saber como vocês estão se saindo.

— Está tudo bem — Luke tornou a afirmar. Hesitou, então prosseguiu: — Mas entre e descanse um pouco. Está quente aqui fora. Deve estar com sede. Temos... hã... chá...

— Eu tomaria água — a srta. Carrington disse. — Um copo de água seria muito bom. Mas não vou entrar. Só vim para saber de vocês e falar rapidamente sobre um assunto que...

— Ah... — Luke murmurou, olhando para ela. — Certo. Hã... Kate, quer ir buscar um copo de água para a srta. Carrington? Talvez.... talvez precise lavar um copo.

Entrei em casa. Estava um caos. O pior lugar era a cozinha. Havia pratos e xícaras sujos cobrindo o balcão, além de restos de comida caídos aqui e ali. Bo tirara todas as panelas das partes mais baixas dos armários, e precisei abrir caminho entre elas. Não havia um único copo limpo. Peguei um sujo de leite, lavei-o e enchi-o com água gelada. Ficara um círculo branco de leite seco no fundo, mas esperei que a srta. Carrington não notasse.

Quando saí novamente, Luke ainda segurava Bo no colo, e ela chupava o polegar, segurando um prendedor de roupas com a mesma mão. O prendedor pressionava uma de suas bochechas, como se fosse furá-la, mas ela parecia não perceber. Estava observando minha professora com os olhos estreitados, desconfiada. Mas a srta. Carrington prestava atenção ao que Luke dizia. Ele lhe fazia uma pergunta. Alguma coisa relacionada com o dr. Christopherson.

— Acho que não — ela respondeu. — Para ser sincera, não creio que ele pudesse ajudar muito. Penso que é apenas uma questão de tempo. Mas nós precisamos manter contato, acompanhar o progresso...

Viu que eu me aproximava com o copo e sorriu para mim.

— Obrigada, Kate.

— Suco! — Bo exclamou, estendendo a mão para o copo que eu entregara à srta. Carrington.

— Pegue-a, Kate. Dê-lhe um copo de suco e um pedaço de pão, sim? — Luke pediu. — Ela comeu muito pouco, no almoço.

Passou-me a menina, e cambaleei sob seu peso. Ela tirou o dedo da boca e me deu um sorriso.

— Kate, Kate, Kate — cantarolou, mostrando-me seu prendedor.

Levei-a para casa e dei-lhe suco. Tirei um pão da lata e cortei uma fatia.

— Tome um pedaço de pão, Bo.

Ela pegou-o e examinou-o com suspeita. Fui até a janela. Luke e a srta. Carrington ainda estavam conversando. Passava das quatro, e Matt ainda não chegara. Toda vez que o ônibus escolar atrasava-se, eu começava a imaginar que acontecera um acidente. Um caminhão carregado de toras atingira a lateral do ônibus... Corpos... Matt estirado no chão, morto. Mas, de repente, lá estava ele, andando pela alameda, carregando os livros sob o braço. Viu Luke e a srta. Carrington e juntou-se a eles. Era esquisito ver Luke e Matt ao lado de minha professora, difícil acreditar que também haviam sido seus alunos, ambos muito mais altos do que ela, principalmente Luke. E a srta. Carrington não parecia muito mais velha do que eles.

Ela disse alguma coisa a Matt. Ele concordou, movendo a cabeça, e observou-lhe o rosto, enquanto ela continuava a falar, então olhou para o chão. Mudou os livros para o outro braço. A srta. Carrington fez um pequeno gesto com as mãos, e ele a olhou com um leve sorriso. O que eu mais conhecia, em todo meu universo, era o rosto de Matt. Foi a sugestão de ansiedade em seu sorriso que me levou a suspeitar que estavam falando de mim. O que estariam dizendo? Eu fizera alguma coisa errada na escola? Meu estômago contraiu-se num espasmo de medo. A srta. Carrington me repreendera várias vezes, por eu estar distraída. Seria isso? Luke não se importaria, ele próprio nunca fora de prestar muita atenção ao que o rodeava. Mas Matt... Eu não tinha medo de que ele se zangasse comigo. Tinha medo de desapontá-lo, de não ser tão inteligente como ele queria que eu fosse.

A srta. Carrington falou alguma coisa, os dois olharam para ela e disseram algo em resposta. Ela sorriu, virou-se e foi embora, descendo a alameda. Matt e Luke caminharam para casa, conversando de cabeça baixa.

— Bem, preciso ir para o armazém, já estou atrasado — Luke disse, quando entraram. — Pode acabar de pendurar as fraldas? Ela me pegou no meio do serviço.

— Tudo bem — Matt concordou. Pôs os livros na mesa e sorriu para mim e Bo. — Oi, moças, como foi seu dia?

Bo arrancava pedaços da fatia de pão e punha-os na boca. Estava comendo com vontade, mas sorriu para Matt e saudou-o, abanando uma tira da crosta para ele. Migalhas escorregavam por seu vestido, caindo no chão.

— Estou indo — Luke avisou, pegando as chaves, que ficavam no peitoril da janela.

Saiu, deixando a porta bater atrás de si.

Matt encostou-se no batente, olhando a desordem.

— Vou lhes dizer qual é o problema, moças — disse após um instante. — O problema é que Bo é melhor para sujar e desarrumar do que Luke para limpar e arrumar.

Falou isso como se fosse um gracejo, mas aquele caos deixava-o aborrecido. Creio que via naquilo um símbolo: a desordem na casa refletia a desordem em que estava nossa vida. Isso aumentava seu receio de que o grandioso plano de Luke não desse certo. Luke não via as coisas dessa maneira. No que lhe dizia respeito, desordem era apenas desordem, e daí?

Naquele momento, porém, nada disso me importava.

— O que a srta. Carrington queria? — indaguei.

— Ah, só queria saber como estão as coisas por aqui. Você sabe, como todo mundo. Foi muita bondade dela, não acha?

Matt começou a juntar as panelas, limpando o fundo de cada uma delas, antes de colocá-las uma dentro da outra.

— Ela falou de mim?— insisti.

— Claro, falou sobre todos nós.

— Sei, mas o que ela falou de mim?

Minha boca tremia. Cerrei os lábios, mas o tremor continuou. Matt olhou-me com preocupação, pôs as panelas em cima do balcão, andou em minha direção, rodeando Bo, que amassava migalhas no chão com os dedos dos pés, e puxou uma de minhas tranças num gesto de gentil reprovação.

— Ei! Por que está nervosa? Ela não disse nada de ruim sobre você.

— Disse o quê, então?

Matt reprimiu um suspiro, e tive medo de estar deixando-o mais cansado e triste do que ele já estava.

— Disse que você fica quieta demais, às vezes, Katie. Só isso, está bem? Não há nada de errado em ficar quieta. Na verdade, isso é bom. Gosto de mulheres quietas. — Olhou para Bo, franzindo a testa. — Está ouvindo, Bo? Gosto de mulheres quietas. As barulhentas deixam qualquer um louco.

À noite, eu ficava deitada, ouvindo o grasnar dos gansos, que passavam em bandos acima de nós. Voavam dia e noite, levando seu longo "V" através do céu, incentivando uns aos outros com seus gritos ásperos e tristes. Estavam nos deixando, e só voltariam depois do inverno.

Acredito que foi mais ou menos nessa época que houve uma briga no pátio da escola. Sempre havia brigas, pois meninos são meninos, mas aquela foi mais feroz que as outras.

Aconteceu no cinturão de árvores que marcava o limite da propriedade, além do trecho de terra salpicado de touceiras de capim, que os garotos usavam como campo de beisebol. Se fosse mais perto, a srta. Carrington saberia logo e acabaria com a briga, mas, do modo como foi, ela demorou a saber. Alguns meninos jogavam beisebol e notaram que estava acontecendo alguma coisa entre as árvores, então pararam para olhar. Isso foi percebido pelas meninas mais velhas, que, reunidas num canto, assistiam ao jogo de longe. Elas pararam de conversar e também olharam na direção das árvores. Com isso, chamaram a atenção das meninas mais novas, que brincavam de pular corda na pequena área calçada ao pé da escada de entrada, e sua algazarra cessou. A srta. Carrington, sentada num dos degraus, corrigindo exercícios de linguagem, foi alertada pelo súbito silêncio. Levantou-se, olhou para as árvores por um momento, então começou a andar depressa na direção delas. Um menino apareceu correndo. Gesticulava, aflito, e a professora começou a correr, a saia comprida ondulando. Ela desapareceu no meio das árvores, e ficamos parados, olhando, sem saber o que estava acontecendo.

Quando reapareceu, voltando em largas passadas para a escola, vinha acompanhada por dois garotos que meio carregavam, meio arrastavam um outro, todo ensangüentado. O sangue escorria-lhe do nariz, da boca, dos ouvidos, descia pelo pescoço, ensopando a camisa. A srta. Carrington passou por nós, lívida. Entrou na escola, mandando que os meninos a seguissem. O garoto era Alex Kirby, que morava em uma fazenda e era um grande arruaceiro.

Os outros meninos foram chegando, olhando por cima do ombro, para um outro que vinha atrás, sozinho, andando devagar, rigidamente, e que também tinha sangue nas roupas. A expressão deles era de assombro e alarme. O que se aproximava sozinho era Laurie Pye.

Os garotos reuniram-se perto da escada, com as meninas. Laurie parou longe dos outros. Observei-o do lugar onde estivera o tempo todo, encostada na parede, vendo minhas coleguinhas pular corda. Olhar foi só o que fiz naquele ano. Rosie estava perto de mim, e ela também nunca fazia outra coisa a não ser olhar, mas nosso isolamento não formou um vínculo entre nós.

Saía sangue do nariz de Laurie, e os nós dos dedos de sua mão direita estavam esfolados. Ele olhava para o grupo ao redor da escada, sem nenhuma expressão no rosto. Rosie observava-o, e seu rosto também era inexpressivo.

Laurie não a notou. Olhou para a mão, como se só então notasse que estava ferida, e ao fazer isso viu a camisa suja de sangue e quase caindo de seu corpo, pois rasgara-se nas costas, da bainha, até o colarinho. Puxou uma das partes da camisa para a frente e virou-se ligeiramente para avaliar o estrago. Vi o lado de seu tórax, as costelas salientes, parecendo ondulações de uma tábua de lavar roupa, e as costas. Havia marcas em suas costas. Marcas em forma de "U", como pequenas ferraduras. Algumas eram arroxeadas e inchadas, outras, brancas e lisas. Cobriam todas as costas e o flanco. Então, Laurie ajeitou novamente a camisa juntando as pontas soltas atrás, e colocou-a para dentro da calça jeans, desajeitadamente, porque não estava usando a mão direita.

Acabara de fazer isso, quando a srta. Carrington apareceu na porta. Ficou parada, olhando para ele, em seguida pareceu lembrar-se do resto de nós.

— Vocês estão dispensados — anunciou, correndo o olhar pelo grupo. — Podem ir para casa. Alex está bem, já chamei o médico para examiná-lo.

Voltou a olhar para Laurie. Havia preocupação em seu rosto. Laurie nunca se envolvera em uma briga, antes. Os outros meninos não gostavam dele, mas não o provocavam, apenas o evitavam. Como eu disse, havia algo estranho nos olhos dele.

— Entre, Laurie — a srta. Carrington ordenou. — Quero falar com você.

Ele se virou e foi embora.

Não sei qual foi o motivo da briga, mas não tenho dúvida de que foi Alex quem a começou. Teve o nariz quebrado e uma orelha quase arrancada. Foi à escola, no dia seguinte, mostrando horríveis pontos pretos prendendo a orelha no lugar.

Laurie nunca mais voltou.

Quanto às pequenas ferraduras que eu vira em suas costas, bem, não compreendi o que eram. Mesmo que eu soubesse o que estava acontecendo na fazenda dos Pye naquele outono, duvido que chegasse a alguma conclusão. Eu não estava raciocinando claramente, naquela época.

Não falei das marcas a ninguém. E, naturalmente, não posso saber se faria alguma diferença se falasse.

12

Domingo, 11 de outubro

Querida tia Annie,
Como vai? Espero que esteja bem. Nós todos estamos. Bo está bem. A srta. Carrington veio aqui em casa. A sra. Mitchell veio e trouxe um cozido. A sra. Stanovich veio e trouxe torta.
Com amor,

Kate

Domingo, 18 de outubro

Querida tia Annie,
Como vai? Espero que esteja bem. Nós todos estamos. A sra. Stanovich veio e trouxe um frango. A sra. Tadworth veio e trouxe presunto.
Com amor,

Kate

Essas cartas agora estão comigo. Tia Annie morreu um ano atrás, de câncer, e depois de sua morte tio William mandou as cartas para mim. Fiquei emocionada ao saber que ela as guardara, principalmente levando-se em conta a notável falta de estilo e conteúdo. Havia uma caixa cheia delas, cobrindo um período de vários anos, e, quando li as primeiras, pensei: "Meu bom Deus, elas não dizem absolutamente *nada*". No entanto, lendo-as novamente, tentando imaginar tia Annie desdobrando as amassadas folhas de papel, ajeitando os óculos e lendo meus garranchos, compreendi que ela, olhando bem, e certamente olhava, provavelmente encontrava algum conforto nas entrelinhas.

Para começar, ficava sabendo que não estávamos passando fome e que a comunidade não nos esquecera. Ficava sabendo que eu estava me sentindo bastante bem para me sentar e escrever uma carta, que Luke e Matt eram bastante organizados para me lembrar de fazer isso. O fato de eu sempre escrever aos domingos mostrava que tínhamos uma rotina, e tia Annie era da escola que dava muito valor a rotinas. E de vez em quando havia uma verdadeira notícia.

Domingo, 15 de novembro

Querida tia Annie,

Como vai? Espero que esteja bem. Nós todos estamos. Bo está bem. O sr. Turtle caiu do telhado da escola e quebrou a perna. Ele subiu lá para tirar um corvo morto de dentro da chaminé. A sra. Stanovich veio e trouxe pudim de arroz, disse que a srta. Carrington disse que Laurie precisava voltar para a escola e que o sr. Pye foi rude. A sra. Lucas veio e trouxe picles e vagens. Ontem à noite nevou.

Com amor,

Kate

A respeito de toda a comida que nos levavam, não sei se as mulheres da igreja estabeleceram uma escala, ou se isso foi deixado a cargo da consciência de cada uma, mas a cada poucos dias recebíamos uma refeição completa. Ou encontrávamos os pratos na soleira da porta, de manhã, ou uma caminhonete chegava, e uma das esposas dos fazendeiros descia com uma tigela de cozido. "Isto aqui é para vocês, queridos", dizia. "Levem ao fogo por uns vinte minutos, antes de servir. Dá para duas refeições. Como estão todos? Nossa, como Bo cresceu!"

Nenhuma delas ficava muito tempo. Acho que não sabiam muito bem como lidar com Luke. Se ele fosse uma moça, ou mais jovem, ou se estivesse menos determinado a cuidar de tudo sozinho, acredito que aquelas mulheres se sentariam para conversar e que, enquanto tagarelassem sobre coisas superficiais, aproveitariam para passar algum conselho útil. Mas Luke era Luke, de modo que elas nos entregavam o que haviam levado, evitando com muito tato olhar para o caos a sua volta, e iam embora.

Nessa questão de tato havia uma exceção. A sra. Stanovich ia a nossa casa pelo menos duas vezes por semana. Arrancava o corpo volumoso de trás do volante da velha caminhonete do marido e subia, ofegando, os degraus da porta da frente com dois pães equilibrados no alto de uma cesta que continha espigas de milho, ou com um pernil de porco embaixo de um braço e um saco de batatas sob o outro. Ela parava no meio do caos na cozinha, com as pernas abertas, os seios subindo e descendo como uma massa agitada sob o tecido do casaco, os cabelos puxados para trás num coque apertado, como se soubesse que Jesus não se importava com sua aparência, e olhava em volta, com o duplo queixo tremendo de angústia.

Não dizia nada a Luke, era bastante sensível para não fazer isso, mas seu rosto falava por ela. E, se visse Bo ou a mim, sua angústia subia e se derramava em lágrimas. "Minha querida, minha doçura", murmurava, apertando-me contra os seios. Só fazia isso comigo, depois da primeira vez em que tentara esmagar Bo dessa maneira e se arrependera. "Precisamos tentar aceitar a vontade de nosso bendito Senhor, mas às vezes é *difícil* ver o sentido de certas coisas, é *difícil* compreender Seus desígnios."

Eu julgava captar uma ponta de aspereza em sua voz, como se ela não estivesse falando comigo, mas com alguém fora de nosso campo de visão, porém bastante perto para ouvi-la. Ela dirigia as palavras a mim, mas queria que o Senhor recebesse a mensagem. Estava zangada com Ele. Achava que, tendo tirado nossos pais de nós, principalmente nossa mãe, a quem penso que ela realmente amava, Ele errara vergonhosamente por falta de discernimento.

— Quanto tempo isso vai continuar? — perguntou Matt. — Para sempre? Pelos próximos trinta anos, semana entra, semana sai?

Luke olhou para a travessa sobre o balcão, onde estava o que sobrara do presunto defumado, produto da criação de porcos dos Tadworth.

— Um presunto danado de bom — comentou, pensativo. — Isso precisamos admitir.

Acabáramos de jantar, e ele já pusera Bo na cama. Eu estava sentada à mesa da cozinha, teoricamente estudando vocabulário.

— A questão não é essa — disse Matt. — A questão é que não podemos levar essa situação adiante.

— Por que não?

— Ora, Luke! Não podemos viver da caridade alheia a vida toda! Não podemos esperar que os outros cuidem de nós. Eles têm suas próprias famílias. O povo daqui não é exatamente rico, como você sabe.

— Também não é exatamente pobre — replicou Luke.

— De onde veio aquele peixe enorme da semana passada? Vai me dizer que os Sumack não são pobres?

— Não conseguiriam comer todos os peixes que pescam — Luke argumentou.

— O resto eles *vendem* — Matt observou. — *Vendem*, porque precisam de dinheiro!

— E o que você quer que eu diga? Ei, Grande Jim, obrigado, amigo, mas não posso aceitar porque vocês são pobres? Ele veio conversar um pouco, pelo amor de Deus, quando estava voltando da pesca, e me deu aquele peixe! Você fala como se fôssemos viver assim para sempre! Mas não vamos. Será assim até nos equilibrarmos. Até conseguirmos um bom emprego. Aí, as pessoas pararão de nos dar coisas, verão que não precisamos mais de ajuda.

— Certo. E quando vai ser isso? Onde está esse bom emprego?

— Vai aparecer — Luke afirmou.

— Fico contente por você ter tanta certeza, Luke. Deve ser ótimo ter esse dom de saber o que vai acontecer.

— Gosta de se preocupar, não é? Sempre gostou.

Matt suspirou e começou a despejar na mesa o conteúdo de sua bolsa de escola.

— Todos gostam de nos trazer coisas — Luke disse, defendendo seu ponto de vista. — Sentem-se verdadeiros santos. Seja como for, não é você que precisa agradecer o que fazem por nós, pois está na escola quando as pessoas vêm. Sou eu que tenho de pensar no que dizer, pela milésima vez, àquelas senhoras que aparecem, uma atrás da outra. Às vezes é um verdadeiro desfile de mulheres, o dia inteiro.

Matt olhou-o. Era possível ver que ele analisava algo que lhe viera à mente. Sentou-se a meu lado e pegou um dos livros da pilha que trouxera para casa. Todos os dias, eu me sentava a sua frente na mesa da cozinha e fazia minhas lições. De vez em quando, ele parava de ler ou escrever e me testava, fazendo perguntas. Quando eu mostrava que aprendera tudo, deixando-o satisfeito, tinha permissão para me sentar a seu lado e desenhar, enquanto ele voltava a estudar.

Naquele dia, porém, foi diferente. Ele não se sentou a minha frente e não começou a fazer as lições imediatamente. Puxou o zíper do porta-lápis e despejou o conteúdo na mesa, então olhou para mim pelo canto dos olhos e cochichou:

— Você acha Luke bonito, Kate? Seja sincera. Preciso de uma opinião feminina.

Ele estava brincando, e fiquei contente, porque isso significava que dera a discussão por terminada. Eu detestava quando eles discutiam.

Luke bufou, agastado. Estava jogando os restos de comida para dentro da lata de lixo. A lata cheirava mal, porque ele não a esvaziava com bastante freqüência. Seu modo de fazer o trabalho doméstico era o mais básico possível. Todos os legumes eram cozidos em uma só panela e depois passados diretamente para nossos pratos, para que não houvesse muita louça para lavar. As roupas só eram lavadas quando estavam de acordo com a definição de Luke para "sujas". O almoço que eu levava para a escola consistia em uma maçã e duas fatias de pão com um pedaço de queijo no meio. Mas não me lembro de um só dia em que Luke tivesse deixado de prepará-lo. E sempre encontrávamos algo para vestir, se procurássemos bastante. Tudo o que era importante nós tínhamos.

— Deve haver algum motivo para todas aquelas mulheres virem aqui — Matt continuou, ainda cochichando. — Esse motivo é Luke, não acha? O corpo bonito que ele tem.

Luke deu-lhe um soco no braço. Já nos velhos tempos, quando tudo era normal, ele costumava fazer isso sempre que não tinha resposta para dar às inteligentes observações de Matt. Não fazia com raiva, porém. Aquilo era muito diferente das brigas entre eles, raras mas apavorantes. Era só uma maneira de Luke dizer: "Tome cuidado, irmãozinho, ou lhe dou uma surra". Matt nunca revidava, o que era sua maneira de dizer que se recusava a descer tão baixo. Apenas esfregava o lugar onde levara o soco, e pronto.

— O dia todo, passam por aqui fabulosas mulheres muito *sexy*: a sra. Lucas, a sra. Tadworth, a sra. Stanovich. Fazem fila diante da porta, ofegantes, com a língua de fora, abanando a cauda.

— Vá se danar — Luke disse.

Começou a lavar os pratos de maneira não muito cuidadosa.

Matt, sentado na cadeira, estava de costas para ele.

— Nunca fale como Luke, está bem? — Matt me instruiu num cochicho. — Só pessoas que não sabem expressar-se bem usam essa linguagem. Assim como recorrem à violência física, quando vêem que estão perdendo uma discussão.

— Certo, e elas estão prestes a recorrer a isso de novo — Luke retrucou. — Vai acontecer a qualquer momento.

Eu estava rindo. Fazia muito tempo que não ria. Matt mantinha-se sério, olhando-me gravemente.

— O fato é que dizem por aí que várias mulheres, uma em particular, da qual não vou dizer o nome, mas que tem cabelos ruivos, acham Luke irresistível. Tão irresistível que elas não conseguem ficar longe dele. Para mim isso parece loucura, mas, afinal, sou homem. Você é mulher. O que me diz? Luke é irresistível?

— Matt, cale a boca — Luke ordenou.

Ainda tinha as mãos mergulhadas na água, mas parara de lavar os pratos. Ficara imóvel.

— Mas eu quero saber! — Matt insistiu. — Acha que ele é irresistível, Kate?

— Não — respondi rindo.

— Matt... — Luke disse em tom baixo.

— Foi o que pensei. Então, por que uma certa ruiva... Ai! O que há com você? — Matt gritou.

Girou na cadeira, segurando o ombro. O soco de Luke fora violento, quase o derrubara. Luke não estava sorrindo. Suas mãos pendiam ao longo do corpo, pingando água com sabão.

Matt ficou olhando para ele.

Depois de um longo instante, Luke falou em tom sério:

— Mandei você calar a boca.

Agora eu sei por que ele reagiu daquela maneira, mas só juntei as peças anos depois. Matt não sabia que acontecera algo que tornara Sally McLean um assunto delicado para Luke e nada bom como tema de gracejos.

Acontecera no sábado anterior, à tarde, quando Matt estava na fazenda dos Pye. O trabalho de arar a terra, feito no outono, terminara, mas havia cercas para consertar, e Calvin Pye queria cimentar o piso de um barracão. Assim, Matt fora para lá. Luke, Bo e eu estávamos em casa, no quintal, lidando com a lenha.

Nas semanas anteriores nevara apenas esporadicamente, mas o inverno estava próximo, e então a neve cairia sem parar. Havia em tudo uma quietude que não existe em nenhuma outra época do ano. O lago estava parado, e ao longo da margem havia uma borda de gelo, fina, rendada e granulosa por causa da areia. Às vezes, o gelo derretia à tarde, mas na manhã seguinte formava-se novamente, e ficava mais espesso a cada dia.

Armazenar lenha tornara-se uma prioridade, e naquela tarde nós três estávamos trabalhando nisso. Luke rachava toras, eu juntava cavacos, e Bo tirava achas da pilha, jogando-as em outro lugar. Era tarde, quase quatro horas, e a luz do dia começava a enfraquecer. Fui ao bosque buscar alguns galhos de uma árvore que o vento derrubara, e quando voltei, arrastando-os atrás de mim, vi Sally McLean encostada na pilha de lenha, conversando com Luke.

Ela usava um suéter pesado de tricô, verde-escuro, que fazia sua pele parecer mais branca, e os cabelos, mais vermelhos, e pintara uma linha com lápis preto em volta dos olhos, o que os tornava maiores. Brincava com uma mecha de cabelos, enrolando-a nos dedos, e de vez em quando punha a ponta na boca e puxava-a suavemente entre os lábios. Luke brincava com o machado. Primeiro, colocou-o de cabeça para baixo, apoiando-o no chão e segurando-o pelo cabo, depois virou-o e passou o polegar pela lâmina, como se estivesse se certificando de que estava afiada. Então, tornou a virá-lo e ficou batendo-o no chão, com ar pensativo.

Sally parou de falar quando viu que eu me aproximava. Por um instante pareceu irritada, mas recompôs-se e sorriu para mim. Virou-se para Luke e disse:

— Suas irmãzinhas são lindas. E você está cuidando muito bem delas, todos dizem isso.

— Dizem, é?

De modo automático, ele olhou para Bo, que fazia uma pilha para si, a uns três metros da outra. Ou, melhor, estava tentando fazer, porque as achas mais altas escorregavam e rolavam para longe. Notei que ela estava começando a ficar com raiva, porque repetia "aqui, aqui", cada vez mais alto.

— Todo mundo diz que o que você está fazendo é espantoso — Sally continuou. — Faz todo o trabalho da casa, não é?

— A maior parte das coisas — ele respondeu, ainda olhando Bo.

Sally observou-a por um momento também, um quadril abaixo, outro erguido, um sorriso na boca. Achei aquele sorriso esquisito. Era como se ela o estivesse experimentando na frente de um espelho, como se fosse um vestido.

— Ela é adorável, não é? — comentou, ainda sorrindo.

— *Bo?* — perguntou Luke, obviamente achando que ela se referia a outra pessoa.

— Aqui! — Bo exclamou severamente, jogando uma acha do tamanho dela no topo de sua pilha meio desmantelada, e tudo desabou. — Má! — ela gritou. — Má, má!

— Espere — disse Luke, apoiando o machado na pilha perto dele e indo até ela. — Empilhe assim, está vendo? Uma grande de cada lado, e as pequenas no meio.

Pondo o dedo na boca, Bo encostou-se na perna dele.

— Você dá banho nelas e tudo o mais? — indagou Sally, olhando Luke por entre os cílios.

— Ou eu, ou Matt — ele respondeu. — Está cansada, Bo? Quer tirar uma soneca?

Bo moveu a cabeça afirmativamente.

Luke olhou em volta e me viu ainda segurando os galhos.

— Leve-a para dentro, sim, Kate? Bo, vá com a Kate. Preciso acabar isto aqui.

Ela foi para junto de mim, e começamos a andar na direção da casa. Esperei ouvir o barulho do machado caindo sobre uma tora, mas não ouvi nada. Quando chegamos na porta, olhei para trás. Luke estava parado, conversando com Sally.

Entramos, tirei o casaco de Bo. Para fazer isso, sempre era preciso puxar o dedo dela para fora da boca, o que produzia o som de uma bolha estourando e a fazia rir.

— Quer beber ou comer alguma coisa? — ofereci.

Ela sacudiu a cabeça, negando.

— Quer que eu leia uma história?

Ela moveu a cabeça para a frente e para trás, aceitando.

Foi para o nosso quarto, andando na minha frente. Abri espaço no chão, ao lado da cama dela, empurrando as roupas ali empilhadas, porque ninguém se dispunha a guardá-las, e sentei-me. Comecei a ler *Os Três Bodes Rabugentos,* mas nem chegara na parte em que o primeiro bode atravessa a ponte, os cascos batendo na madeira, toc, toc, toc, toc, quando ela adormeceu. Parei de ler e fiquei virando as páginas, olhando as figuras, mas já as vira vezes demais. Fechei o livro, tornei a vestir meu casaco e voltei para fora.

Luke e Sally haviam desaparecido. Fui até a pilha de lenha, procurando por eles. O machado continuava no mesmo lugar. O chão em volta era macio e esponjoso, depois de absorver serragem durante anos e anos, e meus passos não faziam nenhum ruído. Estava escurecendo, o frio aumentara. Matt dissera-me que o frio era apenas ausência de calor, mas não me parecia assim. Eu o sentia como uma presença. Como um ladrão furtivo. Era preciso apertar as roupas contra o corpo, ou ele roubaria meu calor, e quando todo o calor acabasse, eu me tornaria uma casca, vazia e seca como a de um besouro morto.

Dei a volta na pilha, imaginando que Sally fora para casa, e Luke entrara no depósito por algum motivo. Então, os vi: Sally encostada em uma árvore, e Luke na frente dela, muito perto. Estava escuro sob as árvores, e eu mal podia distinguir seus rostos, mas Sally sorria, porque vi seus dentes.

Luke apoiara as mãos no tronco da árvore, uma de cada lado da cabeça dela, mas enquanto eu os observava, Sally pegou uma das mãos dele e soltou uma exclamação. A mão de Luke devia estar fria. Ela esfregou-a entre as suas e deslizou-a para baixo de seu suéter. Vi o brilho branco de sua pele nua, ela ofegou, então riu e empurrou a mão dele mais para cima.

Notei que Luke ficou imóvel. Pareceu-me que ele nem respirava. Depois de um momento, vi-o pender a cabeça para a frente, e tive a impressão de que estava com os olhos fechados. Ficou assim por um instante; então, muito lentamente, retirou a mão. Permaneceu parado por algum tempo, a cabeça pendida, uma das mãos apoiada na árvore. Em seguida, endireitou-se e recuou, mas, mesmo naquela luz fraca, pude ver o esforço que isso lhe custou, como se uma tremenda força magnética o puxasse para Sally, e ele precisasse reunir todas as suas forças para afastar-se.

Vi seu esforço. Na época, aquilo nada significou para mim, claro, mas mais tarde, quando precisei pensar nessas coisas novamente, lembrei-me de tudo com nitidez. A mão que tocara o seio dela ficou pendida, como se fosse inútil, e ele firmou a outra contra o tronco escuro e áspero da árvore para *empurrar-se* para trás.

Por fim ele estava perfeitamente ereto. Olhou para Sally, mas não disse nada. Virou-se e começou a andar.

Foi isso o que vi, e que Matt não sabia. Foi por isso que Luke ficou tão irritado com a brincadeira de Matt. Porque Sally não era uma garota qualquer, mas a filha de seus patrões, e ele estava com medo. Medo de que ela, sentindo-se ofendida, humilhada, pudesse vingar-se, fazendo-o perder o emprego.

TERCEIRA PARTE

13

Não entendo as pessoas. Não estou sendo arrogante. Não estou querendo dizer que elas são incompreensíveis porque não se comportam como eu. Estou apenas afirmando um fato. Sei que ninguém pode alegar que compreende verdadeiramente outra pessoa, mas há vários graus de compreensão. Certas pessoas são um verdadeiro mistério para mim. Não consigo entender como a mente delas funciona. Um defeito meu, suponho.

Uma vez, Daniel me perguntou, com aquele seu jeito calmo, se a palavra "empatia" significava alguma coisa para mim.

Estávamos falando de um colega que se comportara sem o mínimo profissionalismo ao conduzir uma pesquisa. Ele não falsificara os dados, exatamente, mas fora, digamos, "seletivo" em sua maneira de relatá-los. Esse tipo de coisa prejudica a reputação do departamento, e o contrato dele não foi renovado no ano seguinte. Achei que tinha de ser assim mesmo. Daniel também achava, eu sei, mas parecia relutante em admitir, e isso me irritou.

— Não estou tentando justificar o erro — ele explicou. — Só estou dizendo que compreendo a tentação.

Eu repliquei que não entendia como alguém podia desejar uma glória que fora conseguida com a adulteração da verdade.

— Olhe, ele trabalhou nisso durante anos, sabia que havia outros trabalhando no mesmo campo, que eles poderiam chegar a um resultado primeiro, e tinha certeza de que no fim ficaria provado que sua teoria era que estava certa.

— Uma desculpa desprezível, se quer saber — declarei.

Depois de uma pausa, Daniel perguntou:

— A palavra "empatia" significa alguma coisa para você, Kate?

Foi nossa primeira briga. Durante vários dias, mal nos falamos, tratando-nos com fria polidez.

Daniel é ingênuo, em certos pontos. Não teve de lutar por nada na vida, e isso tornou-o despreocupado demais, incapaz de fazer exigências. Exige mais de si mesmo do que dos outros. É generoso, justo e tolerante, qualidades que eu admiro, mas às vezes acho que ele exagera. Arruma desculpas para outras pessoas de uma maneira que quase tira delas a responsabilidade por seus próprios atos. Acredito em livre-arbítrio. Não nego a influência da genética ou do meio. Que biólogo faria isso? Sei que somos biologicamente programados para fazer muitas das coisas que fazemos, mas, dentro desses limites, acredito que temos escolha. A idéia de que somos arrastados pelo destino, impossibilitados de reagir ou mudar de rumo, me parece uma desculpa muito suspeita.

Mas estou me desviando do assunto. O que quero dizer é que achei muito injusto o comentário de Daniel, insinuando que eu não sabia o que era empatia, mas aquilo me vinha à mente, de modo irritante, toda vez que alguém fazia alguma coisa inaceitável. Foi nesse último mês de fevereiro, quando recebi o convite para a festa de aniversário de Simon, que voltei a pensar no que acontecera entre Luke e Sally, tantos anos atrás, e peguei-me tentando imaginar o que era que ela pensava que estava fazendo. Como podia uma moça querer envolver-se com um rapaz de vida tão complicada como Luke?

A única explicação que me ocorreu foi que Sally não percebia que a difícil situação de Luke era real. Acredito que ela tivesse um impulso sexual muito forte e pouca inteligência, o que a deixava, mais do que o normal, à mercê de seus hormônios, e que alguma coisa na situação de Luke a atraía. Um irmão mais velho, cuidando de duas irmãzinhas... Ela encontrava algum incentivo sexual ilícito nessa idéia? Ou o que sentia era mais inocente? Talvez visse minha família como um belo quadro e simplesmente quisesse ver-se pintada nele. Rapaz bonito, moça bonita, duas crianças já feitas, é possível que Sally McLean estivesse, em sua mente, brincando de casinha. Mas Luke retirara a mão e estragara a brincadeira.

Posso imaginar a história que ela contou aos pais. Devia ser ótima nisso. Inventou uma história no caminho para casa e, quando a contou, ela própria acreditou no que inventara. Imagino-a irrompendo porta adentro, na pequena sala da casa dos McLean, atrás do armazém, os cabelos despenteados, as faces afogueadas, o orgulho ferido disfarçado em aflição. Os pais olhando-a, alarmados, ela encarando-os por um instante, antes de desatar em soluços. Ela dizendo com voz entrecortada: "Papai... papai". O pobre sr. McLean perguntando: "O que foi, querida?" Ou: "O que aconteceu, meu bem?"

Ela respondendo entre soluços: "Luke... ele tentou... "
Vejo tudo isso.

É possível que os pais não tivessem acreditado nela. Por mais que a amassem, deviam conhecer a própria filha, pelo menos um pouco. Se foi assim, ou não, não fez nenhuma diferença. Como Sally não suportaria a presença de Luke, eles não poderiam mais mantê-lo como empregado.

Não o dispensaram imediatamente. Acredito que sofreram por mais de uma semana até fazer isso, enquanto Sally se enfurecia cada vez mais e Luke permitia-se ter a esperança de não ser mandado embora. Não consigo imaginar como foi que os McLean finalmente deram a notícia a Luke, sendo que os dois não eram de falar muito, nem mesmo nos melhores momentos. No fim, Luke deve ter facilitado as coisas para eles. Talvez, uma noite, quando estavam fechando o armazém o sr. McLean, depois de pigarrear dez vezes, começara a falar: "Hã... Luke..."

Penso que Luke ficou calado por alguns instantes, mantendo inutilmente a esperança de que o patrão fosse dizer outra coisa, e não o que ele estava pensando. Mas quando o silêncio prolongou-se, ele percebeu que o assunto era de fato o que ele pensava, então disse: "É, eu sei".

O sr. McLean sem dúvida murmurou, envergonhado: "Sinto muito, Luke".

No entanto, pode ser que eu esteja subestimando o amor de pai e mãe, que não veja até que ponto esse amor é cego. Pode ser que eles tenham acreditado em Sally e odiado Luke, achando que ele traíra sua bondade da maneira mais vil.

Mas duvido. Continuamos a fazer compras no armazém, mesmo porque não havia outra alternativa, e os McLean continuaram sorrindo para mim, quando eu ia lá, e sempre punham alguma coisa a mais nos sacos, como balas de alcaçuz, coisas gostosas que sabiam que não podíamos comprar.

Como eu disse, foi no último mês de fevereiro, quando chegou o convite para a festa de aniversário de Simon, que comecei a pensar em tudo aquilo novamente. Sempre que planejo fazer uma visita a minha família, as lembranças começam a emergir, mas dessa vez elas estavam chegando com a força de uma enchente. Suponho que isso seja causado em parte pelo fato importante de Simon completar dezoito anos, mas também, tenho certeza, pelo meu "problema" com Daniel.

Ele vira o convite. Lera-o. Sabia que eu poderia incluí-lo, se quisesse.

Percebi isso aos poucos, mas tive a primeira pista séria na exposição que fomos ver, um dia depois de o convite chegar. A exposição tinha um título "excitante", *O Microscópio Através dos Séculos*, e naquele dia nós dois éramos os únicos visitantes, o que não me surpreendeu. Não era, na verdade, tão ruim quanto podia parecer. Havia de tudo, desde uma coleção de pequenas lâminas com insetos, do século XVII, até um magnífico e totalmente inútil microscópio feito para o rei Jorge III, alto demais para ser usado, se fosse montado em uma mesa, baixo demais, se fosse posto no chão, além de ter lentes incorretamente posicionadas. Tirando isso, como Daniel disse, era perfeito em todos os sentidos. Próprio de um rei.

O que me fez perceber que algo perturbava Daniel, porém, foi que haviam montado uma série de instrumentos mais potentes com que o público podia brincar, e ele não se interessou. Daniel, o grande mexedor, Daniel, o microbiologista. Ele passou pela fileira de microscópios, parando na frente de cada um deles, olhando-os com expressão pensativa, mas não tocou em nenhum. Depois, ficou examinando por um tempo ridiculamente longo a micrografia de um século de idade da tromba de uma mosca caseira, então olhou para o relógio e disse que estava na hora de irmos para o centro da cidade encontrar seus pais.

Eu normalmente gostava da companhia dos professores Crane. É certo que precisava estar bastante forte para agüentá-los durante várias horas, mas eles haviam me aceitado sem reservas na primeira vez em que nos encontramos, e isso me impressionara, considerando nossas origens diferentes. No início, eu achara suas batalhas à mesa desgastantes, mas creio que era porque esperava que um ou outro saísse vitorioso. Quando percebi que os dois combinavam muito bem, comecei a relaxar. Eles ainda me alistavam em suas fileiras ou me usavam como munição, um de cada vez, ou os dois ao mesmo tempo, mas eu estava aprendendo a lidar com isso.

Naquela noite, porém, ambos estavam particularmente belicosos. Tive dificuldade para me concentrar no que eles diziam, porque notava a distração de Daniel, e o tempo todo do jantar senti meu nível de tensão subir como mercúrio em um barômetro. O restaurante era um dos favoritos dos Crane, pequeno, caro e abafado, pelo menos naquela noite parecia que não havia ar suficiente. A mãe de Daniel passou a maior parte do tempo falando da infância dele, algo que nunca fizera antes, e pela primeira vez na vida descobri que existe alguma vantagem em termos os pais seguramente mortos.

— Daniel foi uma criança tranqüila, Katherine, desde que usava fraldas. Isso me lembra que ele demorou demais para deixar as fraldas. Bem, podíamos levá-lo a qualquer lugar, festas, galerias de arte, conferências, porque ele...

— Não me lembro — o pai de Daniel declarou, parecendo intrigado. — Não me lembro de Daniel de fraldas em um salão de conferências. Ou numa festa, diga-se de passagem.

— Nem poderia lembrar-se, Hugo. Sua mente sempre esteve voltada para coisas mais elevadas, querido. Você quase nunca estava conosco, no sentido mental. Sempre estava fisicamente, mas mentalmente não. Tínhamos uma vida social intensa, Katherine. Reuniões de colegas, jantares em homenagem a professores visitantes, essas coisas, você sabe, de modo que Daniel acostumou-se a conviver com estranhos. Muitas vezes, ele aparecia na sala, de pijama, para dizer "boa noite" aos convidados, e uma hora depois víamos que ele ainda estava lá, ouvindo com atenção tudo que dizíamos, fosse que assunto fosse, política, antropologia...

— Astrofísica — o marido interrompeu-a e continuou em tom monótono, como se lesse uma lista: — economia, filosofia. Com dois anos ele aprendia a respeito de três filósofos por semana. Você era mais apaixonado pelas obras de Descartes, não era, Daniel?

O silêncio estendeu-se por alguns segundos, até atingir Daniel, que lia o cardápio distraidamente.

— Desculpe — ele pediu. — O que foi?

— Eu disse que você, aos dois anos, era apaixonado por Descartes.

— Oh, certo. "Apaixonado" é a palavra correta — Daniel comentou.

— Era uma criança notável, que nos enchia de orgulho — a mãe dele continuou. — Mas é óbvio que foi beneficiado pelo fato de ser exposto muito cedo a tantas idéias e opiniões. Essa foi uma grande vantagem, sem dúvida. As crianças, na maioria, ficam intelectualmente atrofiadas porque não recebem estímulo. O cérebro é igual a qualquer outro músculo: se for usado, desenvolve-se; se não for, atrofia-se.

Isso Daniel ouviu.

— Só um detalhe — intrometeu-se brandamente, pousando o cardápio. — O cérebro não é um músculo. É algo mais complexo que isso. Acho que vou querer carne assada. — Olhou em volta, procurando um garçom, e achou. — O molho de pimenta é muito forte? Isto é, mais ralo e picante, ou mais cremoso?

— Acho que mais cremoso — o garçom respondeu em tom de dúvida. — Não tenho certeza.

— Bem, vou arriscar. Quero também uma batata assada e cenouras.

— Quando íamos para o estrangeiro, Katherine, ficávamos pasmos com Daniel. Em Roma, então... Daniel estava com seis anos. Seis? Talvez sete. Seja como for, depois de um mês, o italiano dele era melhor do que o meu.

— Eu não tinha idéia de que você falava italiano, Daniel — observei.

— Não falo — ele disse. — O garçom está esperando para anotar os pedidos. O que vocês escolheram?

— Sua mãe também não fala — o pai declarou.

— Frango — a dra. Crane decidiu, sorrindo para o garçom, e ele ficou visivelmente tenso. — Não quero batatas. Quero uma salada, mas, por favor, que seja bem fresca. Sem molho. Água mineral, sem limão e sem gelo.

O garçom inclinou a cabeça, concordando, começando a escrever furiosamente. Tentei imaginar a mãe de Daniel em Crow Lake. Não consegui. Tentei imaginá-la no armazém dos McLean, comprando batatas, ou papel higiênico. Impossível. Tentei me imaginar apresentando-a à sra. Stanovich e descobri que não podia colocá-las juntas em um mesmo quadro mental. Até a imagem da srta. Carrington deslizava nervosamente para fora do quadro, quando eu tentava pôr lá a mãe de Daniel.

Por um momento, e com uma sensação de alívio, porque seria uma explicação clara e simples, refleti que minha relutância em levar Daniel para conhecer minha família estava relacionada com aquele abismo que separava o mundo dele e o meu. Os Crane eram diferentes demais, talvez esse fosse o problema. Mas, no mesmo instante em que pensei isso, soube que não era a resposta que eu queria. Eu não podia imaginar a dra. Crane em Crow Lake, mas não tinha nenhuma dificuldade para imaginar Daniel lá, comigo. Ele pareceria deslocado — se existe alguém que já nasceu uma pessoa fina, é Daniel —, mas ninguém se importaria. Ele é o mais aberto e menos crítico dos homens.

Notei, de repente, que estavam todos olhando para mim.
— Ah, desculpem. Vou querer frango, uma batata assada e salada.
— E eu, bife — o pai de Daniel anunciou. — Extremamente malpassado. Batatas fritas. Nenhum legume ou verdura. Vinho tinto para todo mundo? — perguntou, olhando em volta à procura de um dissidente. — Bom. Uma garrafa de *bordeaux*.
— Não se pode negar, Daniel, que as experiências da primeira infância são importantíssimas para o desenvolvimento intelectual da criança — a dra. Crane comentou. — Por isso o papel dos pais é tão relevante. A infância é o alicerce do que a pessoa será na vida adulta. "O menino é o pai do homem", e assim por diante.
Daniel concordou balançando a cabeça lentamente. Eu queria captar seu olhar para que ele indicasse, por algum pequeno gesto, que sabia que a noite não estava sendo um sucesso e que iríamos embora logo que fosse possível, mas ele não me olhava.
O pai dele estava conversando comigo, inclinado em minha direção em atitude confidencial e falando pelo canto da boca para que a esposa não o ouvisse.
— Eu nunca fiz a menor idéia do que essa frase significa — disse. — "O menino é o pai do homem". Por acaso você sabe?
— Penso que significa que exibimos na idade adulta as mesmas características que mostramos em criança — respondi. — Algo assim.
— Ah, então, Einstein já era Einstein, quando ainda o carregavam no colo? — O dr. Crane estreitou os olhos, tentando visualizar o quadro. — E Daniel era Daniel, sempre seria Daniel, não importando se a mãe o levava ou não a jantares quando ele ainda usava fraldas?

— Acho que muita coisa é preestabelecida, embora acredite que as circunstâncias tenham alguma influência.

Ele balançou a cabeça, concordando.

— Em outras palavras, a frase significa exatamente o contrário do que a ilustre doutora pensa. Eu já esperava, mas foi bom ter isso confirmado por uma pessoa que realmente sabe do que está falando.

— Não sei se... — comecei, insegura.

A mãe de Daniel inclinou-se para mim.

— Não dê atenção a ele, Katherine. Não nego que haja outras influências além da exercida pelos pais. Professores podem desempenhar um papel de grande importância. Seu caso, por exemplo. É notável que você tenha se desenvolvido tão bem, perdendo os pais tão cedo. Mas imagino que tenha tido pelo menos um professor extremamente bom ao longo do caminho.

Vi o rosto de Matt. Pensei nos milhares de horas que havíamos passado juntos.

— Tive, sim — respondi.

A mãe de Daniel ajeitou os cabelos com uma das mãos longas. Um estudado gesto de triunfo.

— Eu também estaria certa, se dissesse que foi uma de suas professoras do primário, quando você era bem pequena?

Daniel lia o cardápio novamente. Eu me preocuparia menos se ele parecesse enfadado ou irritado, mas ele parecia... ausente. Era como se houvesse se desligado de nós.

— Não era uma mulher, na verdade — respondi. — Era um homem, e ele me ensinou até os oito anos. No entanto, sempre tive bons professores.

— Estranho, um homem servir de inspiração para uma criança. Em geral, os homens não sabem lidar com os pequenos, nem mesmo com os filhos. Hugo é um grande exemplo disso. Ele não percebia a existência do filho, nem mesmo depois que Daniel se formou. Um dia, recebemos da universidade um envelope endereçado ao professor D. A. Crane, porque Daniel estava se mudando e transferira temporariamente a entrega de sua correspondência para nossa casa. Hugo perguntou, muito sério: "Quem, diabos, é D. A. Crane? Estamos nessa maldita universidade há vinte anos, e ainda não aprenderam nossos nomes?" Eu lhe disse que ele tinha um filho chamado Daniel A. Crane, e ele ficou deslumbrado, sugerindo que o convidássemos para jantar. Obrigada, garçom. Parece uma delícia, menos a batata. Eu disse que não queria batatas. Mas tudo bem, meu marido pode comê-la. Claro que há exceções a todas as regras. Daniel nos contou que você e sua irmã foram criadas por um irmão mais velho. Achei maravilhoso. Tiro o chapéu para sua mãe. Ela prova minha teoria. Deve ter sido uma mulher maravilhosa, para ter criado um filho assim.

O pai de Daniel piscou, parecendo aturdido.

— Isso merece um prêmio! — exclamou. — Foi a argumentação mais enrolada que ouvi este ano. Ou em toda minha vida. Ouviu essa, Daniel?

Daniel olhou-o, confuso.

— Como? Desculpe. Não, não ouvi. Estava pensando em outra coisa.

— Bom rapaz — o pai disse em tom de aprovação. — Tome um pouco mais de vinho.

Na volta para casa, tentei me convencer de que estivera imaginando coisas. Daniel pareceu voltar ao normal quando nos levantamos da mesa após a refeição, como se seu problema fosse má circulação, e ele apenas precisasse mudar de posição. Despedimo-nos dos pais dele e corremos para o carro sob uma chuvinha gelada. No caminho, fomos conversando sobre o jantar, o nervosismo do garçom, e comentei que o casal Crane assustava todas as pessoas com quem entrava em contato, algo que, de modo incrível, Daniel nunca notara. Comentei que sua infância fora extraordinária, e ele sorriu, respondendo que era possível dizer isso, entre outras coisas. Analisei o que ele dissera e concluí que aquele era o Daniel-padrão que eu conhecia. Falei, então, que poucas crianças tinham a oportunidade de viajar tanto quanto ele viajara na infância. Ele concordou, então acrescentou que ter a oportunidade de ficar tempo suficiente em um só lugar para fazer amigos ou estabelecer-se de fato em uma escola é bem melhor para uma criança, mas que não se pode ter tudo na vida. Eu disse que pelo menos ele conhecera pessoas muito interessantes. Daniel, gravemente, apenas balançou a cabeça em um gesto de assentimento.

— Mas... o quê? — pressionei, percebendo o "mas" que não fora dito.

— Nada, só que quando somos crianças não nos interessamos por pessoas interessantes. Eu me contentaria com um pouco de atenção de meus pais. Sabe por que eu ficava acordado até tarde, ouvindo a conversa dos convidados? Porque queria falar com minha mãe, e ela só dizia: "Espere um pouco". Mas estou fazendo parecer que tive uma infância infeliz. Não tive. Fui solitário, mas não infeliz.

Olhei-o, ele me olhou e sorriu.

— Bem, imagino que já suportamos meus pais demais por uma noite. Você deve estar farta deles. Eu estou.

Respondi que na verdade achava-os fascinantes. Ele inclinou a cabeça, como se agradecesse uma observação educada. Mas havia a sugestão de algo mais naquele gesto e no tom negativo de sua última frase. Não sei como descrever isso, a não ser como uma insipidez. Um vazio. Como se nada daquilo importasse, como se nada importasse.

Isso era tão pouco típico de Daniel que eu soube no mesmo instante e com total certeza que ele vira o convite. E com isso tive duas revelações. A primeira foi que eu não tê-lo convidado afetara-o muito, mais do que eu temera que afetasse. Ele achara que isso dizia algo a respeito de meu comprometimento com nosso relacionamento. Não dizia, mas ele pensava que sim, e isso era o que contava. A segunda revelação foi que havíamos chegado a um daqueles pontos decisivos em um relacionamento e que, se tomássemos o rumo errado, nos perderíamos um do outro, como barcos em um nevoeiro. Eu não imaginara que chegaríamos a isso. Acho que tivera a esperança de que pudéssemos continuar do jeito que estávamos.

Ele entrou no pátio de estacionamento atrás do prédio onde eu morava, parou o carro numa vaga perto da porta e desligou o motor. Ficamos em silêncio por alguns instantes, enquanto eu aceitava o fato de que agora, quando chegara o momento da escolha, eu não tinha nenhuma. No decorrer do ano anterior, sem que eu tivesse consciência disso, Daniel tornara-se essencial para minha vida.

— Você está sabendo da conferência em Montreal, em abril? — perguntei por fim.

— Sobre poluição?

— É. Não vou poder ir. Meu sobrinho vai fazer dezoito anos, e haverá uma grande festa de família. Não posso faltar. Recebi o convite ontem.

— Entendo — Daniel disse. — Bem, você poderá pedir cópias dos trabalhos depois, se houver alguma coisa interessante.

O frio invadia o carro através das frestas, em delgadas e insidiosas correntes de ar gelado. Daniel ligou o motor. Então, ativou o sistema de aquecimento. Deixou-o funcionando no máximo por alguns instantes, depois ajustou-o em uma temperatura média.

— Disseram que eu posso levar alguém, se quiser — contei. — Pensei em convidar você, mas depois refleti que não faremos outra coisa a não ser lembrar o passado, o fim de semana todo. Você morreria de tédio.

Ele olhava para fora da janela, que se cobria de vapor rapidamente.

— Eu acharia fascinante — afirmou.

— Verdade? — perguntei, sabendo muitíssimo bem que de fato acharia.

Virando-se, ele me olhou. Tentava aparentar naturalidade, mas o alívio estava estampado em seu rosto.

— Verdade, Kate. Eu adoraria ir.

— Ótimo.

Eu não sabia o que estava sentindo. Parecia alívio, desespero, confusão, tudo o que me desequilibrava. Gostaria de poder ser sincera com Daniel, de me livrar do peso na consciência, explicando por que relutara tanto antes de convidá-lo, por que não quisera que ele fosse comigo. Mas como alguém pode explicar o que não entende?

14

Dos períodos ruins daquele ano, acho que o inverno foi um dos piores para Matt. Não *o* pior — esse veio depois — mas um deles. Para mim, ele sempre pareceu muito mais velho do que Luke, via os problemas com mais clareza e era mais realista a respeito das oportunidades de solucioná-los. Não se preocupava à toa, mas não era de sua natureza pôr um problema de lado na esperança de que ele se resolvesse sozinho. Se surgia algum, Matt trabalhava nele até vê-lo resolvido. Esse era um de seus pontos fortes, academicamente, mas a solução para os problemas que encaramos naquele inverno não estava a seu alcance. Em sua consciência devia estar sempre presente a culpa pelo fato de Luke ter desistido de sua chance de ir para a faculdade, enquanto ele continuava os estudos para terminar o colegial. E o que provavelmente tornava tudo mais difícil para ele era saber que logo estaria longe de nossos problemas.

Luke perdera o emprego, mas não se preocupava tanto com isso quanto Matt. Não que não se preocupasse, mas desde que tomara a decisão de ficar em casa e tomar conta de nós, parecia ter uma fé inabalável, acreditando que tudo daria certo. Sem dúvida, as pessoas religiosas de nossa comunidade aprovavam sua atitude — olhai os lírios do campo —, mas penso que aquela sua certeza calma deixava Matt furioso e era a causa dos atritos cada vez mais freqüentes entre ele e Luke.

— Vai dar tudo certo — ouvi Luke dizer uma noite, quase no fim de novembro.

Era tarde. Fazia várias horas que eu estava dormindo, mas acordei, precisando ir ao banheiro. Andei descalça pelo corredor e entrei no banheiro, então parei ao ouvir meus irmãos conversando. Os dedos dos pés curvaram-se ao contato do linóleo frio do piso. Pequenos e duros grãos de neve sibilavam de encontro à janela. Se eu encostasse o rosto na vidraça, veria que a noite, através da cortina de neve, parecia feita de milhões de buracos.

— Vai acontecer alguma coisa boa — disse Luke.
— O quê, por exemplo? — Matt perguntou.
— Não sei. Mas tudo vai dar certo.
— Como pode saber?
Luke ficou em silêncio, talvez dando de ombros.
— Ora, Luke, como pode saber que tudo vai dar certo?
— Dará.
— Jesus Cristo! — Matt exclamou. — Jesus Cristo!
Eu nunca o ouvira dizer esse nome daquela maneira, antes.

O Natal estava chegando. Essa é a pior de todas as ocasiões para quem perdeu alguém recentemente, uma época em que as tensões aumentam como em nenhuma outra.

— Como vamos fazer para dar presentes aos filhos dos Mitchell? — perguntou Matt.

Estávamos na cozinha. Matt limpava velas de ignição, uma nova tentativa, possivelmente vã, de fazer o carro funcionar. O inverno estava sendo severo, um dos mais frios já registrados, e o carro com defeito era um verdadeiro infortúnio. Luke precisaria dele se encontrasse um emprego na cidade, no horário que estabelecera, mas era pouco provável que isso acontecesse.

Ele raspava cenouras para o jantar. Longas e encaracoladas tiras de casca empilhavam-se no balcão. Algumas pendiam para fora da borda, e Bo brincava com várias que haviam caído no chão.

— O quê? — Luke perguntou, olhando de relance para Matt.

— As crianças dos Mitchell — Matt respondeu. — São duas. Com certeza os Mitchell vão dar presentes a Kate e Bo, talvez até para nós dois, então temos de dar alguma coisa para as crianças.

O reverendo Mitchell e a esposa haviam nos convidado para passar o dia de Natal com eles. Nenhum de nós queria ir, mas não havia jeito de escapar. Os Tadworth queriam que fôssemos passar na casa deles o dia seguinte ao Natal, para celebrar o Dia das Caixas, quando as pessoas davam presentes aos empregados, ao carteiro, a quem quer que lhes prestasse algum serviço, e também não queríamos ir. Posso imaginar todas aquelas mães da igreja decidindo quem nos convidaria, não podendo suportar a idéia de que ficaríamos sozinhos nesses dias de festa, incapazes de ver que era isso o que desejávamos.

Luke pousou no balcão a cenoura que acabara de raspar e virou-se para olhar Matt de frente.

— Será que eles esperam ganhar presentes de nós?

— Não, eles não *esperam* ganhar presentes de nós. Mas ainda assim devemos dar alguma coisa.

Luke virou-se lentamente, voltando para suas cenouras. Conseguira deixar cair mais algumas tiras, que Bo pegara e estava pondo na cabeça como enfeites.

— Quantos anos têm as crianças? — perguntou por fim.
— São meninos, meninas...

— Como pode não saber isso? — Matt censurou. — Você conhece aquelas crianças desde que elas nasceram!

— Não reparo nos filhos de todo mundo.

— São meninas. Têm mais ou menos... dez anos. — Matt olhou para mim. — Sabe quantos anos têm aquelas meninas, Kate?

— São três meninas — informei, nervosa.

— Três?

— Como pode não saber isso? — Luke vingou-se. — Você conhece aquelas crianças desde que elas nasceram!

— São três, Kate? Pensei que fossem só duas.

— O bebê é muito pequeno.

— Ah, bem, um bebê — Matt disse.

— Certo, bebês não contam — Luke comentou, zombeteiro.

— Martha tem dez anos, e Janie, sete — expliquei rapidamente.

Outra pilha de raspas de cenoura caiu. Bo gorgolejou, excitada, e pegou-as avidamente.

— Pelo amor de Deus, não deixe as raspas tão perto da borda! — Matt ralhou. — Estão caindo todas no chão!

— Depois eu pego — Luke respondeu.

— Se não as deixasse cair, não precisaria pegá-las.

Luke olhou por cima do ombro.

— Isso tem importância?

— Tem, sim. Tem, porque você se esquecerá de pegá-las, pisará nelas e as arrastará por todos os cômodos, aumentando a sujeira. É por isso que esta casa parece um chiqueiro!

Luke pôs de lado a cenoura e o raspador e virou-se.

— Se a sujeira incomoda tanto você, por que não faz uma limpeza, para variar?

— Essa é boa! — Matt exclamou, inclinando-se para a frente na cadeira, apoiando os braços nos joelhos. — Muito boa! Vivo limpando o que você suja. Se pensa que...

Interrompeu-se. Olhou para mim e Bo, então levantou-se e saiu da cozinha.

* * *

Domingo, 27 de dezembro

Querida tia Annie,
Muito obrigada pelo suéter. Gostei muito. Bo gostou do dela, e Matt e Luke gostaram dos deles. Eles vão escrever para a senhora. Bo gostou do carneirinho no suéter dela, e eu gostei do patinho no meu. Obrigada pelos livros, são muito bonitos, e as meias também são bonitas. E os gorros. No Natal, fomos à casa do reverendo Mitchell e eu sentei perto de Janie, e havia um grande peru, mas não consegui comer muito. Ontem fomos à casa dos Tadworth, e lá também havia peru. A sra. Mitchell me deu um jogo de escova e pente e um livro, deu uma boneca a Bo, e Janie me deu uma caneta. A sra. Tadworth me deu um livro sobre rãs. A sra. Stanovich deu um vestido para mim e um para Bo, são iguais e serviram. A sra. Tadworth deu para nós todos um presunto inteiro com cravos espetados, muito gostoso. A sra. Stanovich nos deu um bolo de Natal, e a sra. Pye também. O dr. Christopherson e a esposa vieram nos visitar e trouxeram umas laranjas pequenininhas e muito gostosas...

Continuei dessa maneira durante meia página. São pessoas boas. Não existem melhores.

No fim de janeiro, a neve caía em rodopios suaves, amontoando-se no chão. À noite, a casa gemia de frio. Houve diversas tempestades antes de o lago congelar totalmente, e as ondas, impelidas pelos ventos árticos, quebraram as camadas de gelo, empurrando as placas fragmentadas e pondo-as de pé. Durante uma semana, elas continuaram assim, parecendo brilhantes cacos de vidro, afiados como dentes de tubarão. Então, o vento recomeçou, e a temperatura caiu. As ondas batiam com fúria contra as placas de gelo, e os borrifos de água congelavam no ar, depois caíam ruidosamente, empilhando-se como pedregulhos nas placas, até que por fim cobriram-nas por inteiro, formando colinas de vidro polido. O lago, então, congelou-se, e, à noite, os únicos sons eram os gemidos do vento.

Matt e Luke cavaram na neve uma trilha igual a uma trincheira, da porta da frente à entrada de carros, depois dali até a estrada, e todas as manhãs revezavam-se para limpá-la, retirando a neve com uma pá. Não havia necessidade de limpar a entrada de veículos inteira, porque o carro ainda não estava funcionando. As paredes da trincheira eram tão altas que eu não conseguia olhar por cima delas. Bo achou aquilo maravilhoso, mas não podia andar muito por ali, porque Luke não deixava, com receio de que ela congelasse.

Todas as manhãs, eu ia para a escola tão coberta de agasalhos que mal podia me mover: calcinha, camisa de baixo, ceroula, calça comprida, saia, camisa de flanela, suéter, polainas grossas, parca, um cachecol que cobria meu rosto até acima do nariz, gorro puxado até os olhos, dois pares de luvas, três pares de meias e botas de inverno que, antes de serem minhas, haviam pertencido a Luke e depois a Matt. Eu tinha medo de cair e não poder me levantar. Ficaria deitada no chão e congelaria até os ossos.

Às vezes, quando eu chegava à estrada, encontrava Matt lá, ainda esperando pelo ônibus escolar, marchando no mesmo lugar e batendo palmas com as mãos enluvadas para manter-se quente. O ônibus podia ter quebrado, ficado preso num monte de neve, ou estar arrastando-se por um caminho secundário, atrás de uma máquina limpa-neve. Não havia como saber o motivo do atraso. Nessas ocasiões, Matt esperava até que eu aparecesse, então andava pela estrada comigo, na esperança de encontrar o ônibus pelo caminho.

"Quem é?", ele perguntava quando eu chegava, curvando-se para examinar o vão entre meu cachecol e o gorro.

"Kate", eu respondia. O cachecol, já umedecido por dentro pela condensação do ar exalado, abafava minha voz. "Vou ter de acreditar em sua palavra", Matt continuava. "Quer companhia?" Eu respondia que sim, ele me recomendava que não parasse de movimentar os dedos, e lá íamos nós, a neve rangendo sob nossos pés.

Matt brincava comigo, me provocava, mas eu notava que ele precisava esforçar-se para isso. Fazia dois meses que nem ele nem Luke trabalhavam, pois o milagre de um emprego de meio período não acontecera, e estava frio demais para tentar fazer qualquer coisa na fazenda dos Pye.

Domingo, 11 de fevereiro

Querida tia Annie,

Como a senhora está? Espero que esteja bem. Bo está com sarampo. O dr. Christopherson diz que não há perigo, mas ela está cheia de manchas vermelhas e muito, muito ranzinza. Meus colegas de escola também estão com sarampo, mas eu já tive. Aprendemos sobre Henry Hudson e a Passagem do Noroeste. Os marinheiros dele eram homens muito maus. Aprendemos frações também. Se temos duas meias maçãs, temos uma maçã inteira, se temos quatro meias maçãs, temos duas maçãs, e se temos três meias maçãs, temos uma maçã e meia. Rosie Pye começou a chorar na escola.

Com amor,

Kate

Não éramos só nós que estávamos sofrendo com o inverno. A velha srta. Vernon quase morreu naquele mês de fevereiro, de um resfriado que se transformou em pneumonia. O filho mais velho dos Stanovich e a esposa tiveram de ir morar com eles porque sua casa foi destruída por um incêndio. Jim Sumack teve ulcerações provocadas pelo frio quando estava pescando no gelo e escapou por pouco de ter os dedos dos pés amputados. O dr. Christopherson ficou preso na neve cinco vezes, durante suas viagens para ver os pacientes. Na última vez, fora atender uma mulher que dera à luz gêmeos, sozinha, porque o marido escorregara no gelo, caíra e quebrara uma perna, quando estava saindo de casa para pedir ajuda a uma vizinha.

Os Pye também tiveram problemas. Matt estava preocupado com eles. Não sei se o motivo era o mesmo que fazia Rosie chorar na escola, mas tudo indica que sim.

— Alguém precisa fazer alguma coisa — Matt declarou uma noite.

Era para eu estar me preparando para dormir, mas como não achava nenhum de meus pijamas, fui perguntar a Luke onde estavam. Parei atrás da porta que levava à sala de jantar para ouvir o que ele e Matt conversavam, querendo me certificar de que não estavam discutindo.

— Fazer, o quê? — Luke perguntou.

— Falar com alguém. Com o reverendo Mitchell, ou outra pessoa.

— Para dizer o quê? O que sabemos, de fato?

— Sabemos que está piorando.

— Sabemos, é?

— Vi Marie, ontem. Eu estava voltando da escola e desci do ônibus para falar com ela.

— Ela disse alguma coisa?

— Não exatamente, mas está acontecendo alguma coisa naquela família.

Um instante de silêncio.

— Em parte, a culpa é dele mesmo — Luke observou.

— De Laurie?

— É. Ele retruca, quando o pai fala com ele.

— Você não faria o mesmo?

— Sabendo que ia ser surrado? Não. Ele devia ser mais esperto e ficar de boca fechada.

Silêncio novamente.

— Então, você acha que o pai bate nele — Matt comentou depois de um momento.

Hesitação.

— Acho — Luke admitiu por fim.

— Eu também. E não são tapinhas. Laurie anda de um jeito esquisito, às vezes, como se estivesse machucado. É por isso que penso que devemos fazer alguma coisa.

— Mas, fazer o quê?

— Podíamos contar ao reverendo Mitchell.

— De que adiantaria? O que ele pode fazer?

— Talvez fale com o velho Pye — Matt respondeu. — Não sei, mas ele pensará em alguma coisa.

— Isso pode piorar a situação.

— Se o velho Pye souber que outras pessoas sabem o que ele está fazendo, talvez pare.

— Mas, e se ele pensar que foi a sra. Pye ou Marie que contaram? — Luke ponderou. — Pode começar a bater nelas.

— Quer dizer que não devemos fazer nada? Vamos ficar de braços cruzados, sabendo o que acontece lá?

— Não sabemos nada, na verdade.

Ouvi um baque. Matt fechara um livro com raiva.

— Quando em dúvida, não faça nada. É essa sua filosofia de vida, Luke?

Eles deviam ter contado ao reverendo. Compreendi isso muito tempo depois. Em sua defesa, a única coisa que posso dizer é que eles estavam preocupados com seus próprios problemas, que deviam ser muito sérios, na época: o sarampo de Bo, meu frágil estado emocional, os dois sem trabalho havia três meses, a tensão crescendo, como um trovão que se pressente antes de ouvir, crescendo e ficando mais forte a cada dia.

15

Março. As elevações formadas pela neve continuavam brancas e firmes. Pareciam não ter mudado nada, desde fevereiro, mas quando eu andava sobre elas, notava a diferença. Formara-se uma crosta fina, que se partia sob meu peso, e por baixo dela a neve cedia. A neve que caía agora era como poeira, e a nova camada, depois de um dia ou dois, formava uma crosta que cobria a antiga, estendida por baixo pesadamente, como a carne de uma mulher gorda.

Acho que foi naquela época que Luke começou a treinar Bo para deixar as fraldas. Esse foi um episódio dramático em nossa vida, pois Bo era Bo, e ainda me lembro de tudo. Lembro uma noite em que Matt e eu estávamos sentados à mesa da cozinha, fazendo nossas lições, e Bo entrou, toda agasalhada da cintura para cima e nua da cintura para baixo, carregando seu peniquinho — vazio — com as duas mãos. Estava carrancuda. Luke andava atrás dela, também carrancudo, perguntando se ela queria usar fraldas pelo resto da vida, se suportaria ficar molhada e fedida como uma fossa o tempo todo. Bo ignorava-o completamente. Levou o peniquinho até a lata de lixo, jogou-o lá dentro e afastou-se para sair da cozinha, pisando duro.

Luke encostou-se na parede e deixou-se escorregar até o chão, onde se sentou, apoiando a cabeça nos braços dobrados sobre os joelhos dizendo:

— Estou cansado de lidar com a merda dela.

Bo, que parara no vão da porta, virou-se e olhou-o. Pareceu indecisa por um instante, então voltou e bateu carinhosamente na cabeça dele.

— Não chore, Luke — disse.

Mas não foi tirar o peniquinho da lata de lixo. Tinha pena de Luke, mas não a esse ponto.

— Luke, essa foi a primeira sentença completa de Bo — Matt observou. — "Não chore, Luke".

E ambos riram.

No entanto, pode ser que eu esteja enganada quanto à época. Talvez não fosse o mês de março, porque naquele tempo eles não riam muito. Acredito que havíamos chegado a um ponto em que, assim como todas as estradas levam a Roma, todas as conversas, todos os incidentes, levavam a discussões. E o tema era geralmente o mesmo.

Uma tarde, talvez fosse sábado, pois nesse dia todos nós tínhamos mais tempo livre, Luke decidiu que eu precisava ensinar algumas canções infantis a Bo. Uma ocupação tranqüila, se é que existia alguma, no que dizia respeito a minha irmã. Ele achava que ela não podia crescer sem aprender isso, e me persuadiu a ensiná-la. Ela se recuperara do sarampo e voltara a ser a mesma barulhenta de sempre, arrastando e batendo panelas pela cozinha.

— Ensine as canções principais — Luke me instruiu.

— Quais são as principais? — indaguei.

— Não sei, Kate. Ensine aquelas de que você mais gosta.

— Não me lembro de nenhuma — declarei, e estava dizendo a verdade.

— *Mary tinha um carneirinho* — Matt sugeriu.

Estava sentado à mesa da cozinha, escrevendo para tia Annie.

— Repita, Bo! "Mary tinha um carneirinho" — cantarolei, acanhada.

Ela parou de bater uma panela e olhou-me com suspeita.

— Bo deve pensar que você ficou louca — Matt comentou, continuando a escrever.

— Mary tinha um carneirinho — tentei de novo. — Repita, Bo.

— Ma-inha-inho — ela engrolou abruptamente, olhando em volta à procura de uma panela em particular.

— Muito bem! — aplaudi. — Ótimo, Bo. Agora cante: "Todo branco como a neve".

— Panela — ela resmungou, pegando a maior das panelas e começando a pôr as outras dentro, por ordem de tamanho.

Era muito boa nisso. Nunca errava.

— Ela está ignorando você — Matt observou, aproveitando uma pausa no barulho. — Concluiu que falta um parafuso em sua cabeça.

— Vamos, Bo! "Todo branco como a neve" — insisti.

— Boba — ela me xingou, erguendo um dedo num gesto severo.

— Essa canção é muito sem graça — Luke declarou. — Tente outra e cante até o fim.

Pensei por alguns segundos, então comecei:

"Polly tinha uma boneca que estava doente, doente, doente,
Então, pediu ao médico para vir rapidamente, mente, mente.
O médico veio com sua bolsa e seu chapéu,
Bateu na porta, fazendo escarcéu."

Bo olhou para mim estreitando os olhos, interessada.

— Você a fisgou — Matt disse baixinho. — Agora, puxe a linha devagar.

— Ente, ente, ente — Bo recitou.
— Muito bom! — elogiei. — Escute o resto.

"Ele olhou a boneca, abanou a cabeça e decidiu:
Você precisa ficar na cama, ouviu?
Escreveu o nome do remédio para Polly comprar, prar, prar.
Foi embora dizendo: 'Volto amanhã para cobrar, brar, brar'."

— Bá, bá, bá — Bo repetiu, dobrando os joelhos no ritmo.
— Que beleza, Bo! Muito bom!
— Ente, ente, ente, bá, bá, bá — ela cantarolou.
— Muito bem!
— O dr. Christopherson mandou a conta? — Matt perguntou de repente.
— O quê? — Luke perguntou, olhando-o.
— O sarampo de Bo. O doutor mandou a conta?
Luke deu de ombros.
— Acho que não — respondeu, tornando a olhar para Bo.
— Em quanto você acha que ficou o tratamento? — Matt persistiu.
— Não faço a menor idéia.
— Calcule mais ou menos. Ele veio aqui umas quatro ou cinco vezes. Vai ser uma conta alta.
— Vamos nos preocupar com isso quando chegar a hora, certo? Cante de novo, Kate. Um verso de cada vez. Ela está aprendendo depressa.

Mas eu estava observando Matt, que se levantara e fora para perto da janela. Já escurecera, e ele não podia ver nada, a não ser seu reflexo na vidraça, mas ficou lá, olhando para fora.

Houve um momento de silêncio, então Luke comentou.

— Você gosta de se preocupar, não é? Não sabe viver sem preocupações. Não deixa passar nada, não relaxa, não aproveita uma tarde, um único *minuto*. Não, precisa ficar *ruminando* uma preocupação. Não pode deixar de pensar, nem por um segundo. Tem de estragar tudo o que fazemos, cada desgraçada coisa que fazemos.

— Precisamos dar um jeito em nossa vida, Luke — disse Matt calmamente. — Estamos gastando depressa demais o dinheiro que papai deixou.

— Eu sei, mas tudo vai se ajeitar. Alguma coisa vai acontecer!

— Claro — Matt murmurou. — Claro.

Acho que foi naquele momento, pensando na conta do médico, que ele decidiu que a situação não podia continuar como estava. O que era um absurdo, porque, se houvesse pensado direito, saberia que o dr. Christopherson jamais sequer sonharia em nos mandar uma conta.

Fiquei três semanas sem escrever para tia Annie, naquele mês de março, e sei por quê. Foi quando os atritos entre Luke e Matt atingiram o clímax, e o Décimo Primeiro Mandamento foi quebrado em mil pedaços, quase destruindo nosso pequeno mundo.

Matt deu a notícia na hora do jantar. Isso parecia ser uma regra em nossa casa: se alguém tinha algo chocante para dizer, devia fazê-lo à mesa do jantar e de preferência quando todos estivessem com a boca cheia.

— Tenho algo para contar a vocês todos — Matt anunciou, servindo-se de um pouco do cozido mandado pela sra. Stanovich. — Saí da escola.

Por acaso, Luke estava com a boca cheia. Parou de mastigar e olhou para Matt, na outra ponta da mesa. Em algum momento, no decorrer dos meses anteriores, eles haviam mudado de lugar. Luke agora sentava-se no lugar que fora de nossa mãe, mais perto da cozinha, e Matt, no de nosso pai. Bo e eu continuávamos nos sentando uma ao lado da outra.

— Falei com o sr. Stone, hoje — Matt continuou. — Disse que estava saindo por razões financeiras. Consegui um emprego de tempo integral na loja Hudson Bay. Das nove às cinco, de segunda a sábado. Claro que o transporte vai ser um problema, até consertarmos o carro, mas já resolvi isso. Irei no ônibus escolar e, se não tiver como voltar, posso dormir no depósito da loja. O sr. Williams está sendo muito prestativo. É o dono, parece ser um bom sujeito. Descobri que ele conhecia papai.

Luke ainda olhava para ele, com a boca cheia de carne. Matt olhou-o calmamente e voltou a comer. Luke mastigou um pouco e engoliu. Mastigou muito mal, pois pude ver um caroço descendo por sua garganta, como acontece quando uma cobra engole um sapo. Tornou a engolir mais duas vezes, esticando o queixo para a frente para ajudar a comida descer.

— O que foi que você disse? — perguntou.

— Que encontrei trabalho. Consegui um emprego. Vou ganhar algum dinheiro.

— Mas que inferno, do que é que você está falando? — Luke rosnou.

Matt olhou para mim e para Bo, erguendo as sobrancelhas com ar brincalhão.

— Alguém está meio lento para compreender as coisas, mocinhas. Vamos tentar de novo?

Não estava alfinetando Luke, apenas queria transformar aquilo em uma brincadeira, minimizar a gravidade da situação.

— Um emprego, Luke. Vou trabalhar. É isso o que a gente faz para ganhar dinheiro e comprar coisas.

— Você disse que saiu da escola?
— Saí. Parei de ir à escola. Não vou mais estudar.
Luke empurrou a cadeira para trás. Não parecia ter tomado aquilo como brincadeira.
— O que pensa que está fazendo? Diabos, faltam dois meses para os exames finais!
— O sr. Stone disse que posso fazer os exames. O fato de eu perder dois meses de aula não fará diferença. Já tenho notas suficientes para passar.
— Passar não basta. Você precisa conseguir uma bolsa de estudos e sabe disso! Como poderá ir para a universidade, se não ganhar uma bolsa?
— Não vou para a universidade.
Luke encarou-o com olhos arregalados.
— Olhe... — Matt começou gentilmente. — Nosso plano de ter empregos de meio período, de modo que um de nós pudesse ficar com as meninas parte do dia, não vai funcionar. Como poderia? Devíamos estar loucos quando pensamos que daria certo.
Observou o rosto de Luke, que começava a ficar vermelho, a raiva espalhando-se sob a pele, e olhou inquieto para mim e Bo. Devia estar arrependido de ter dado aquela notícia em nossa presença. Afinal, não podia esperar que Luke ficasse satisfeito com a mudança de planos, mas era óbvio que não contara com tal reação.
— Vamos conversar sobre isso mais tarde, está bem? — propôs.
— Ah, não! — Luke replicou. — Não, mesmo! Vamos resolver isso agora, porque amanhã você vai voltar para a escola.
Podia-se contar até três na pausa que se seguiu.
— Não cabe a você decidir — Matt disse então. — Já deixei a escola, Luke.

— Bem, você pode voltar. Não há nenhuma maldita razão para você se amarrar num emprego de período integral. Falta um mês, no máximo, para voltarmos a trabalhar na fazenda do velho Pye, e aí...

— Isso não resolverá nada! Mesmo que façamos as coisas assim durante este ano, o que você fará quando eu for para a universidade? Seu plano é inviável, Luke. Um de nós tem de trabalhar, e o outro tem de ficar em casa. Não há outro jeito.

— Diabos, Matt! Claro que há! — O tom de voz de Luke ficava cada vez mais alto. — Não vamos precisar cuidar das meninas para sempre. No ano que vem, Bo poderá ficar na casa de alguém à tarde, muita gente já se ofereceu, e Kate irá para lá depois das aulas. As duas não precisarão de nós o tempo todo. Eu poderei trabalhar cinco tardes por semana, ganhar o suficiente para nos manter, sem falar no dinheiro que tia Annie nos manda.

Ele respirou fundo. Era visível o esforço que fazia para acalmar-se, para falar racionalmente, pois sabia que essa era a única forma de atingir Matt.

— Você irá para a universidade e ficará lá durante três, quatro anos — prosseguiu, batendo a ponta de um dedo na mesa, enfatizando as palavras com tanta violência que o dedo vibrava. — Poderá trabalhar no verão para ganhar seu sustento e mandar o resto para nós, se sobrar alguma coisa. — Recomeçou a bater o dedo na mesa. — Tire o diploma. Então, será capaz de arrumar um bom emprego e de nos ajudar, se ainda precisarmos de ajuda.

Matt abanava a cabeça.

— Está tentando se enganar, Luke. Acha que no próximo ano vai conseguir que alguém o empregue para trabalhar só na parte da tarde? Está sonhando.

— Vou conseguir, sim — Luke teimou, apertando os dentes para controlar a raiva. — Seja como for, isso não é problema seu. Ganhar uma bolsa de estudos, esse é seu problema. Cuidar das meninas é problema meu.

Matt ficou branco. Isso era engraçado neles: a raiva de Luke subia ao rosto, a de Matt descia para os calcanhares.

— Desde quando a responsabilidade pelas meninas é unicamente sua? — Matt gritou. — O que você pensa que eu sou? Também sou irmão delas. Acha que eu as abandonaria, deixando-as com você, que nem consegue arrumar um emprego?

Luke segurou a borda da mesa com as duas mãos e baixou a cabeça como um touro pronto para atacar.

— VOU ARRUMAR EMPREGO! — rugiu. — ALGUMA COISA VAI ACONTECER!

Matt levantou-se e saiu da sala.

Por um momento, Luke ficou onde estava, agarrado à borda da mesa. Então, levantou-se abruptamente e foi atrás dele.

Fiquei rígida, prendendo a respiração. Ouvi o barulho de algo caindo na sala de estar, e os dois começaram a gritar novamente.

Bo desceu da cadeira, foi até a porta entre as duas salas e parou, chupando o polegar furiosamente. Fui para junto dela. Uma poltrona tombara de lado, entre Matt e Luke, que pareciam prestes a se atracar. Luke acusou Matt de estar arruinando tudo. Matt retrucou, perguntando se ele pensava que era Deus, para tomar decisões a respeito da vida de todo mundo. Luke declarou que Matt não suportava a idéia de vê-lo fazer algo importante uma vez na vida, realmente importante, que achava que só ele podia, mas que azar o de Matt, que azar o de pensar assim! Que desgraçado azar! Porque fora *ele*, Luke, que se propusera a criar as meninas, essa era *sua* missão, e *ele* a cumpriria muito bem, sozinho, porque não precisava da ajuda de Matt.

A essa altura, Matt estava branco como um lençol. Disse que, então, tudo tinha a ver com Luke, São Luke, pegando para si o papel de grande mártir, de salvador da família. Não tinha nada a ver com as meninas, tinha? Nada a ver com o que era melhor para elas. Era só o maldito ego de Luke, comandando tudo.

Continuaram gritando, as acusações tornaram-se cada vez mais pesadas, a tensão acumulada durante meses e meses rompera as barreiras, derramando-se em ondas de palavras furiosas. Então, Luke disse uma coisa imperdoável, a única que não podia dizer. Gritou que desistira de uma carreira, de seu próprio futuro, para dar a Matt a oportunidade de estudar e formar-se, e que, se Matt a jogasse fora, ele o mataria.

Não sei descrever o que aconteceu em seguida. Vemos brigas no cinema e na televisão, onde as pessoas se agridem, socando-se e ferindo-se, mas nada daquilo é real. A raiva delas não é real. O medo que nós, espectadores, sentimos não é real. Não amamos de fato os protagonistas, não nos sentimos aterrorizados com a possibilidade de um deles morrer. Em outros tempos, quando Matt e Luke brigavam, eu receava que Matt morresse. Naquele momento, eu tive certeza de que isso aconteceria, e de que Luke também morreria. Pensei que as paredes da casa iam ruir sobre nós. Pensei que o fim do mundo chegara. E soube, então, que de fato chegara, porque, no meio de todo aquele terror, captei um movimento a meu lado. Olhei e vi Bo. Ela tremia tanto que até seus cabelos pareciam vibrar. Estava dura, com os braços estendidos rigidamente ao longo do corpo, as mãos espalmadas, a boca aberta, lágrimas correndo pelo rosto, mas não emitia nenhum som. Foi a coisa mais assustadora que eu já vira. Era tão corajosa, a nossa Bo! Eu achara que nada poderia assustá-la.

Tudo acabou, por fim, mas não porque os ânimos serenassem. Vi Matt avançar sobre Luke para esmurrá-lo. Vi Luke segurar-lhe o braço e levantá-lo com tal violência que os pés de Matt ergueram-se do chão. Ouvi um ruído estranho, uma espécie de estalo surdo, ouvi Matt urrar, vi-o bater contra a parede e escorregar para o chão.

Por um instante, tudo ficou em silêncio. Então, Luke, ofegante, ainda furioso, ordenou:

— Levante-se!

Matt estava deitado em um ângulo esquisito, encostado na parede. Não respondeu. Os olhos muito abertos sobressaíam no rosto lívido.

— Levante-se! — Luke repetiu.

Quando Matt não respondeu novamente, ele deu um passo em sua direção.

— Fique onde está! — Matt falou por fim, parecendo forçar as palavras por entre os dentes.

Luke parou.

— Levante-se — disse novamente, mas seu tom de voz perdera a firmeza.

Matt ficou calado. Foi então que vi que algo acontecera ao braço dele. Estava torcido, embaixo do corpo, o ombro era uma enorme corcova, no lugar errado. Comecei a gritar. Pensei que o braço dele houvesse caído. A camisa não me deixava ver, mas eu sabia que o braço fora arrancado do ombro. O filho mais velho dos Tadworth tivera o braço decepado, quando caíra sob um vagão, e sangrara até morrer, antes que alguém pudesse socorrê-lo.

Luke estava gritando com alguém. Gritando comigo.

— Cale-se, Kate! Cale-se!

Agarrou-me e me sacudiu, então me calei.

Olhou para Matt, passando as mãos nos cabelos.

— Qual é o problema?— perguntou.

— Chame o médico — Matt pediu com voz apertada, mal audível.
— Por quê? O que aconteceu? — Luke indagou em tom vacilante, pois também vira o braço.
— Chame o médico.

Lembro-me daqueles momentos de espera, Matt deitado no chão, tão imóvel que parecia não estar respirando, o rosto acinzentado e brilhante de suor. Lembro-me de que o dr. Christopherson entrou na sala, olhou para Matt, para mim e Bo e finalmente para Luke, que se sentara em uma poltrona, o rosto escondido entre as mãos.
— O que aconteceu? — o doutor perguntou, e ninguém respondeu.
Lembro que ele se ajoelhou ao lado de Matt, desabotoou-lhe a camisa, introduziu a mão para apalpar o ombro, e que Matt arreganhou os dentes, como a raposa que eu vira um dia, apanhada em uma das armadilhas do sr. Sumack.
— Está tudo bem, Matt, tudo bem — o dr. Christopherson disse baixinho. — Seu ombro está deslocado, só isso. Vamos colocá-lo no lugar, num instante..
Levantou-se e lançou um olhar duro e frio para Luke.
— Você vai ter de me ajudar — avisou.
Lembro que Luke olhou-o, então olhou para Matt, limpando a boca com as costas da mão.
O médico virou-se e olhou pensativamente para mim e Bo. Ela quase parara de tremer, mas lágrimas ainda corriam por seu rosto. De vez em quando, era sacudida por um tremor, e suspirava de modo entrecortado. O dr. Christopherson aproximou-se de nós, afagou a cabeça dela, depois a minha.
— Vou precisar de sua ajuda também, Kate. Quer fazer uma coisa para mim? Molly está no carro, e ela fica triste,

quando a deixo sozinha durante muito tempo. Ajude-me a agasalhar Bo, depois vocês duas podem ir fazer companhia a Molly. O carro está na estrada, não consegui entrar com ele até aqui, mas deixei o motor funcionando, de modo que lá dentro está quente e aconchegante.

Lembro-me de que andei atrás do doutor quando ele carregou Bo ao longo da trincheira aberta na neve, até a estrada. Lembro-me da alegria de Molly, quando ele abriu a porta do carro e colocou Bo, depois a mim, no banco de trás, junto com ela. Nunca conheci uma cachorrinha mais bondosa do que Molly. Ela era também uma enfermeira maravilhosa. Lavou o rosto molhado de lágrimas de Bo, lambendo-o suavemente, ganindo baixinho, e, após alguns minutos, Bo estava arrulhando, abraçada ao pescoço de Molly, a cabeça escondida pelas longas orelhas sedosas.

Fiquei sentada junto delas, esperando que o dr. Christopherson fosse me dizer que Matt morrera. Eu aprendera que as pessoas sempre encontravam uma desculpa para tirar Bo e a mim do caminho quando alguma coisa terrível estava para acontecer. Tivera muitas oportunidades de aprender. Assim, quando o médico voltou, teve outro paciente nas mãos, pois encontrou-me em estado de choque.

A ironia, em tudo isso, é que ficou provado que Luke estava certo. Alguma coisa acontecera.

QUARTA PARTE

16

Houve um tempo, um tempo muito longo, em que nenhum de meus irmãos me parecia real.

Talvez "real" não seja a palavra certa. "Importante" é melhor. Minha família parecia não ser importante. Isso foi quando eu fazia o curso de graduação na universidade. No primeiro ano, não, porque eu tinha tanta saudade de casa que achava que ia morrer, mas depois, no segundo e terceiro anos, quando meus horizontes começaram a expandir-se e Crow Lake encolheu em minha lembrança até ficar do tamanho insignificante do ponto que a representava no mapa.

Eu descobrira que nossa bisavó Morrison estava mais certa do que ela própria imaginava a respeito do poder da educação, ao encará-la tanto como um bem maior, quanto como um meio de fuga da pobreza, da aspereza do cultivo da terra. Mas ela não fazia idéia de quantas outras portas a educação podia abrir. Eu estava estudando zoologia, passara para o segundo ano com a nota mais alta da classe, e disseram-me que, se continuasse assim, receberia uma bolsa para fazer o doutorado. Eu sabia que, se fosse bem-sucedida, encontraria um bom emprego, ali mesmo na universidade ou em qualquer outro lugar. Sabia que, se um dia quisesse trabalhar no estrangeiro, isso seria possível. O mundo estendia-se a minha frente, cada vez mais amplo. Eu poderia ir a qualquer lugar, fazer qualquer coisa, ser o que quisesse.

Matt, Luke e Bo, então, recuaram para um pequeno e obscuro recanto de minha mente. Naquele tempo, no meu segundo ano de universidade, eu ainda não completara vinte anos, de modo que Bo tinha apenas catorze. Ela ainda tinha escolha, mas Matt e Luke estavam onde sempre haviam estado, e eu sabia que lá continuariam. A distância entre nós parecia tão grande, aquela parte de minha vida tão remota, que eu não conseguia ver coisa alguma que ainda tivéssemos em comum.

O dinheiro era curto demais para me permitir ir para casa nos feriados, e nas férias de verão eu também não ia, porque os empregos temporários em Toronto pagavam melhor do que qualquer um que eu pudesse conseguir em minha terra. Fiquei dois anos sem ver meus irmãos, e esse tempo seria muito mais longo se eles não houvessem ido a minha formatura. Foram os três, vestidos com suas melhores roupas. Fiquei comovida, mas embaraçada, e não os apresentei a meus amigos.

Durante aqueles anos, eu saíra algumas vezes com rapazes, mas nenhum desses relacionamentos fora em frente. Meu fracasso nesse aspecto não me incomodava. Em primeiro lugar, eu estava estudando demais para pensar muito nessas coisas, e, em segundo, como já disse antes, nunca achara que fosse amar alguém. Suponho que fantasiasse, vendo a mim mesma como uma acadêmica excêntrica, solitária e auto-suficiente, apaixonada pelo trabalho.

Não era tudo fantasia, porém, pois eu estava verdadeiramente apaixonada por meu trabalho. A vida universitária fora uma total revelação: livros, laboratórios com seus maravilhosos microscópios, orientadores e professores, recursos de todos os tipos, estava tudo ali, a minha disposição. Na metade do terceiro ano, decidi que continuaria os estudos e que me especializaria em zoologia.

Tomei essa decisão depois de uma excursão a um pequeno lago ao norte de Toronto, para um trabalho de campo. O lago era muito procurado nas férias de verão, principalmente por pessoas que gostavam de remar, velejar e praticar outros esportes aquáticos. Fomos lá em setembro, quando os veranistas já haviam ido embora. O objetivo de nosso trabalho era tentar avaliar o efeito causado pelas pessoas sobre o meio ambiente no decorrer dos meses de verão e, como parte da investigação, colhemos amostras da água e espécimes da flora e da fauna da margem para examiná-las no laboratório. Levamos as criaturas aquáticas em vidros ou sacos plásticos cheios de água, numa caixa de isopor com gelo. As outras amostras foram para Toronto em caixas comuns. No laboratório, nossa tarefa era identificar e documentar os espécimes que havíamos coletado, comentar sobre seu aparente estado de saúde e, se um estivesse morto, investigar a causa da morte.

Eu coletara a maioria de minhas criaturas em uma pequena enseada em uma ponta do lago e, ao pegá-las, também retirara um pouco da lama do fundo, que continha matéria orgânica em decomposição. De volta ao laboratório, depois de transferir minhas criaturas para a segurança de um tanque, passei a lama para uma bandeja e rapidamente examinei-a para ver se havia algo de interesse nela. Em sua maioria, as coisas que encontrei eram folhas e gravetos, mas no meio de tudo aquilo havia uma pequena bolha preta que não pude identificar. Tirei-a com uma pinça, coloquei-a sobre uma toalha de papel molhada para evitar que secasse e examinei-a ao microscópio.

A bolha já fora um barqueiro, ou *notonecta*, um inseto pequeno mas feroz predador, que passa a maior parte do tempo de cabeça para baixo na superfície da água, monitorando vibrações que acusem a aproximação de uma presa. Eu conhecia bem aqueles insetos, dos anos que passara com Matt, e eles haviam sido a primeira indicação que tivemos de que a tensão superficial funciona tanto de cima para baixo como de baixo para cima. Em circunstâncias normais, eu teria reconhecido o barqueiro imediatamente, mas levei vários minutos para identificar aquele, pois estava envolto em uma grossa crosta preta de óleo, vazado do motor de algum dos muitos barcos que circulavam pelo lago. Os delicados pêlos sensoriais em seu abdome estavam grudados, os espiráculos de respiração completamente bloqueados.

Agora acho difícil explicar por que fui tão afetada por aquilo. Todas as criaturas morrem, e a maioria das causas da morte é horrível, quando analisada em termos humanos. E não é que não soubesse o que a poluição provoca, pois esse é um dos principais tópicos de todas as ciências que estudam a vida. Acredito que fui tão afetada porque a vítima, naquele caso, era uma velha conhecida minha. Os barqueiros me fascinavam, na infância. Parecia-me que eles ficavam pendurados em um teto, de cabeça para baixo, e eu esperava que se cansassem e se soltassem, mergulhando na água.

Seja qual for a razão, o que senti, olhando para aquele corpinho enegrecido, foi horror e verdadeira... dor. Fazia anos que eu não pensava nos tanques, mas agora a imagem deles voltava, nítida, a minha mente. Claro que eram pequenos demais para o uso de barcos, mas havia outros incontáveis poluentes trazidos pela chuva ou que vinham do solo circundante, por infiltração. Imaginei-me voltando aos tanques um dia, olhando para suas profundezas e vendo... nada.

Foi naquele momento que decidi que seria ecologista especializada em invertebrados, e que minha área de estudo seria o efeito da poluição sobre a população de tanques de água doce.

Suponho que possa dizer que minha escolha foi inevitável, que já a fizera muito tempo antes de encontrar aquele inseto morto. Talvez. Tudo o que sei é que aquele pequeno *notonecta* reavivou algo em mim e deu-me um propósito que eu nem mesmo sabia que estava me faltando.

Por muito tempo depois disso, os estudos me absorveram tão completamente que eu não tinha oportunidade de fazer quase mais nada. Os poucos rapazes com quem saía não eram, de modo algum, tão interessantes quanto meu trabalho. E as pessoas de meu passado estavam, bem, no passado. E pareciam não ter importância.

Foi quando conheci Daniel que percebi que não deixara minha família para trás, afinal. Fomos apresentados quando entrei para o departamento, e então não paramos de nos encontrar por acaso nos corredores, todo mundo sabe como é isso. Um dia, eu estava trabalhando em meu laboratório, cheio de aquários, no qual posso controlar o ambiente de meus invertebrados e estudar suas reações, quando me virei de repente e vi Daniel parado no vão da porta. Levei um susto.

— Desculpe, se a assustei. Eu não devia perturbá-la, você parece estar muito ocupada.

— Não, tudo bem. Só estava observando um patinador de tanque.

— Observando-o? Ele estava fazendo o quê?

— Patinando — respondi.

Ele sorriu.

— Ele faz isso bem?

Sorri também, embora hesitante. Não sou boa para manter conversas superficiais. Não é que elas me incomodem, mas não tenho essa habilidade.

— Faz, sim, muito bem — respondi, embaraçada. — Patinadores de tanques geralmente são ótimos... patinadores.

— Posso dar uma olhada?

— Claro.

Ele entrou na sala e espiou para dentro do tanque, mas seus movimentos foram bruscos demais, o patinador assustou-se tanto que deu um salto de uns dez centímetros acima da água. Há uma tela cobrindo o tanque, para que as criaturas não escapem, de modo que não me preocupei, mas Daniel recuou abruptamente.

— Desculpe. Parece que hoje estou assustando todo mundo.

— Tudo bem — assegurei.

Não queria que ele se sentisse constrangido. Havia algo em Daniel que me agradava, uma seriedade que eu julgava detectar por trás de seu jeito descontraído. Gostava do rosto dele também, longo e magro, do nariz forte que lhe dava um perfil de falcão. Os cabelos eram cor de areia e começavam a ficar ralos.

— O patinador está um pouco nervoso — expliquei. — Venho diminuindo a tensão superficial. Diminuí oito por cento até agora, e ele está ficando inquieto.

— No que você está trabalhando?

— Surfactantes. Seu efeito sobre habitantes da superfície.

— Detergentes? Esse tipo de coisa?

— Certo. E outros poluentes. Várias substâncias podem diminuir a tensão superficial. Ou aderem às superfícies hidrofóbicas dos insetos, de modo que eles deixam de ser à prova de água e afundam.

— Isso não acontece com o patinador?

— Ainda não, mas ele terá seu limite.

— Acho isso cruel.

— Oh, eu o salvarei — afirmei rapidamente. — O patinador vai ficar bem.

Daniel sorriu. Percebi que estava brincando comigo e me senti corar.

— Estaria interessada em tomar um café, depois que resgatar o patinador?

Foi assim que fomos tomar café juntos pela primeira vez. Conversamos sobre patinadores de tanques, e o fato de eles poderem deslizar quinze centímetros com um único impulso das pernas e alcançar a espantosa velocidade de 125 centímetros por segundo. Falamos também sobre poluição em geral, e em particular de derramamentos de óleo, dos caramujos, que comem óleo e parecem gostar. Depois, conversamos sobre a especialidade de Daniel, bactérias, falamos de sua capacidade de adaptar-se a mudanças, conjeturando se isso significa que elas vão herdar a terra.

Depois desse dia, começamos a sair juntos.

Eu o admirava. Na verdade, devo dizer, mesmo tendo consciência de que isso é ridiculamente cínico, que nunca esperei admirar uma pessoa outra vez, mas admirava Daniel. Eu já disse que o acho ingênuo em certos aspectos e descontraído demais, mas reconheço que essas características são, em parte, resultado de sua generosidade de mente. Por um tempo, estive convencida de que apenas o admirava e gostava dele. Fiz listas de seus pontos fortes: senso de humor, curiosidade, inteligência, poder de atração, habilidade para recusar-se a participar da rede de intrigas e deslealdades que parece fazer parte do ambiente acadêmico, como se isso tornasse suas qualidades emocionalmente neutras. Também fiz listas de suas fraquezas: seu jeito de reclamar, desgostoso, quando molhava os pés, como se fosse uma velha, sua preguiça, no que dizia respeito a atividades físicas, a tendência — embora ele a negasse — de achar que está sempre certo, como se isso cancelasse os pontos fortes, significando que eu não sentia nada por ele. Então, um dia, quando eu estava no chuveiro, ensaboando os pés ou outra parte emocionalmente neutra de minha pessoa, ocorreu-me que meus sentimentos por Daniel só podiam ser definidos pela palavra "amor". Foi aí, eu acho, que inconscientemente tomei a decisão de não pensar demais em nosso relacionamento, não analisá-lo, não tentar adivinhar quanto tempo duraria, não me perguntar se meus sentimentos eram correspondidos. Isso, como expliquei, criou problemas entre nós, e minha única desculpa é que no passado as pessoas que eu amava desapareciam de minha vida, e eu tinha medo de que isso voltasse a acontecer.

De qualquer modo, a questão é que, embora meu amor por Daniel fosse muito diferente de tudo o que eu já experimentara, era como se aquele sentimento fosse algo que eu estivesse *reconhecendo*. O amor vai mais fundo do que qualquer outro sentimento, eu acho. Invade-nos o coração. E quando Daniel invadiu o meu, descobri que Matt, Luke e Bo também estavam lá. Eles faziam parte de mim. Apesar dos anos de separação, eu ainda conhecia os rostos deles melhor do que o meu. Tudo o que eu sabia de amor, aprendera com eles.

Comecei a ir para casa, num feriado ou outro, pois agora tinha dinheiro para isso. Mas era estranho. Eu me tornara uma esquisitice em nossa comunidade, era "aquela que fora embora". Estavam todos orgulhosos de mim, naturalmente, e, brincando, me chamavam de dra. Morrison ou de professora. Alguns me tratavam com deferência, o que devia ser engraçado, mas que eu achava de certa forma doloroso. Luke desempenhava o papel de pai orgulhoso, o que devia ser doloroso, mas era engraçado. Era com Bo que eu me sentia mais à vontade. Bo aceita as pessoas como elas são.

Matt? Ah, Matt estava orgulhoso de mim. Tão orgulhoso que eu mal podia suportar.

O aniversário de Simon era no fim de abril, e passei quase março inteiro tentando pensar em um bom presente para ele. O que se dá a um rapaz quando ele entra na idade adulta? Mais especialmente, o que uma tia dá a seu único sobrinho? Mais especialmente ainda, qual seria o presente apropriado para o filho de Matt? Para ser franca, eu desejava que Matt aprovasse o presente, tanto quanto desejava que Simon gostasse dele.

Eu sabia que meu sobrinho esperava ir para a universidade, estudar física, dali a um ano. Devo dizer que "esperava" é uma palavra desnecessária no caso de Simon, pois ele herdou a inteligência do pai e passaria no exame de admissão sem dificuldade. Por isso, perambulei pelo Departamento de Física algumas vezes, procurando inspiração. Não tive nenhuma.

Durante cerca de duas semanas, parei de me preocupar, achando que algo me ocorreria, mas nada me ocorreu. Presentes comuns, roupas, livros e discos, eram insuficientes para uma data tão marcante e, de qualquer maneira, eu não me arriscaria a tentar adivinhar o gosto de Simon. Presentes extraordinários, como um carro ou uma viagem à Europa estavam além de minhas posses. Algo médio, como um aparelho de som, por exemplo, Simon já devia ter, ou ganharia dos pais.

Os dias foram passando. Chegou abril. Sou uma pessoa organizada. Detesto deixar as coisas para a última hora, principalmente coisas importantes.

Em desespero, fui ao centro da cidade dois sábados seguidos, procurando idéias, vagueando no meio da multidão, vasculhando lojas, em busca de algo à altura da ocasião. No segundo sábado, Daniel foi comigo, alegando que adorava fazer compras e que sempre tinha boas idéias. Na verdade, as idéias dele eram ridículas. Ele adorava tudo o que via e não parava de fazer sugestões tolas, até que me zanguei e mandei-o ir para casa.

— Você leva tudo tão a sério! — ele reclamou. — Existe algo no mundo que você encare com descontração? É uma festa de aniversário, pelo amor de Deus! É para ser tudo *divertido*!

Repliquei que, sendo ele filho único, não tinha sobrinhos, por isso não sabia do que estava falando, e que, se ele achava *divertido* comprar um presente importante, correndo contra o tempo, era melhor submeter-se a um exame de cabeça.

— Olhe, ali há um telefone — ele disse, com um leve tom de irritação na voz. — Por que não liga para seu irmão e pergunta se ele sabe o que o filho gostaria de ganhar?

— Daniel, quero resolver isso por mim mesma. Por favor, vá embora.

Ele foi, parecendo aborrecido. Mas estava tão de bom humor, desde que eu o convidara para a festa, que certamente não se deixaria abater nem mesmo por meu comportamento neurótico.

Por fim, decidi abrir uma conta para Simon na livraria da universidade, depositando ali a quantia necessária para cobrir os custos com os livros didáticos que ele usaria em seu primeiro ano. Além disso, para que ele tivesse algo para desembrulhar no dia de seu aniversário, comprei um pequeno giroscópio, só um brinquedo, na verdade, mas bem feito e que simbolizava a beleza e a complexidade da ciência que ele optara por estudar.

Daniel redimiu-se, quando lhe contei o que decidira, dizendo que eu fizera uma ótima escolha. Então, estragou tudo, como só ele é capaz de fazer, acrescentando que os presentes tinham a minha cara.

— Como assim? — perguntei, desconfiada.

— Bem, livros didáticos... Que outra tia daria livros didáticos a um sobrinho em seu aniversário de dezoito anos?

— Quando eu penso nas horas que passei na biblioteca, esperando a devolução de livros que estavam emprestados, porque não podia comprá-los...

Ele sorriu e disse que só estava brincando.

Não sei se foi porque eu estava pensando demais em Matt, mas na terça-feira da semana anterior ao aniversário de Simon tive uma crise. Tinha de ser isso. Aquilo nunca me acontecera antes, e não posso pensar em outro motivo. Eu não recebera críticas desabonadoras por nenhum de meus artigos, não tropeçara em nenhum obstáculo no caminho de minha pesquisa, nada parecido.

Meu cargo de professora-assistente de ecologia dos invertebrados engloba muitas tarefas: desenvolver pesquisas, analisar e expor minhas descobertas, escrever artigos para publicação, apresentá-los em conferências, orientar alunos de pós-graduação, dar aulas para os do curso de graduação... além de diversas atividades administrativas ridículas.

A pesquisa eu amo. Exige paciência, precisão e método, e eu tenho tudo isso. Parece um trabalho monótono, mas não é, muito pelo contrário. Em nível abstrato, faz com que o pesquisador sinta que acrescentou uma pequena peça ao quebra-cabeça do conhecimento científico. Em nível mais básico, amplia a compreensão do meio ambiente, algo essencial, se queremos evitar sua destruição. A pesquisa é a parte mais importante de meu trabalho, e nunca tenho tempo suficiente para ela.

Escrever artigos não me incomoda. A troca de idéias é algo vital, e faço minha parte com boa vontade.

Não gosto muito de apresentar trabalhos em conferências, porque sei que não falo maravilhosamente bem. Sou bastante clara, posso apresentar um trabalho de modo bem estruturado, mas falta-me vigor.

De dar aulas eu não gosto, de jeito nenhum. Esta é uma universidade de pesquisa, principalmente, e só leciono quatro horas por semana, mas preciso de quase uma semana inteira para preparar a aula, e isso leva grande parte do tempo que tenho para a pesquisa. Além disso, tenho dificuldade para me relacionar com os alunos. Daniel gosta deles. Finge que não, da mesma maneira que finge não trabalhar, mas trabalha o dia todo, embora dê outro nome a isso. Acha secretamente que os alunos são interessantes e estimulantes. Eu, secretamente, não acho. Não os compreendo. Eles parecem não levar nada a sério.

Bem, a crise, se essa não for uma maneira muito dramática de descrever o que aconteceu, pegou-me no meio de uma aula. Começou com um discreto acesso de soluços. Eu estava explicando a natureza hidrofóbica da penugem de certos artrópodes, no anfiteatro lotado de estudantes do terceiro ano, quando, de repente, tive uma lembrança tão vívida que quase perdi o fio dos pensamentos.

Matt e eu estávamos em nossa pose habitual, deitados de bruços junto de "nosso" tanque, olhando para dentro da água. Observávamos as libélulas executar sua iridescente e delicada dança acima da superfície, quando um besourinho, descendo pelo caule de um junco, chamou nossa atenção. Ele se encontrava uns quinze centímetros acima da água, trotando caule abaixo com determinação. Aonde ele pensava que estava indo? O que faria, quando alcançasse a água? Percebia o que havia a sua frente? Matt disse que insetos não tinham nariz, como nós, mas que sentiam cheiros e detectavam umidade com suas antenas. Fosse como fosse, o que o besourinho queria? Tomar água? Matt explicou que os insetos encontravam toda a água de que precisavam nas plantas que comiam ou no sangue que chupavam, mas que ele podia estar enganado sobre isso. Eu disse que talvez o besourinho fosse uma "besoura" que ia botar seus ovos na água, como faziam as libélulas. Matt respondeu que achava que besouros não faziam isso, mas que não tinha absoluta certeza. Comentei que o besouro podia estar distraído, pensando no que comeria na hora do jantar, e não via por onde andava. Matt disse que, nesse caso, ele ia ter uma grande surpresa.

Mas fomos nós que nos surpreendemos. Quando chegou à água, o besouro nem sequer hesitou. Continuou andando. A superfície da água cedeu um pouco, quando ele mergulhou a cabeça, então envolveu-o e engoliu-o. Fiquei alarmada, achando que ele se afogara, mas Matt exclamou: "Não, não se afogou! Veja o que ele fez!"

Espiei para dentro da água e vi que nosso besourinho continuava marchando para baixo, envolvido por uma bolha prateada. Matt sombreou a água com as mãos, para eliminar seu reflexo, e explicou que era uma bolha de ar, que o besouro tinha seu próprio submarino. Achamos aquilo fabuloso, conjeturando sobre quanto tempo ele ficaria lá embaixo.

Agora, naturalmente sei como o besouro fez aquilo. Não há nenhum mistério nisso. Muitas das criaturas que vivem na fronteira entre a água e o ar levam consigo uma bolha de ar, quando submergem. O ar fica preso em sua penugem aveludada, tão densa, que os insetos se tornam totalmente à prova de água. À medida que o oxigênio se esgota, entra uma nova porção, retirada da água. Quanto ao tempo que nosso besouro poderia ficar submerso, isso ia depender da quantidade de oxigênio na água e da rapidez com que ele estava usando seu suprimento. Em geral, quanto mais ativo o inseto e mais quente a água, menos tempo ele consegue ficar mergulhado.

Era a composição da penugem que eu estava explicando para a classe de terceiro ano quando a lembrança daquele dia atravessou minha mente, por um instante dispersando meus pensamentos e me fazendo hesitar e depois parar de falar. Fingi que consultava minhas anotações, enquanto me recuperava. Os alunos, que se haviam agitado momentaneamente, esperando que algo interessante fosse acontecer, voltaram a relaxar em suas cadeiras. Uma moça, sentada na primeira fileira, bocejou tão escandalosamente que achei que fosse deslocar o maxilar.

Foi o bocejo que me atingiu. Não era a primeira vez que bocejavam durante uma de minhas aulas. Os estudantes estão sempre com o sono atrasado, e muitos professores e palestrantes já tiveram a experiência de descobrir que estavam falando para um mar de corpos adormecidos. Mas, por alguma razão, de repente percebi que não ia conseguir continuar.

Fiquei parada, muda, olhando para a platéia. Em minha cabeça, soava novamente, como se eu ouvisse uma gravação, minha voz monótona, tediosa, recitando a explicação. E as cenas lembradas corriam como um filme acompanhado por uma trilha sonora errada. Matt e eu, deitados lado a lado, com o sol batendo em nossas costas. O besouro sob a água, descendo para o fundo na segurança de seu minúsculo submarino. O espanto e o prazer de Matt.

Ele achara aquilo miraculoso. Não. Fora mais que isso. Matt *compreendera* que era miraculoso. Sem ele, eu nunca teria compreendido. Nunca teria percebido que a vida que se desenrolava a nossa frente todos os dias era maravilhosa, no legítimo sentido da palavra. Teria *observado*, mas não teria me *maravilhado*.

E agora eu fizera a classe toda dormir. Quantos dos alunos a minha frente teriam tido a oportunidade de ver o que eu vira, principalmente em companhia de alguém como Matt? A maioria deles sempre vivera na cidade, nunca vira um tanque na vida, antes de sair em excursões para trabalhos de campo. Aquela aula era seu primeiro contato com o assunto. E eles eram mais infelizes do que imaginavam, porque, se as coisas houvessem sido diferentes, Matt estaria dando aquela aula, não eu. Então, nenhum deles estaria bocejando. Não é exagero de minha parte. Não estou exaltando Matt, mas afirmando um fato. Se ele estivesse em meu lugar, os alunos estariam atentos e entusiasmados.

Notei que eles agora me olhavam com curiosidade, conscientes de que havia algo errado comigo. Olhei para minhas anotações, espalhei as folhas sobre a mesa, então ergui os olhos novamente para encará-los.

— Desculpem. Deixei vocês entediados.

Juntei minhas anotações e saí da sala.

— Eu não devia dar aulas — admiti, falando com Daniel naquela noite.

— Isso acontece com todo mundo, Kate. Ninguém se mantém em sua melhor forma o tempo todo.
— Não é uma questão de estar ou não em forma, mas de uma capacidade básica. Não sei ensinar. Não sei transmitir conhecimentos. Estou matando o interesse dos alunos pela matéria.
Mesmo não querendo, eu estava sendo melodramática, mas essa era a única maneira de expressar meus sentimentos. Sentia-me triste, desesperada, absurda. Não sou dada a esse tipo de coisa. Normalmente sou bastante racional.
Daniel passou as mãos por entre os cabelos ralos, de um jeito que me lembrou Luke.
— Você é muito *dura* consigo mesma! Apenas deu uma aula abaixo do padrão. A maioria dos professores, na maioria das universidades, na maioria das cidades do mundo, é uma *bosta*. E a maioria deles não se importa com isso.
— O problema é esse, Daniel. Essa não foi apenas uma aula abaixo do padrão. Todas as minhas aulas são assim. E isso significa que não estou fazendo bem meu trabalho. Acho que não consigo continuar fazendo algo tão ruim, semana após semana, ano após ano.
— Você está exagerando, Kate.
Ficamos em silêncio.
— O que o prof. Kylie disse? — Daniel perguntou após um momento.
Dei de ombros.
— Ele é sempre gentil. Você o conhece.
— Gentil? Kylie? Você, então, é a única pessoa do departamento que ele trata com gentileza. E por quê? Faça essa pergunta a si própria.
Mas eu estava pensando em Matt. Sentindo que, de alguma forma, eu o traíra. E não podia compreender por que me sentia assim, pois, na verdade, Matt traíra a si mesmo.

17

Durante todo aquele inverno, enquanto nos preocupávamos com nossos próprios problemas, a situação dos Pye estava se deteriorando. Imagino que encontraríamos pistas disso, se as estivéssemos procurando, mas a fazenda dos Pye era muito isolada e, num inverno impiedoso como o que estávamos tendo, ninguém ficava andando pelas redondezas à toa. Eles pararam de ir à igreja, mas durante algumas semanas ninguém achou isso estranho, pois na maior parte do tempo as estradas ficavam obstruídas pela neve, e metade da congregação não comparecia aos cultos.

Em outras épocas do ano, Matt e Luke saberiam se algo fora do comum estivesse acontecendo, mas nos meses de inverno não havia trabalho na fazenda, de modo que eles não tinham contato com os Pye.

Laurie não fora mais à escola, desde que brigara com Alex Kirby, em outubro. De acordo com a sra. Stanovich, que morava na estrada Northern Side e podia ver quem ia ou voltava da fazenda dos Pye, a srta. Carrington fora lá várias vezes antes do Natal. Podia-se presumir que ela tentara lembrar Calvin que ele tinha a obrigação legal de manter os filhos na escola até que completassem dezesseis anos, mas era óbvio que não conseguira nada. Laurie devia estar com quase quinze anos, e os membros da diretoria da escola eram propensos a fingir que não notavam a ausência dos alunos que viviam em fazendas, porque sabiam que os pais precisavam da ajuda deles.

Em fins de março, quando começou o degelo, Matt e Luke recomeçaram a trabalhar para o sr. Pye. Foi nessa época que Rosie começou a faltar muito às aulas. Ela sempre fora doentia, predisposta a pegar qualquer vírus ou bactéria que passasse por perto, mas talvez a srta. Carrington suspeitasse que daquela vez era algo mais do que uma doença, porque, uma semana depois da volta de Luke e Matt ao trabalho, ela foi a nossa casa falar com eles. Se sabia da crise em nossa própria família, não deixou transparecer. Mas acredito que não soubesse, pois o dr. Christopherson não era de fazer mexericos.

Ela perguntou, muito delicadamente, pois se tratava de uma questão constrangedora, se os rapazes achavam que estava tudo bem na casa dos Pye. Sei disso porque estava ouvindo às escondidas, mas Matt fechou a porta e não ouvi o que eles responderam. De qualquer modo, a resposta não ajudou.

Suponho que tudo teria sido diferente se Laurie fosse uma cópia perfeita do pai, não só no físico como também no espírito. Ainda haveria conflito, pois, de acordo com o que a srta. Vernon me contou a respeito dos Pye, isso era quase inevitável, mas talvez os confrontos não fossem tão graves. Calvin nunca se revoltara contra o pai. Laurie revoltava-se. Não se acovardava. Imagino que o que mais enfurecia Calvin era pensar que não tivera coragem de enfrentar o próprio pai e suportara abusos durante tanto tempo, para depois ser tratado com tanto desrespeito pelo filho. Acredito que ele via as coisas assim, e isso deve ter sido a última gota. Laurie estava em plena adolescência, e, com tanta testosterona no sangue, ousava fazer o que nunca fizera na infância. Talvez essa seja a explicação para o fato de naquele ano as coisas piorarem tanto na família Pye.

Nem posso imaginar como a sra. Pye e Marie sentiam-se nisso tudo, sempre sobressaltadas, tentando em vão acalmar os ânimos, querendo intervir nas brigas e não podendo. Naquele inverno, a sra. Pye quebrou o braço, e ficou com ele engessado durante meses. Disse que escorregara no gelo e caíra sobre o degrau da porta. Podia ser verdade, suponho.

Um dia, no começo do inverno, quando ainda era possível sair de casa, ela foi nos visitar. Levou-nos alguma coisa, provavelmente comida, e me lembro de vê-la parada na porta, perguntando a Luke se estávamos todos bem. Lembro também que, embora olhando-o, ela parecia não estar prestando atenção ao que ele dizia. Era como se estivesse aguçando os ouvidos para captar algum ruído. Ouvindo por cima do ombro, pode-se dizer. Acredito que ela vivia em permanente estado de alerta, sempre à espera de uma nova crise.

Quanto a Rosie, seu comportamento não foi cem por cento normal em nenhum momento, naquele ano. Embora ela ainda fosse à escola regularmente, permanecia muda como uma pedra. O medo devia tê-la deixado estúpida. Entorpecida.

Mas é em Marie que eu acho mais difícil pensar. Empatia não é um de meus pontos fortes, como diz Daniel, e senti-la em relação a alguém de quem não gosto torna-se ainda mais difícil. Nunca gostei de Marie. Lembro-me de uma tarde em que saí para procurar Matt. Já passara da hora de ele chegar, e o medo que eu sempre sentia quando isso acontecia crescera tanto que não pude suportar esperá-lo em casa. Vesti o casaco, calcei as botas e fui para a estrada, imaginando, como de costume, encontrar o ônibus tombado em uma vala, e Matt morto, estendido no chão. Mas encontrei-o parado no meio da encosta de um monte de neve formado pela máquina limpadora, conversando com Marie. Ela apertava os braços ao redor de si mesma, naquela sua pose defensiva, estava com o nariz e os olhos vermelhos, uma triste figura, como sempre. Meu desprezo por ela aumentou naquele momento, acho que a culpei pelo atraso de Matt.

Mas Marie devia estar sofrendo também. Isso eu reconheço.

No que diz respeito a nós, os Morrison, bem, depois de atirados violentamente no fundo do poço, víamos que as coisas finalmente começavam a melhorar.

Domingo, 30 de março

Querida tia Annie,
Como a senhora está? Espero que esteja bem. O sr. Turtle caiu do telhado de novo. Estava tirando a neve, para que o telhado não afundasse, e quebrou a perna. A sra. Turtle disse que ele está velho demais para fazer essas coisas, então a srta. Carrington perguntou a Luke se ele gostaria de ser zelador da escola.
Com amor,

Kate

Domingo, 6 de abril

Querida tia Annie,
Como a senhora está? Espero que esteja bem. Luke agora é nosso zelador. Ele precisa chegar na escola bem cedo, para acender a fornalha, retirar a neve e fazer tudo o que precisa ser feito. Tem de limpar os banheiros, mas diz que não se importa. No verão, ele vai tentar acabar com a hera venenosa, porque a srta. Carrington disse que é uma ameaça.
Com amor,

Kate

* * *

E assim fomos indo. Como Luke previra, algo acontecera. Na verdade, no espaço de alguns meses, muitas coisas aconteceram.

Mas preciso voltar um pouco atrás. Nos dias que se seguiram ao "incidente" envolvendo Matt e Luke, o dr. Christopherson foi a nossa casa várias vezes, ostensivamente para ver o ombro de Matt, e disfarçadamente, acredito, para verificar se Bo e eu estávamos bem. Na última visita, levou os rapazes para a sala e passou-lhes um sermão daqueles. Sei disso porque fiquei perto da porta, escutando. Ele levara Molly para dentro de casa, para que Bo e eu nos entretivéssemos com ela, mas eu já conhecia o truque e decidi que não ia mais permitir que me mantivessem na ignorância. Acho que esse foi meu primeiro ato consciente de rebeldia.

No começo, o sermão foi enganoso. O dr. Christopherson disse que todos admiravam o que os rapazes estavam fazendo por mim e Bo, e que sabiam como os dois se esforçavam para levar isso em frente.

Houve um curto silêncio. Imagino que Matt e Luke sabiam que o discurso não pararia por ali. Então, o médico continuou falando. Disse que era difícil aceitar o fato de que às vezes as coisas não funcionavam do modo desejado, apesar de todo o esforço. Não era vergonha nenhuma admitir isso. Ao contrário, era importante admitir. Era importante reconhecer quando algo não ia bem, porque de outra maneira tornava-se impossível suportar a pressão. Então, naturalmente, a situação tornava-se mais grave.

Outro momento de silêncio. Então, Luke disse, tão baixo que precisei encostar a orelha na porta para ouvir, que eles já haviam resolvido as coisas entre si e que tudo ia dar certo.

O dr. Christopherson perguntou se ele tinha certeza disso. Falou de modo gentil, mas até eu, do lado de fora, pude perceber um tom de severidade em sua voz. Esperou um pouco, a pergunta flutuando no ar entre eles. Visualizei Luke passando uma das mãos nos cabelos. O doutor, então, disse que era comigo e com Bo que ele estava preocupado. O que acontecera na nossa frente não devia voltar a acontecer. Nunca. Nós duas já havíamos sofrido demais e éramos muito frágeis.

O silêncio que se seguiu foi mais longo. Por fim, Luke tossiu.

Continuando a falar, o médico disse que, caso tivesse a mínima razão para suspeitar que os dois não estavam agindo como deviam, ele seria obrigado a entrar em contato com tia Annie, por mais que detestasse fazer isso. Por sorte, não percebi as implicações. Presumi que ele estivesse ameaçando meus irmãos com uma repreensão de tia Annie, uma idéia que me agradou imensamente. Não me ocorreu que ele estivesse dizendo que Bo e eu teríamos de ser mandadas para a casa de nossos parentes do leste.

Daquela vez, o silêncio estendeu-se por um tempo longo demais, e foi o dr. Christopherson quem o quebrou. Ele declarou que precisava que Luke e Matt prometessem duas coisas. A primeira era que resolveriam pacificamente qualquer atrito que surgisse entre eles. E a segunda, que procurariam ajuda, quando tivessem algum tipo de problema. O desejo de serem auto-suficientes era louvável, mas eles deviam lembrar que orgulho exagerado era uma fraqueza, até um pecado, segundo algumas pessoas. Muitos membros da comunidade gostariam de nos ajudar, por respeito a nossos pais. Então, que eles prometessem, por favor. Violência, nunca mais. E dali por diante, o orgulho ficaria em segundo lugar, pois em primeiro estava o bem-estar das meninas, Bo e eu.

Os dois prometeram, primeiro Luke, depois Matt. O médico colocou-os à prova no mesmo instante, dizendo que imaginava que nosso dinheiro andava um pouco curto e que ele gostaria de ajudar. Eles não passaram no teste. Afirmaram com voz apertada que estava tudo bem, de verdade, que ainda restava bastante do dinheiro deixado por nosso pai, eram muito gratos, mas não, não precisavam de nada. O dr. Christopherson devia saber que estavam mentindo, mas provavelmente refletiu que os dois já haviam experimentado muita humilhação para um dia só e deixou passar. Ouvi cadeiras estalarem, sinal de que eles estavam se levantando, e disparei para a cozinha, onde Bo e Molly tomavam o chá da tarde no chão.

Fazia algumas semanas que o sr. Turtle caíra do telhado. Matt voltara à escola. Não sei como Luke conseguiu convencê-lo, mas com certeza não foi deslocando seu ombro outra vez. Ocorreu-me recentemente que pode não ter sido Luke quem o convenceu, mas Marie. Seja como for, Matt voltara a freqüentar as aulas e estava estudando como louco para os exames finais. As condições para isso não eram as mais favoráveis. Como Luke assumira o cargo de zelador da escola, Matt tinha de cuidar de nós a partir do momento em que voltava das aulas, e Bo não era a criança mais dócil do mundo. Meus alunos de vez em quando me procuram, apresentando desculpas por não terem entregado um trabalho. Alegam doença, o que significa ressaca, ou que não conseguiram um livro na biblioteca, o que significa que o procuraram tarde demais, ou que tinham três trabalhos para fazer ao mesmo tempo, o que significa que deixaram tudo para a última hora. Então, penso em Matt, sentado no chão, fazendo anotações em um caderno apoiado nas coxas, com um livro de química de um lado e Bo do outro, sentada no peniquinho, porque ela se recusava a usá-lo, a menos que alguém ficasse perto.

Ele e Luke tinham preocupações financeiras, naturalmente. Os deveres de Luke como zelador da escola ocupavam poucas horas do dia. O horário era perfeito, porque ele ia trabalhar bem cedo, de manhã, e voltava para casa antes de Matt ir para a escola, depois retornava a seus deveres à tarde, quando Matt já chegara. Os zeladores anteriores eram agricultores, tinham suas próprias terras, de modo que não dependiam do emprego para viver. Acredito que os membros da diretoria da escola eram generosos, mas não podiam pagar, por dez ou quinze horas semanais de trabalho, um salário que permitisse a Luke sustentar a família. O dinheiro ajudava, mas não era suficiente.

A primavera ia adiantada, e havia muito trabalho nas fazendas, mas Luke nem tentou se empregar em uma delas, porque não conseguia decidir-se a deixar Bo com vizinhos. O sr. Tadworth ofereceu-lhe um trabalho que era talhado para ele: limpar um grande pedaço de terra, ainda coberto de mata fechada. As árvores teriam de ser cortadas, as raízes arrancadas, as toras levadas por um trator até o pátio da casa, então cortadas em pedaços menores, rachadas e vendidas como lenha na cidade. Luke sabia fazer essas coisas muito bem, mas só tinha o sábado e o domingo livres, e o sr. Tadworth estava com pressa, precisava de alguém que pudesse trabalhar mais dias por semana.

Esse assunto provocou, entre Luke e Matt, outro daqueles incidentes que o dr. Christopherson chamara de atritos. Matt argumentou que não faria mal a Bo se ela ficasse com alguém alguns dias por semana. Luke recusou-se a considerar a idéia. Respondeu que dissera que ia ficar com ela durante um ano, e ficaria, durante um ano.

Eu me lembro daquela discussão.

— Um ano, *exatamente*? — Matt perguntou. — Tem de ser *exatamente* um ano? Nem um mês a menos? Nem uma *semana*?

Luke ficou em silêncio.

— Se lhe aparecesse um bom emprego, faltando um dia para o ano se completar, você o rejeitaria, Luke? Alegando que era pelo bem de Bo?

— Cale a boca, ouviu, Matt? — Luke replicou.

Matt apertou os dentes, irritado, mas, com a sombra da ameaça do dr. Christopherson pairando sobre ele, calou-se.

Uma vez, assisti a um debate sobre o tema *O Caráter É o Destino*. Era uma atividade de estudantes do curso de graduação e terminou de modo confuso, porque os participantes não haviam definido seus termos com antecedência. Perderam-se no "destino". É óbvio que, se meu destino for morrer atingida por um meteorito, minha personalidade não terá nenhuma influência sobre o fato. No entanto, não deixa de ser uma idéia interessante.

O caso de Luke, por exemplo. Pode-se dizer que sua determinação, sua recusa em considerar a possibilidade de fracasso, fazia com que as coisas acontecessem de acordo com o que ele queria. Matt era muito mais racional, mas a irracionalidade de Luke produzia um bom resultado no fim, quase como se o destino se dobrasse a sua vontade.

Ou o caso de Calvin Pye. Revendo o passado, tenho a impressão de que o destino de Calvin poderia ser predito desde quase o momento de seu nascimento. O de Laurie também. Mas a mim parece que é aí que reside uma das fraquezas do argumento que defende a idéia de que o destino das pessoas está ligado, em grau maior ou menor, ao destino de todas as outras.

Claro, sempre se pode virar a proposição ao contrário. No caso de Luke, pode-se argumentar que ele nunca desenvolveria aquela notável determinação se não houvéssemos perdido nossos pais. Determinação devia ser um traço de sua personalidade, mas talvez não se revelasse sem a interferência do destino. Ele se mostrou à altura da situação, mas a situação ocorreu primeiro.

E Matt? Como explicar Matt? Nunca fui capaz disso. De qualquer modo, não quero analisá-lo. Isso me deixa triste demais.

Domingo, 27 de abril

Querida tia Annie,
Como a senhora está? Espero que esteja bem. A sra. Stanovich disse que Jesus disse que ela pode vir nos ajudar duas tardes por semana. Disse que os filhos já são grandes e que nós precisamos dela mais do que eles. Luke disse que não precisamos dela coisa nenhuma, mas Matt disse que sim, que precisamos, que seria bom ela vir, porque Bo e eu estaríamos em nossa própria casa.
Com amor,

Kate

— Pela manhã estou sempre ocupada — a sra. Stanovich explicou. — Faço o café para os homens, o almoço, e vou adiantando o jantar. Na segunda-feira e na sexta fico ocupada o dia todo. Segunda é dia de fazer compras no armazém, e sexta, dia de comprar, matar e limpar frangos. Na terça, quarta e quinta, posso trabalhar dobrado. Escolham dois desses dias.

Olhava desafiadoramente para Matt e Luke. Não fora abençoada com beleza, Lily Stanovich, com aqueles pequenos olhos míopes, o rosto grande e carnudo, mas era uma mulher de presença. Agora, reflito que havia algo quase nobre em sua atitude desafiadora. Coragem inabalável. Tenho certeza de que Lily sabia o que pensávamos dela, aliás, o que todo mundo pensava. Lembro que meu pai — até meu pai — uma vez disse que apostava que o Senhor ficava irritado quando Lily Stanovich abria a boca. E minha mãe, lealmente, salientou que ela possuía um coração de ouro, e que isso era tudo o que importava. Meu pai, então, replicou, embora num murmúrio, que essa era *uma* das coisas que importavam, mas não tudo.

Em algumas comunidades, Lily passaria quase despercebida, mas na nossa... Bem, éramos na maioria presbiterianos. Assim como não falávamos no Pai, no Filho e no Espírito Santo à toa, alardeando familiaridade com eles, também não comentávamos ou demonstrávamos emoções, e a sra. Stanovich esbanjava emotividade como ninguém. Até o marido ficava embaraçado por causa disso. Até os filhos.

E lá estava ela, plantada diante de Matt e Luke, as faces afogueadas, desafiando-os a rejeitar seu oferecimento. Duas tardes por semana. Ela cuidaria das meninas, cozinharia, limparia a casa, e Luke poderia fazer algum trabalho em uma das fazendas. O Senhor falara com ela, e ela faria Sua vontade. Penso que até Luke percebeu que eles não tinham outra alternativa a não ser aceitar.

— Ela vai contaminar as meninas — ele disse a Matt, mais tarde.

Falou baixo, como se temesse que nossos pais, lá de suas nuvens, ouvissem e o mandassem comer em pé, na cozinha.

— Contaminar? — Matt repetiu embaraçado, obviamente pensando a mesma coisa. — Não é muito gentil dizer isso.

— Você me entendeu. As pessoas da religião dela têm de testemunhar. Têm de dar testemunho de sua fé, acho que é assim que dizem.

— Não, ela não vai fazer isso aqui — Matt garantiu.

— E como vamos impedi-la? Não podemos dizer: "Olhe, a senhora pode limpar a casa, mas não pode dar testemunho de sua fé".

— Podemos, sim, com jeito.

— Como se diz uma coisa dessas com jeito?

— Podemos dizer que nossos pais haveriam de querer que Bo e Kate fossem criadas em nossa própria religião. Ela gostava muito de mamãe, aceitará essa explicação.
— Se você acha... — Luke cedeu.

Assim, a sra. Stanovich começou a ir a nossa casa todas as terças e quintas à tarde, de modo que Luke pôde derrubar as árvores do sr. Tadworth e limpar o campo para ele. Lily Stanovich e Bo não concordavam em tudo, mas faziam concessões uma à outra. Lily deixava Bo bater panelas na cozinha, e Bo deixava Lily limpar o resto da casa. Depois, Lily deixava Bo levar as panelas para a sala de jantar, e Bo deixava Lily limpar a cozinha. Em seguida, Bo recebia permissão para pegar os livros que quisesse e levá-los para a cama, desde que ficasse lá durante uma hora, enquanto Lily areava as panelas e preparava o jantar. Quando eu voltava da escola, Bo saía da cama, e nós duas podíamos fazer o que quiséssemos, contanto que deixássemos Lily em paz para limpar as janelas ou executar qualquer outro projeto estabelecido para aquele dia. Nunca conheci uma pessoa que pudesse fazer tantas coisas em uma só tarde. Em poucas horas, a casa era totalmente transformada.

Como Lily se mostrasse menos angustiada, eu estava achando mais fácil aturá-la. No início, quando eu chegava da escola, ela galopava ao meu encontro e me amassava contra o peito, mas com o tempo deixou de fazer isso. Penso que percebeu que eu detestava suas efusões. Tinha de perceber, porque me abraçar devia ser como abraçar um lagarto.

Quero acreditar que Lily sabia que lhe éramos gratos. Não. Vou mudar a frase. Quero acreditar que éramos gratos a ela. Mas tenho a sensação desagradável de que não éramos. Talvez isso não importasse, afinal. Ela não fazia aquilo apenas por nós.

18

Laurie Pye foi embora de casa numa tarde de sábado, em abril. Não sei a data certa, porque não escrevi a tia Annie a respeito disso, mas tenho certeza de que foi em abril, porque tivéramos alguns dias quase quentes, o que nos enganou, levando-nos a pensar que o inverno acabara, e era um sábado à tarde, pois Matt estava na fazenda dos Pye e vira Laurie partir.

Matt não comentou muito o assunto naquele dia. Disse que o velho Pye e Laurie tinham tido uma briga e que o rapaz fora embora, mais nada. Afinal, tanto ele como Luke haviam testemunhado inúmeras brigas entre Calvin e o filho. E Laurie fugira de casa várias vezes quando era pequeno, mas sempre voltara por livre e espontânea vontade.

À noite, o tempo revelou-se fraudulento, pois a temperatura caiu, chegando a dez graus abaixo de zero. Matt ficou preocupado. Disse que Laurie usava apenas uma camisa fina quando saíra da fazenda. Luke observou que isso o persuadiria a voltar, e mais rápido do que das outras vezes. Até já podia estar em casa, e àquela altura a raiva do sr. Pye devia ter diminuído. Depois de refletir um pouco, Matt concordou.

No domingo, entretanto, nenhum dos Pye foi à igreja, e não havia neve acumulada na estrada para servir de desculpa. No caminho de volta para casa, Matt estava muito calado, e isso disparou um sinal de alarme em minha cabeça. Se Matt ficava preocupado, eu também ficava. Quando ele se afligia, era porque tínhamos algum problema, eu pensava. Assim, fiquei de boca fechada, mas com os ouvidos atentos, e, depois do almoço, enquanto Matt e Luke lavavam a louça, ouvi o que eles diziam e fiquei sabendo o que acontecera. A história era triste, mas fiquei aliviada porque não era problema nosso.

No sábado à tarde, o sr. Pye, Laurie e Matt haviam matado um boi. De todos os trabalhos em uma fazenda, o que Matt mais detestava era esse: matar animais. Não se tratava de sentimentalismo, mas aquilo o deixava doente, principalmente quando, como no caso daquele boi, o animal pressentia o que ia acontecer e morria aterrorizado. Foi necessária a participação dos três para fazer o serviço, e o sr. Pye levara um coice, o que piorou seu humor.

Matt contou que o velho Pye começara a gritar com Laurie por não ter usado toda sua força para segurar o animal. Chamara-o de imprestável, dizendo que ele era tão inútil quanto uma moça, que em quinze anos não aprendera nada, nem uma desgraçada coisa sobre o trabalho de um fazendeiro. Não tentava aprender. Era burro como aquele maldito boi.

Enquanto isso, o boi esvaía-se em sangue, deitado de lado no chão, estrebuchando, a vida deixando-o, embebida pela terra.

— Devo ter herdado de você — Laurie disse, empertigando-se.

O boi parara de se debater, mas tremores ainda percorriam seu corpo, como ondas de um lago. O sangue formara uma poça escura e pegajosa à volta dele. Matt continuava agachado, segurando-o pelos chifres, usando toda sua força.

Calvin Pye limpou a faca em um fardo de palha. Olhou para Laurie por cima do animal agonizante.

— O que foi que você disse?

— Disse que devo ter herdado a burrice de você.
Matt contou que por um instante ninguém sequer respirou. Ele ficou imóvel, segurando os chifres do boi, olhando para a enorme língua pendida para fora da boca como um trapo ensangüentado.
— Eu ouvi direito? — Calvin perguntou.
— Se não ficou surdo, ouviu — Laurie respondeu.
Ouvindo um barulho metálico, Matt ergueu os olhos, assustado, e ficou aliviado ao ver que Calvin jogara a faca em cima de um bloco de concreto.
Calvin caminhou para o celeiro e desapareceu lá dentro. Saiu quase imediatamente, com um cinto na mão. Andou na direção do filho, olhando-o fixamente. Matt observou-o, cheio de medo, mas sem soltar os chifres do boi. Laurie também observava o pai e não parecia nem um pouco amedrontado.
Calvin não disse uma palavra. Rodeou a poça de sangue em volta do animal já sem vida, enrolando uma das pontas do cinto na mão. A ponta sem fivela.
Matt levantou-se, por fim.
— Sr. Pye! — chamou.
Ele contou a Luke que sua voz saíra como um grasnido.
Laurie e Calvin não lhe deram atenção. Continuaram encarando-se. A fivela do cinto pendia, balançando-se no ar, mas Laurie não olhava para ela, mantinha os olhos fixados nos do pai.
Matt comentou que tivera a impressão de que o tempo estava parando. Menos de doze passos separavam Calvin do filho, mas cada passo era dado tão lentamente que a distância parecia não diminuir. Laurie não se movia e permanecia calado. Foi só quando faltavam cerca de três passos para o pai alcançá-lo que ele falou:
— Nunca mais você vai me bater, seu miserável. Estou indo embora. Desejo que você morra logo, que morra como esse boi, com uma facada no pescoço.

Então, virou-se e correu.

Calvin foi atrás dele, mas depois de alguns metros, parou e voltou. Não olhou para Matt. Ficou olhando para o boi morto, enrolando o cinto na mão.

— O que está esperando? — perguntou em tom indiferente, como se nada houvesse acontecido. — Comece a limpar tudo isso.

Nada a ver conosco. Isso era o que eu pensava. Não sabia que a história dos Pye começara a tomar a direção da nossa. Ninguém sabia. Nós todos, os Morrison, os Pye, os Mitchell, os Janie, os Stanovich e os outros, vínhamos caminhando lado a lado, semana após semana, havia muito tempo. Nossos caminhos eram semelhantes em alguns pontos, diferentes em outros, e corriam, ao que parecia, paralelamente. Mas linhas paralelas nunca se encontram.

19

Outra coisa que eu não sabia naquele tempo era que aquela primavera seria a última que eu passaria com Matt. Nossas excursões aos tanques, que haviam sido uma parte tão fundamental de minha vida, e que eu havia imaginado que nunca acabariam, estavam para terminar. Em setembro, eu pensaria nos tanques como em santuários profanados, e durante alguns anos não fui visitá-los. Quando finalmente voltei a vê-los, Matt não estava comigo, e não foi a mesma coisa.

Talvez seja por isso que os momentos que passamos ali naquela primavera estejam tão claros em minha memória. Como a última refeição que fizemos com nossos pais, aqueles passeios ganharam um significado especial. Além disso, eu já tinha idade suficiente para começar a compreender o que via e pensar a respeito. O interesse que Matt despertara em mim evoluíra para uma curiosidade mais profunda, e naquele ano eu estava notando coisas e conjeturando sobre elas sem precisar ser induzida.

Sendo os ciclos da vida como são, a primavera é a melhor estação para se observar o que acontece em um tanque, e naquela todas as formas de vida pareciam ansiosas por nos revelar seus segredos. Lembro uma tarde em que escorreguei barranco abaixo, na direção de "nosso" tanque, cheia de excitação porque a água parecia estar fervendo. Borbulhava e espumava como sopa em um caldeirão. Não podíamos imaginar o que estava acontecendo. Então, descobrimos. Eram centenas de rãs, todas amontoadas na superfície, umas subindo em cima das outras, escorregando, lutando para subir de novo. Perguntei a Matt o que elas estavam fazendo.

— Estão se acasalando, Kate. Desovando e fecundando os ovos — ele explicou.

No entanto, também parecia espantado com toda aquela urgência frenética.

Contou-me que para todas as criaturas, desde as unicelulares até as mais complexas, o principal propósito na vida é a reprodução. Lembro que fiquei confusa. Parecia estranho que algo pudesse existir apenas para fazer com que outra coisa existisse. Uma explicação insatisfatória. Aquilo não fazia sentido. Era como viajar pelo mero prazer de ir e vir.

Não me ocorreu perguntar a Matt se aquilo valia para nós, seres humanos, se só existíamos para nos reproduzir. Eu gostaria de saber o que ele responderia, se eu perguntasse.

A primavera tinha um outro significado, naturalmente. Naquele tempo, como agora, os exames escolares eram em junho. Matt seria um dos poucos a terminar o curso colegial e o único a concorrer a uma vaga na universidade. A maioria dos jovens de Crow Lake podia dar-se por feliz se terminasse o primeiro grau. Nas famílias de agricultores, se havia alguém que terminava o colegial, era uma moça, menos forte fisicamente e portanto menos útil.

De modo geral, as esposas de fazendeiros que eu conhecia eram mais instruídas do que seus maridos. Isso era considerado um arranjo conveniente. As mulheres cuidavam da contabilidade e escreviam as cartas necessárias. Não acredito que as pessoas dessem muito valor à educação em si. Nisso, minha bisavó Morrison foi uma exceção.

Eu me lembro daqueles meses em que Matt batalhou para passar nos exames como sendo os mais tranqüilos desde a morte de nossos pais. Nossa situação financeira melhorara, e Matt aceitara o sacrifício de Luke, mesmo que fosse apenas porque planejara o modo de pagar-lhe. Planejara, mas naquele tempo não mencionou isso a ninguém.

Eu me sentia contente e até mesmo honrada pelo fato de Luke estar ligado à escola, embora ocupando uma posição humilde. Às vezes, nos dias em que a sra. Stanovich ia a nossa casa, ele aparecia na escola na hora do recreio para ver se alguma coisa precisava ser feita. Um dia, eu o vi ao lado da srta. Carrington, os dois ajoelhados no chão, examinando os danos causados por um porco-espinho no porão de madeira da escola. Por fim, Luke ergueu-se, limpou as mãos no jeans e disse em tom animado que o estrago não fora tão grande, que ele faria os reparos e trataria toda a madeira com creosoto. A srta. Carrington levantou-se também, parecendo tranqüilizada. Lembro que fiquei orgulhosa dele e imaginei se todos haviam notado que meu irmão acalmara a professora.

Rosie Pye voltara à escola. Depois do desaparecimento de Laurie, ela não comparecera às aulas por várias semanas. Na verdade, toda a família Pye sumira durante um bom tempo. Mas aos poucos as coisas haviam voltado ao normal. Rosie sempre fora tão calada e estranha que não parecia muito diferente. Marie ficava fora com o trator o dia todo, fazendo o trabalho do irmão e, se parecia mais retraída do que de costume, bem, isso não era de admirar.

Calvin continuava o mesmo de sempre. Matt ainda trabalhava para ele aos sábados. Era o único da comunidade a ter contato regular com os Pye, naquela época. Ele dizia que ficara mais fácil lidar com Calvin, porque, sem Laurie por perto, o homem não se enfurecia o tempo todo.

A sra. Pye foi a única que mudou visivelmente. As mulheres da igreja abanavam a cabeça quando falavam a seu respeito, dizendo que ela estava sofrendo muito com o desaparecimento de Laurie. Ela não saía mais de casa e não atendia as pessoas que iam visitá-la. O reverendo Mitchell tentou conversar com Calvin sobre isso, e o que ouviu foi: "Cuide de sua própria vida".

Quanto a Laurie, não dera mais sinal de vida. O filho mais novo do sr. Janie fora a New Liskeard e ao voltar dissera que achava que o vira lá, trabalhando em um mercado.

Parece curioso, agora, que o desaparecimento dele não tenha causado uma agitação maior. Ele não tinha dinheiro, nem roupas, nenhuma experiência da vida fora de Crow Lake. Pergunto-me por que não avisaram a polícia local, ou mesmo a Polícia Montada Real Canadense.

Suponho que as pessoas não se importaram muito porque, em se tratando dos Pye, aquilo não era nenhuma novidade. Laurie fora apenas mais um ponto que se soltara da tapeçaria já cheia de furos de sua família.

Naquela primavera, comecei a sair da concha na qual me escondera na maior parte de um ano inteiro. Até então, eu não participara muito dos acontecimentos a minha volta. Minha visão abrangia um campo muito restrito, como se eu estivesse olhando as coisas através de um tubo. Matt, Luke e Bo, eu via claramente, mas o resto não passava de um borrão. Por fim, naquela primavera, meu campo de visão começou a alargar-se. Janie Mitchell, a filha do meio do reverendo, fora minha melhor amiga em tempos passados, mas eu havia me afastado dela. Em maio, ela me convidou para ir brincar em sua casa, um dia qualquer, depois das aulas, e eu aceitei. Convidara-me várias vezes, antes, e eu não quisera ir. Agora queria.

Fui numa quarta-feira. Brincamos de nos fantasiar, eu me lembro. A tarde foi um sucesso, e a sra. Mitchell sugeriu que aquelas reuniões deviam tornar-se semanais. Então, ela disse que Bo podia ir também, no mesmo horário que eu. Aquilo funcionou tão bem que ela perguntou a Luke se Bo podia ficar em sua casa a tarde toda. Bo gostou da idéia. Os Mitchell tinham um bebê, que a deixara intrigada, e uma cachorrinha, não tão meiga quanto Molly, mas quase.

Desse modo, Luke ficou com mais uma tarde livre. Estávamos progredindo. Eu me lembro de como ele e Matt, cheios de ansioso prazer, pressionavam-nos para que contássemos tudo o que havíamos feito durante a tarde na casa dos Mitchell. Fora divertido? Havíamos brincado bastante? Bo participara das brincadeiras? Os dois pareciam um par de mães superprotetoras.

Completei oito anos no final de maio, o que nos fez perceber, horrorizados, que havíamos esquecido o aniversário de Bo, quatro meses antes. Bo não se perturbou, claro, mas nossos irmãos e eu nos enchemos de culpa, e a sra. Stanovich ficou pasma. Ela fizera um bolo para mim, com glacê cor-de-rosa, mas fez outro. Em volta de cada bolo, enfileirou cubinhos de açúcar, e no centro colocou uma pequena flor também de açúcar, em um tom mais suave de rosa. Fiquei fascinada. Nunca vira tanta delicadeza, tanta arte aplicada à culinária. Deus sabe onde ela arrumou os enfeites. Deviam ter custado uma pequena fortuna. Tenho certeza de que ela jamais sonharia em fazer aquilo para seus próprios filhos.

Eu me lembro da conversa dela com Bo. Àquela altura, as duas já conversavam bastante. Haviam estabelecido um relacionamento que ambas pareciam achar satisfatório.

— Aqui está, minha ovelhinha, um bolo só para você — Lily Stanovich disse, colocando o bolo no aparador, ao lado do meu.

— Bo não é "velinha" — minha irmã protestou, lambendo a tigela de glacê, de modo que o bolo não a interessou tanto quanto deveria.

— Bem, você está certa — a sra. Stanovich concedeu. — Não sou uma boba? Você é a pequena Bo Piu-Piu.

Bo gostou.

— Bo Piu-Piu — repetiu, rindo. Seu rosto desapareceu dentro da tigela e reapareceu por um instante, enquanto ela sacudia a colher na direção da sra. Stanovich, exclamando, triunfante: — Bo "passalinho".

A sra. Stanovich sorriu, mas a cena pungente — uma criancinha linda, sem mãe, suja de glacê, que não tivera um bolo no dia de seu aniversário — foi demais para ela. Vi sua boca começar a tremer. Tentei me esquivar para fora da sala, mas ela me chamou de volta.

— Katherine, meu bem!

Voltei, relutante.

— O quê, senhora Stanovich?

— Querida, temos dois bolos. — Ela tirou um lenço do vasto depósito de seu busto, assoou o nariz com força, guardou o lenço no mesmo lugar e soltou um suspiro entrecortado. Tentava heroicamente conter-se, eu sei. — Como temos dois bolos, você gostaria que eu pusesse o seu em uma lata para que possa levá-lo à escola amanhã e dividi-lo com seus amiguinhos?

Era uma boa idéia, que me agradou.

— Gostaria, sim, obrigada.

Pode ter sido um sorriso meu, ou o "obrigada", ou ainda a figura de Bo, com glacê cor-de-rosa até nos cabelos, mas, fosse o que fosse, teve mais força do que a sra. Stanovich. Ela perdeu a batalha e dissolveu-se em lágrimas.

Matt estava sempre às voltas com seus livros. Nos meses de abril e maio, enquanto a vida familiar desenrolava-se a sua volta, no normal modo caótico, ele passava quase o tempo todo sentado à mesa da cozinha, lendo e escrevendo. Quando precisava tomar conta de Bo, achava que não podia deixá-la sozinha na cozinha, onde ela gostava de ficar, mas, mesmo quando Luke estava em casa, não lhe ocorria procurar a tranqüilidade de seu quarto. Talvez o movimento e o barulho não o perturbassem, porque ele possuía uma fenomenal capacidade de concentração.

Eu adorava observá-lo. Sentava-me perto dele, às vezes, e fazia desenhos nas costas das folhas que ele usava para suas anotações, parando de vez em quando para olhar o movimento de seu lápis. Matt escrevia tão rápido que eu tinha a impressão de que as palavras desciam por seu braço e caíam no papel. Quando ele fazia exercícios de matemática, colunas de números apareciam na folha, e o lápis criava sinais que eu sabia que significavam alguma coisa, embora não soubesse o quê. Quando chegava ao fim do exercício e via que obtivera o resultado que esperara, ele sublinhava a resposta com um traço forte. Mas quando descobria que cometera um erro, reclamava, parecendo ultrajado, o que me fazia rir, então riscava o exercício com duas linhas cruzadas e começava de novo.

Não me lembro de ter notado nele o nervosismo típico de vésperas de exame, nem mesmo nos dias em que fez as provas. Mas nossas excursões aos tanques tornaram-se mais curtas no período em que ele estava estudando e pararam completamente quando os exames começaram. Quando Luke lhe perguntava como fora nas provas daquele dia, ele respondia em tom neutro: "Fui bem". Mais nada.

Então, os exames terminaram, e ele não demonstrou estar agitado, ansioso ou aliviado a respeito disso. Tirou seus livros, cadernos e papéis da mesa da cozinha, empilhou-os no chão de seu quarto e foi trabalhar na fazenda dos Pye.

Penso em toda sua dedicação, sua determinação, nas longas horas de estudo. Penso em seu esforço, que foi como um tributo a nossos pais, uma tentativa de salvar alguma coisa boa da devastação daquele ano, um modo de ele provar seu valor a si mesmo e a Luke, algo que fez por mim, por ele próprio e talvez, acima de tudo, pela pura alegria que isso lhe dava. Ele trabalhou pelo futuro da família, para poder, um dia, nos sustentar a todos. Trabalhou porque sabia que alcançaria esse objetivo, que seu esforço seria recompensado.

Como se a vida fosse tão simples assim.

Costumam dizer que se pode fazer qualquer coisa que se queira, desde que se queira muito. Bobagem, claro, mas suponho que todos nós trabalhamos presumindo que isso é verdade, que a vida é simples, que todo esforço é recompensado. Não valeria a pena sair da cama, de manhã, se não acreditássemos nisso. Tenho certeza de que foi essa crença que incentivou a bisavó Morrison a lutar para educar seus filhos. E que deu a Jackson Pye a incrível energia de que ele precisou para formar sua fazenda num lugar tão ermo, em plena floresta, para remover toneladas de pedras, cortar árvores, arrancar raízes, erguer a bonita casa, o celeiro bemfeito, os currais, cocheiras e depósitos, abrir campos de cultivo e construir cercas ao redor de todos eles. Arthur Pye devia ter a mesma crença, devia acreditar que seria bemsucedido onde o pai fracassara, se trabalhasse o bastante. E, depois dele, Calvin.

Todas as mulheres Pye deviam ter ficado cheias de entusiasmo ao ver a casa da fazenda pela primeira vez, visualizando uma grande família feliz entrando e saindo da espaçosa varanda. Deviam ter compartilhado dos sonhos de seus maridos, acreditando neles e agarrando-se a essa crença durante anos. Num mundo ideal, o esforço, como a virtude, é sempre recompensado, e as pessoas agem como se este fosse um mundo ideal, porque não faria sentido agir de outro modo.

* * *

Minhas aulas terminaram uma ou duas semanas depois dos exames de Matt, e entramos na rotina de verão. A sra. Stanovich continuava a ir a nossa casa às terças e quintas-feiras à tarde, Bo ainda ia à casa dos Mitchell toda quarta-feira, de modo que Luke podia trabalhar nesses três dias. O sr. Tadworth, para quem ele limpara um campo na primavera, pediu-lhe que o ajudasse a construir um novo celeiro. Ofereceu mais dinheiro do que Calvin Pye estava disposto a pagar, e era um patrão muito mais agradável; então Luke aceitou o trabalho, embora eu imagine que se sentisse culpado por deixar Matt ir sozinho à fazenda. Com a ausência de Laurie, Matt passara a trabalhar doze horas por dia. Mas, segundo ele, Marie trabalhava quase 24, passava o dia todo dirigindo o trator, e à noite fazia o serviço de casa. A sra. Pye não estava bem de saúde. Uma tarde, quando já escurecia, fora encontrada andando, desesperada, por uma das estradas ao redor da fazenda. O sr. McLean voltava da cidade, com o suprimento semanal para a loja, quando a encontrou. De acordo com ele, parecia que ela caíra em uma vala, com os cabelos emaranhados, o rosto e as mãos arranhados e sujos, a saia rasgada. Ela disse que estava procurando Laurie. O sr. Mclean sugeriu-lhe que fosse falar com o reverendo Mitchell, mas ela não quis, então ele a levou para casa.

Julho chegou. Lembro-me de que uma noite ouvi Matt e Luke conversando na cozinha, dizendo que parecia mentira que já se passara quase um ano. Eu não sabia do que era que eles estavam falando. Um ano que acontecera o quê? Continuei perto da porta, ouvindo, mas eles mudaram de assunto.

— Quando vai sair o resultado? — Luke perguntou.

— Qualquer dia desses — Matt respondeu. Fez uma pausa, então disse: — Você sabe que ainda pode ir, não é?
— Ir aonde?
— Para a faculdade de educação. Aposto que vão aceitá-lo.
Silêncio. Mesmo de onde eu estava, percebi que era um silêncio perigoso.
— Estou dizendo que, se você mudou de idéia, talvez não seja tarde demais — Matt continuou. — Vão aceitá-lo. Eu posso ficar com as meninas.
O silêncio estendeu-se.
— Escute com bastante atenção, certo? — Luke manifestou-se por fim. — Eu fico com as meninas e não quero ouvir mais uma palavra sobre isso. Mesmo se nós dois vivermos um milhão de anos, nunca mais tocaremos nesse assunto. Nunca mais, entendeu?
Esperei, cheia de apreensão. Matt, porém, não replicou, e, depois de um momento, Luke voltou a falar, parecendo mais calmo.
— O que há de errado com seu cérebro, afinal? Pensei que você fosse inteligente. Eu não teria dinheiro para ir para a faculdade agora, mesmo que quisesse. É por isso que você precisa de uma bolsa de estudos, lembra?
Senti-me aliviada. Não ia haver nenhuma briga. Isso era tudo o que importava. O assunto da conversa não me preocupou porque, de modo incrível, depois de um ano de discussões sobre se Matt iria ou não para a universidade, nunca me ocorrera que de fato ele estava se preparando para ir. Não sei como pude deixar de entender isso, mas foi o que aconteceu.

Penso que ninguém duvidava que Matt conseguiria uma bolsa de estudos, mas acredito que nem seus professores imaginavam que ele fosse se sair tão bem. Ele limpou a mesa, como se diz. Ganhou tudo o que havia para ganhar.

Eu me lembro do dia em que saiu o resultado dos exames. Nosso jantar foi um caos, porque amigos e conhecidos não paravam de aparecer para dar os parabéns a Matt, todos eles com largos sorrisos de orgulho pelo fato de Crow Lake ter produzido tão espetacular sucesso.

A srta. Carrington foi a primeira a chegar. Alguém da escola de Matt, na cidade, devia tê-la avisado assim que o resultado foi confirmado. Fazia algumas semanas que eu não a via e me senti um pouco acanhada, por isso fiquei quieta em meu canto. Ela ria, os três riam. Matt parecia contente e embaraçado, e Luke de vez em quando dava-lhe tapas no ombro. Observei-os, não entendendo muito bem o que significava aquela agitação, mas sabia que todos haviam descoberto que Matt era a pessoa mais inteligente do mundo, algo que eu sempre soubera, e isso me deixava muito feliz. No entanto, ainda não percebera quais seriam as conseqüências.

Lembro que Matt telefonou para tia Annie. Ela devia ter-lhe pedido que telefonasse, quando saísse o resultado dos exames. Não sei o que ela disse, mas Matt, muito vermelho, sorriu o tempo todo.

Eu me lembro de que Marie Pye foi a nossa casa. Matt levantou-se abruptamente ao vê-la aproximar-se pela alameda e saiu para encontrá-la. Via-a exibir aquele seu sorriso nervoso e dizer alguma coisa que fez Matt sorrir também. Lembro-me de outras pessoas, o reverendo Mitchell entre elas, cumprimentando Matt, apertando-lhe a mão vigorosamente. O último a aparecer foi o dr. Christopherson, que de alguma forma recebera a notícia e fizera a viagem da cidade até nossa vila.

Ainda posso vê-lo de pé na cozinha, com Bo e Molly dançando ao redor de suas pernas.

— Uma façanha magnífica, Matt. Magnífica — ele comentou, então perguntou: — Quando você vai? No começo de setembro?

Meu espanto. Eu me lembro de meu espanto.

— Quanto tempo? — perguntei.
Um momento de hesitação.
— Alguns anos — foi a resposta.
— Você não gosta mais daqui?
— Gosto muito, Kate. Esta é minha casa. Virei para cá muitas e muitas vezes, mas preciso ir.
— Virá todos os fins de semana?
O rosto de Matt estava triste, mas não senti pena.
— Todos, não. Ficaria muito caro viajar tanto.
Houve um longo silêncio, enquanto eu lutava para engolir o nó doloroso em minha garganta.
— É muito longe? — indaguei.
— Mais ou menos seiscentos quilômetros.
Uma distância inimaginável.
Ele estendeu a mão e puxou carinhosamente uma de minhas tranças.
— Venha cá. Quero lhe mostrar uma coisa.
Lágrimas começaram a rolar por meu rosto, mas ele não fez nenhum comentário sobre isso. Levou-me ao quarto de nossos pais e me pôs diante do retrato de nossa bisavó Morrison.
— Você sabe quem é?
Balancei a casa, afirmando. Claro que eu sabia.
— É avó de papai — ele continuou. — Mãe do pai dele. Morou numa fazenda a vida toda. Nunca foi à escola. E o que mais queria na vida era aprender, conhecer, compreender as coisas. Queria *demais*, Kate. Achava o mundo fascinante e queria saber tudo a respeito dele. Era muito inteligente, mas é difícil alguém aprender quando não tem tempo para estudar e ninguém que ensine. Assim, ela decidiu que, quando tivesse filhos, todos eles teriam a chance de se

instruir. E tiveram. Todos foram para a escola pública, mas precisaram sair sem terminar os estudos, porque eram muito pobres, precisavam trabalhar para ganhar seu sustento. O filho mais novo, nosso avô, era o mais inteligente de todos. Cresceu, casou-se e teve seis filhos. Também era agricultor, também era pobre, mas todos os filhos foram para a escola pública. Os mais velhos faziam a parte do mais novo de todos, para que ele pudesse continuar a estudar até terminar o colegial. Esse filho mais novo era papai.

Sentou-se ao pé da cama de nossos pais. Olhou para mim e, talvez porque eu tivesse observado o rosto de nossa bisavó tão longamente, notei como os olhos dele eram iguais aos dela. Os olhos e a boca.

— Estou tendo a chance de ir mais além, Kate — ele prosseguiu. — Vou poder aprender coisas com as quais nossa bisavó nunca sequer sonhou. Preciso ir, você entende?

O fato — e isso mostra como ele me ensinou bem, nos anos que passamos juntos — era que eu entendia. Ele precisava ir.

— Escute, quero lhe dizer uma coisa — ele falou em tom confidencial. — Tenho um plano. Não contei a ninguém e quero que você também não conte, certo? Promete?

Apenas balancei a cabeça num gesto afirmativo.

— Quando eu terminar meu curso na universidade, Kate, poderei arrumar um bom emprego e ganhar bastante dinheiro. Então, pagarei seus estudos na universidade. E quando *você* se formar, *nós dois* pagaremos os estudos de Bo e Luke. Meu plano é esse. O que você acha?

O que eu achava? Que provavelmente morreria de saudade dele, mas que, se não morresse, valeria a pena ter sobrevivido para poder participar de um plano tão maravilhoso.

QUINTA PARTE

20

— Você sabe que esta é minha primeira excursão a uma região tão deserta que nem aparece no mapa — Daniel comentou. — Passei por aqui de avião, mas nunca *entrei*.

— Faz pelo menos cem anos que este lugar foi posto no mapa — observei. — Se você olhar bem, verá que estamos rodando por uma estrada.

— Uma trilha — ele me corrigiu em tom brincalhão. — Uma simples trilha.

Não é uma trilha. É uma boa estrada. Mesmo antes de ser asfaltada, já era decente, um pouco alagadiça na primavera, um pouco poeirenta no verão, obstruída pela neve de vez em quando, no inverno, mas fora isso era uma boa estrada. Eu sabia que Daniel estava adorando a viagem. O que ele via pela primeira vez era algo genuíno, a natureza em estado puro. Ele conhece tanto a vida no campo quanto um motorista de táxi de Toronto.

Nem ele nem eu dávamos aulas na sexta-feira à tarde, de maneira que partimos assim que ficamos livres, às onze horas. É uma viagem de seiscentos quilômetros, e embora essa não me pareça mais uma distância inimaginável, continua sendo grande.

O tempo estava bom, era um lindo dia claro de abril. Os arredores de Toronto dão lugar rapidamente a campos de cultivo, então o solo torna-se mais pobre, e os campos são substituídos por campinas pontilhadas de árvores, com rochas graníticas arredondadas e cinzentas que rompem a superfície aqui e ali, parecendo baleias. Então, as "baleias" começam a dominar a paisagem, e as campinas tornam-se meros retalhos de capim entre elas.

Chegamos a Huntsville por volta de duas horas. Depois, o trânsito diminuiu, e, de North Bay em diante, ficamos com a estrada, agora asfaltada até Struan, só para nós. O asfalto acaba quando se entra no trecho que leva a Crow Lake através da floresta fechada, e a sensação que se tem é de que se está voltando no tempo.

Vi, um pouco à frente, um grupo de raquíticos pinheiros brancos perto da estrada. Fui para o acostamento e parei o carro.

— De novo? — Daniel comentou.

— De novo.

Saí do carro e abri caminho na vegetação rasteira, rumo aos pinheiros que cresciam numa depressão entre pontas nuas de granito. Ao redor deles, tenazes e espinhentas amoreiras silvestres lutavam contra capim, musgo e líquen, todos disputando um espaço. Em alguns lugares, a camada de solo é tão fina que se pode pensar que o esforço de tentar crescer ali não vale a pena, mas as plantas dão um jeito e crescem. Introduzem suas pequenas e decididas raízes em qualquer fresta, qualquer torrão de terra, e agarram-se, juntam cada folha caída, cada graveto, cada grão de areia ou poeira a seu redor, aos poucos formando solo suficiente para nutrir-se e nutrir seus descendentes. Tem sido assim durante séculos. Eu me esqueço, quando estou longe, de como amo aquela paisagem. Agachei-me atrás do grupo de esquálidos pinheiros, batendo as mãos atrás de mim para espantar os borrachudos, fiz xixi em cima de uma brilhante almofada verde de musgo, e meu coração doeu de amor por ela.

— Você está bem? — perguntou Daniel, quando voltei para o carro. — Quer que eu dirija um pouco?

— Não. Estou bem.

Só estava tensa, mais nada.

Fora na terça-feira daquela semana que eu tivera minha crise de falta de confiança no anfiteatro. Sentira-me um pouco nervosa nos outros dias, e não dormira bem à noite. Na quinta-feira, dei outra aula, e foi tudo bem. Nenhuma lembrança interferiu, não perdi o fio da meada durante a explicação, respondi razoavelmente bem às perguntas que me fizeram no fim. Mas quando tudo acabou, estava exausta. Voltei ao laboratório pretendendo trabalhar um pouco, porém não consegui me concentrar. Não parava de ver a imagem de Matt, de pé, ao lado de nosso tanque. Fui para meu escritório, sentei-me à escrivaninha e olhei para fora, observando o perfil de Toronto contra o céu. Estava chovendo. Chuva monótona de Toronto.

Há alguma coisa errada comigo, pensei. Talvez eu esteja doente.

Mas sabia que não estava. A velha expressão "doente na alma" veio a minha mente, e com ela, a lembrança da sra. Stanovich debruçada sobre a pia da cozinha, chorando, dizendo ao Senhor que ela sabia que Ele devia ter suas razões, mas que ainda assim tudo aquilo a deixava doente. "Doente", repetia. "Doente na alma", acrescentava com raiva, querendo ter certeza de que Ele ficaria sabendo. Não creio que daquela vez fôssemos nós o motivo de sua angústia. Parece-me que um neto da sra. Tadworth morrera de uma moléstia infantil que normalmente não mata.

Fiquei olhando para as gotas de chuva que escorriam pelos vidros da janela, como pequenos rastros iridescentes de lesma. Nos últimos tempos, parecia que eu não fazia outra coisa a não ser pensar em minha terra e minha gente. Isso não ia me levar a nada. Eu precisava me controlar, descobrir qual era o problema e resolvê-lo.

Você é boa para resolver problemas, dizia a mim mesma.

No entanto, não tenho muita experiência em solucionar problemas que nem consigo identificar.

Ouvi uma hesitante batida no batente da porta aberta. Virei-me e vi uma de minhas alunas do segundo ano, Fiona deJong. A visão de um aluno em minha porta normalmente é algo que me irrita, mas naquele momento achei que isso podia ajudar-me a me desviar dos pensamentos inquietantes, então perguntei o que ela queria. Ela é uma moça clara, não muito atraente, com cabelos escorridos cor de camundongo. Pelo que tenho observado durante as aulas, Fiona não é muito sociável e, apesar de ela fazer parte do pequeno número de alunos que academicamente falando prometem alguma coisa, seu trabalho me deixa mais deprimida do que o dos outros.

— Posso falar-lhe um minuto, dra. Morrison?
— Claro — respondi. Entre, Fiona, e sente-se.

Fiz um gesto na direção de uma cadeira junto à parede e, ela, ainda hesitante, entrou e sentou-se.

Alguns de meus colegas, principalmente as mulheres, reclamam que são constantemente procurados por alunos, também nesse caso principalmente mulheres, que os procuram para pedir conselhos sobre assuntos que não têm nenhuma relação com o estudo. Problemas pessoais, coisas assim. Isso não acontece muito comigo, talvez porque eu não pareça muito simpática. Acho que não sou mesmo. Simpatia e empatia andam juntas, afinal. Então, esperava que o problema de Fiona estivesse relacionado com o curso, e fiquei surpresa e bastante alarmada quando notei que sua boca tremia.

Pigarreei. Depois de um minuto, ela continuava calada.
— Qual é o problema, Fiona? — perguntei calmamente.

Ela olhava para as mãos no colo, obviamente lutando para controlar-se, e pensei: "Ai, meu Deus, ela está grávida".

Não sei lidar com esse tipo de situação. A universidade oferece um serviço de aconselhamento formado por psicólogos bem qualificados, que têm experiência em tais assuntos e sabem o que dizer.

— Se for algo pessoal, Fiona... se não for a respeito de seus estudos, talvez eu não seja a melhor pessoa para...

— É a respeito de meus estudos — ela me interrompeu, olhando-me. É que... bem, vim dizer-lhe que vou sair. Decidi que é a melhor coisa a fazer. Mas só queria lhe dizer, porque gosto muito de seu curso e de tudo o mais.

Encarei-a. Estava surpresa, mas também me sentindo um pouquinho contente. Ali estava uma aluna dizendo que gostava de meu curso.

— Vai sair? Está querendo dizer que vai deixar a universidade, ou que vai mudar de curso? — perguntei.

— Vou deixar a universidade. É difícil explicar, mas acho que não quero continuar.

— Mas você está indo muito bem. O que é que está representando um problema?

Ela me contou o que era, e não tinha nada a ver com gravidez. Viera de uma pequena fazenda na província de Quebec. Descreveu-a para mim, mas não precisaria. Eu podia ver o lugar perfeitamente. Podia ver até os pratos decorados com as cores azul e branco sobre a mesa da cozinha.

Fiona tinha quatro irmãos, e era a única interessada em estudar. Ganhara uma bolsa de estudos. O pai ficara atônito e aborrecido quando ela dissera que ia para a universidade. Não conseguia entender que bem lhe faria um diploma. Uma perda de tempo e de dinheiro, dissera. A mãe ficara orgulhosa, mas confusa. Por que ela haveria de querer ir embora de casa? Os outros irmãos, moças e rapazes, sempre a haviam achado esquisita, de modo que a opinião deles permanecera inalterada. O namorado tentara compreender. Ela me olhou com ar suplicante quando disse isso. Queria que eu gostasse dele, que o admirasse por tentar.

O problema era que ela estava se distanciando de todos eles. Quando ia para casa, ninguém sabia o que dizer, como conversar com ela. O pai brincava sarcasticamente, comentando como ela era inteligente. Chamava-a de prof.ª Fiona deJong, dra. Fiona deJong, e assim por diante. A mãe, a quem ela sempre fora apegada, agora mostrava-se tímida em sua companhia, receava conversar com ela, porque não tinha nada inteligente para dizer.

O namorado vivia zangado. Tentava não ficar com raiva, mas ficava. Via condescendência onde não havia. Via desdém, quando na verdade ela o admirava. Deixara a escola aos dezesseis anos. Estava com dezoito, quando o pai morrera de derrame cerebral, e desde então dirigia a fazenda quase sozinho. Era um moço bom, Fiona disse, tão inteligente, a sua maneira, quanto os jovens que faziam o curso e cem vezes mais maduro, mas não acreditava que ela pensasse assim a respeito dele. Não dizia, mas era óbvio que achava que, se ela o amasse de verdade, abandonaria os estudos, voltaria para casa e se casaria com ele.

Fiona parou de falar e ficou me olhando, uma súplica muda estampada no rosto. Tentei pensar em alguma coisa para dizer.

— Quantos anos você tem, Fiona? — perguntei por fim.
— Vinte e um.
— Vinte e um. Não acha que é... um pouco jovem para tomar decisões desse tipo?
— Mas... tenho de tomar. Quero dizer, de qualquer forma será uma decisão, não é?
— Você já completou dois anos do curso. Está na metade do caminho. Se desistir, estará desperdiçando esses anos. O mais sensato seria você terminar o curso, então... estaria em melhor posição para tomar... as outras decisões.

Ela tornou a olhar para mãos pousadas no colo.
— Não acho que valha a pena — declarou.
— Você disse que está gostando do curso.
— Estou, mas...

— Também disse que sua mãe tem orgulho de você. Seu pai também tem, pode crer. Talvez ele não entenda o que você está fazendo, mas lá no fundo sente muito orgulho por você estar indo tão bem. Seus irmãos também sentem, embora talvez não queiram demonstrar. E quanto ao seu namorado... não acha que, se ele realmente a amasse não ia querer que você abrisse mão de algo tão importante, que pode fazer uma grande diferença em sua vida?

Fiona ficou em silêncio, ainda olhando para as mãos.

— Eu sei o que você está sentindo — continuei. — Venho de um ambiente não muito diferente desse de onde você veio. Posso lhe assegurar que tem valido a pena. O prazer, a satisfação...

Algo caiu no colo dela. Uma lágrima. Outras rolavam lentamente por suas faces. Desviei o olhar para o caos organizado de meu laboratório, através da porta de ligação.

Que monte de mentiras estou dizendo, pensei.. Não sei o que Fiona está sentindo. Não venho de um ambiente igual ao dela. O fato de haver campos e árvores ao redor não faz com que dois lugares sejam iguais. E o que penso que estou fazendo, tentando convencê-la a tomar a decisão que *eu* tomaria? Ela veio me dizer que está indo embora, não pedir conselhos. Veio por educação.

Fiona tirara um lenço de papel do bolso do casaco e estava enxugando o rosto.

— Desculpe — murmurei. — Esqueça o que eu disse.

— Tudo bem — ela afirmou, a voz abafada pelo lenço. — Sei que deve estar certa.

— Posso estar enganada.

Ela precisou de outro lenço. Levantei-me, procurei nos bolsos de meu casaco e encontrei um.

— Obrigada — ela agradeceu, pegando o lenço e assoando o nariz. — Tenho pensado tanto nisso que agora fico com dor de cabeça e não consigo pensar mais nada.

Aquilo, pelo menos, era algo que compartilhávamos.
— Você me faria um favor? — perguntei.
Ela pareceu ficar indecisa.
— Vá conversar com um psicólogo do serviço de aconselhamento — continuei. — Não creio que lá alguém tentará persuadi-la a tomar uma decisão ou outra. Acho que apenas a ajudarão a pensar melhor, de modo que você possa tomar uma decisão com a certeza de que está fazendo o melhor.

Fiona concordou e, alguns minutos depois, mais ou menos recomposta, foi embora.

Virei minha cadeira para a janela e voltei a observar a chuva. Pensei nos irmãos dela, que sempre a haviam achado esquisita, pensei no orgulho que Luke e Matt tinham de mim. Não, não viéramos de ambientes iguais. Nunca ninguém sugerira que eu parasse de estudar, que não progredisse o mais que pudesse. Ao contrário, eu fora incentivada em todos os passos de meu caminho.

Nunca me arrependera de ter ido em frente. Nem por um instante. Não estava arrependida, nem mesmo agora. Porque agora, refletindo sobre o que sentia, eu via que a causa de minha crise e de meus problemas não era o trabalho. Pensara que era para fugir do verdadeiro motivo. Talvez eu não fosse muito boa professora, mas Daniel estava certo, também não era das piores. Como pesquisadora, porém, eu era ótima. Estávamos fazendo uma contribuição à ciência, meus pequenos invertebrados e eu.

Pensei em Fiona. Em seu medo de distanciar-se da família. Seria esse o problema? Minha mente consciente dizia que eu estava preparada para pagar esse preço, mas talvez a inconsciente não concordasse.

No entanto, eu não me distanciara deles. Pelo menos, não de Luke e Bo. Houvera uma ruptura temporária, nos anos em que fiz o curso de graduação, mas agora eu estava tão próxima deles, emocionalmente, como estaria se houvesse permanecido em Crow Lake. Não tínhamos muitas coisas em comum, mas éramos apegados, mesmo assim.

Matt.

Pensei nele, e aconteceu... um momento de verdade, suponho. Fiona tinha medo de deixar a família e o namorado para trás, e o fato era que provavelmente acabaria deixando. O namorado podia ser inteligente "a sua maneira", mas a maneira dele não era a dela.

A maneira de Matt era a minha. Deixá-lo para trás devia ter sido impossível.

A crise que eu estava atravessando, para não falar da dor que parecia ter me acompanhado na maior parte de minha vida, certamente estava relacionada a ele. Como poderia ser de outra forma? Tudo o que eu era devia a ele. Depois de todos aqueles anos observando-o, aprendendo com ele, compartilhando de sua paixão, como eu poderia não ser afetada pelo modo como as coisas mudaram? Ele desejara intensamente uma chance, merecera tê-la, e, por sua própria culpa, jogara-a fora.

Continuei sentada, ouvindo o zumbido surdo que ecoava pelo prédio, sofrendo, lamentando tudo o que acontecera. Muito, muito tempo atrás, eu imaginara que nós dois estaríamos sempre juntos. Nós dois, lado a lado para sempre, olhando para dentro do tanque. O plano dele, absurdo, ingênuo, maravilhoso... Que infantilidade. As coisas mudam. Todo mundo tem de crescer.

Mas não crescer como nós dois crescemos, separados.

Aquele era o âmago da questão. Eu nunca amara alguém como amava Matt, mas agora, quando nos víamos, havia uma brecha intransponível entre nós, e não tínhamos nada para dizer um ao outro.

21

— Parece loucura cultivar terras aqui neste lugar — Daniel comentou, coçando um tornozelo, pois havíamos dado carona a uma nuvem de borrachudos quando eu parara para fazer xixi.

Eu estava com o pensamento tão longe que me assustei e levei um longo momento para compreender do que era que ele estava falando. Da paisagem, claro. O terreno era bem rochoso ali.

— O solo não é tão ruim. A terra ao redor de Crow Lake é bastante boa, mas a estação de cultivo naturalmente é muito curta.

— Pense no trabalho que aqueles pioneiros tiveram. Deviam estar desesperados para vir para o extremo norte.

— Não tinham muita escolha. A maioria deles não tinha dinheiro, e as terras eram distribuídas de graça. Terras da Coroa. Naquele tempo, qualquer um podia ter uma fazenda sem ter de pagar nada, desde que se comprometesse a cultivar a terra.

— Dá para entender por quê. Não se ofenda por eu dizer isso.

Daniel coçava-se furiosamente. Parecia que seu caso de amor com a Região Deserta Fora do Mapa não ia durar muito. Ele conhecia borrachudos em teoria, é claro, mas não há nada que substitua uma experiência ao vivo, quando se trata de insetos.

— Perto do lago não é tão ruim — consolei-o. — E você vai gostar da fazenda. É muito boa, exceto onde os campos limitam-se com os bosques.
— Você morava perto do lago?
— Morava.
— Nunca morou em uma fazenda?
— Não.

Eu começara a contar nossa história a Daniel um pouco antes de chegarmos a New Liskeard. A história toda. Não pretendia fazer isso. Teria de contar a história de Matt, e eu o protegera da curiosidade alheia todos aqueles anos. Mas, conforme os quilômetros iam passando, mudei de idéia. Daniel tinha de saber. Perceberia que o lugar de Matt não era lá, depois de dois minutos de conversa com ele. Ainda assim, fui protelando até passarmos por Cobalt, quando Daniel observou, referindo-se a mim, que era estranho um ambiente como aquele ter produzido uma professora universitária. Isso me irritou. Ambiente estranho para produzir professores universitários é a cidade, cheia de barulho, confusão, onde as pessoas não têm tempo para pensar ou observar o que as rodeia, não é?

Comecei a argumentar, tentando explicar por que Crow Lake era o ambiente perfeito para produzir professores, devido a certas condições, como incentivo e tempo para estudar. Como era inevitável, citei Matt e sua paixão por tanques como exemplo, isso levou a perguntas e acabei contando tudo. Para meu total aborrecimento, tive dificuldade para manter a voz firme, quando contei como tudo acabara. Daniel notou, claro, mas não demonstrou. Se ficou perplexo com o fato de eu ainda estar tão angustiada, depois de tantos anos, bem, não ficou mais perplexo do que eu.

— Luke e sua irmã, Bo... eles ainda moram lá? Na casa onde você cresceu? — perguntou hesitante.

— Moram.
— O que eles fazem? Bo deve ter... vinte anos?
— Vinte e um. Ela trabalha em Struan. É cozinheira em um restaurante.

Ainda batendo panelas alegremente. Ela fizera um curso de culinária em Sudbury. Podia ter se graduado em economia doméstica, ou seja lá como chamam isso — eu me ofereci para ajudar a pagar a faculdade —, mas disse que não estava interessada em fazer carreira acadêmica.

— Ela tem namorado?
— Ás vezes tem, às vezes não. Nada sério, até agora. Mas isso vai acontecer, no devido tempo.

Em um mundo de poucas certezas, essa é uma delas. Matt diz que há um pobre sujeito rondando Bo, um inocente que ainda não tem consciência do que o destino lhe reserva.

— Luke ainda é zelador da escola?
— Ainda, mas esse é um trabalho que ele faz mais por prazer. Luke fabrica móveis.
— Móveis? Abriu um negócio?
— Pode-se dizer que sim. Transformou a garagem em marcenaria e tem dois ajudantes, rapazes de fazenda. Está indo bem.

Muito bem, na verdade. Móveis rústicos estão na moda.

— É casado?
— Não.
— Aquela moça... aquela que você disse que o assediava...
— Sally McLean.
— É. Ele nunca chegou a ir para a cama com ela?
— Deus nos livre! Não, ela conseguiu que outro a engravidasse, cerca de um ano depois que Luke... rejeitou-a.
— Alguém de Crow Lake?
— De Crow Lake, sim. Tomek Lucas. Acho que ele não se convenceu de que era o pai, mas ela jurou que era, então

se casaram. Não demorou muito, porém, ela viu um homem mais bonito no mercado de New Liskeard e fugiu com ele, deixando o bebê com Tomek. A mãe dele criou a criança. Sally deve ter tido mais uns dez filhos. É provável que tenha uns dez *netos*, agora.

De repente, pensei no sr. McLean e em sua esposa. Como eles adorariam ter dez netos.

— Você fala como se tudo isso houvesse acontecido há séculos — Daniel observou. — Se seus pais morreram quando você tinha sete anos, não se passaram mais do que vinte anos.

— Para mim, parece que foram séculos.

Sally Mclean, dos longos cabelos ruivos. Quando eu estava com treze anos, começando o curso colegial, uma colega de classe me perguntou se eu era aquela que não tinha pais e que tinha um irmão fresco. Eu não sabia o que "fresco" significava, naquele contexto. Não posso descrever o choque que levei, quando descobri. Lembrei-me, então, da cena a que assistira: Sally encostada em uma árvore, pegando a mão de Luke e levando-a suavemente, mas com determinação, ao seio. Luke imóvel, a cabeça abaixada. E, então, o esforço que ele fez para recuar, como que lutando contra uma força invisível.

Por muito tempo, acreditei que fora Sally quem dera início àquele rumor. Agora já não tenho tanta certeza. Penso que muita gente achou difícil aceitar o abnegado sacrifício de Luke. Ele tinha apenas dezenove anos, e tanta generosidade, numa pessoa tão jovem, deixava outras pessoas envergonhadas. Então, elas precisavam acreditar nos mexericos. Afinal, não há nada de nobre em se renunciar a algo que não se quer. Nada de nobre na atitude de um homem que desiste de ter relacionamentos sexuais com mulheres se ele é *gay*. Outra teoria que ouvi foi: não há nada de nobre no gesto de um rapaz que desiste de sua vaga em uma faculdade de educação se ele não quer estudar. Talvez nessa haja uma ponta de verdade.

Luke não estava assim tão interessado em ser professor. Eram nossos pais que queriam, e ele não tinha nenhuma sugestão alternativa para oferecer, naquele tempo, ou não ousou falar dela. Também pode ser verdade que ele não percebesse a quanta coisa teria de renunciar quando anunciou a tia Annie que cuidaria de nós.

Para mim, isso não diminui o mérito de seu sacrifício. Quando ele descobria que tinha de renunciar a alguma coisa, renunciava. Sally McLean teve prova disso.

Pergunto-me se ele sabia daqueles rumores. Pergunto-me se essa foi outra luta que teve de enfrentar.

— Não há nenhuma mulher na vida dele, até agora? — Daniel indagou. Parecia desgostoso, e olhei-o, divertida. Ficaria atônito se alguém lhe dissesse que ele é romântico.
— Quantos anos Luke tem?
— Trinta e oito. E que eu saiba ele não tem ninguém.

Por estranho que parecesse, eu começara a conjeturar a respeito disso, em minha última visita. A srta. Carrington foi a nossa casa, como sempre faz quando estou lá, e me pareceu que havia... Como posso descrever? Uma *naturalidade* entre ela e Luke. Entretanto, pode ter sido imaginação minha. Ela é, no mínimo, dez anos mais velha do que ele, embora não pareça agora.

— Talvez tenha se tornado um hábito — Daniel comentou.
— O quê?
— Negar os próprios desejos, resistir às tentações.
— É, pode ser — eu disse.

Estava pensando em Matt.

Acendi os faróis. Chegara aquela hora do crepúsculo em que o céu ainda está claro, mas a estrada, as árvores e os rochedos misturam-se num borrão esfumaçado. Bem à frente podíamos ver o piscar de luzes, cada vez que subíamos uma colina. Struan. Meia hora depois de passar por Struan, eu estaria em casa.

Há muitas coisas que eu preciso imaginar como aconteceram. Por exemplo, imagino que a sra. Pye ficou seriamente doente, naquele verão, e que essa nova preocupação, além de todo o resto, foi mais do que Marie pôde suportar sozinha. Então, ela procurou conforto em Matt. Se ela tivesse mais amigos, se a mãe tivesse parentes que morassem perto, ou se Calvin não houvesse afastado os membros da comunidade de tal modo que ninguém mais ia bater a sua porta, em qualquer um desses casos, talvez Marie não precisasse voltar-se para Matt de maneira tão intensa, urgente e suplicante.

Matt estava disponível. Estava perto, embora passasse a maior parte do tempo nos campos, todos os dias, seis dias por semana, durante todo o verão. Ele juntava cada centavo que podia, não para si, porque sua bolsa de estudos cobria tudo, até mesmo os livros, mas para nós, para acalmar a consciência por estar nos deixando.

Assim, ele estava disponível. E fazia muito tempo que, de certa forma, os dois eram amigos. Acredito que o sofrimento de Matt pela morte de nossos pais, no verão anterior, anulou parte da reserva que existia entre ele e Marie. Ele a deixara perceber sua dor. Penso que isso formou um vínculo.

Naquele tempo, ela não lhe contava tudo o que se passava em sua casa, mas aposto que chorava em seu ombro. Imagino que foi assim que tudo começou.

Ele a abraçava. Claro que sim. Essa é a reação natural de uma pessoa quando outra chora em seu ombro. Natural até para presbiterianos. Ele a abraçava e dava-lhe tapinhas desajeitados nas costas, como se ela fosse Bo. Os dois deviam encontrar-se atrás do celeiro ou do abrigo do trator, algum lugar onde Calvin não podia vê-los. Tenho certeza de que eles nem sequer se falavam quando Calvin estava por perto.

Ele a abraçava, levado pela compaixão, sabendo por experiência própria o que era estar profundamente infeliz e não poder desabafar. Não acredito que estivesse apaixonado por ela. Mas tinha apenas dezoito anos, e quando a abraçava, sentia a maciez de seu corpo. Em minha opinião, ela não era bonita. Muito carnuda e com os traços do rosto mal definidos. Mas era inegavelmente feminina, e, quando ele a abraçava, os seios macios pressionavam-se contra seu peito. Ele sentia o cheiro morno que emanava dela. Tinha dezoito anos. Ela devia ser a primeira pessoa que ele abraçava fora de nossa família.

Pode ter acontecido por acidente, na primeira vez. Os dois deviam ter colidido, quando ela estava em lágrimas por algum motivo. Ele teria parado e, depois de hesitar um momento, pousado no chão fosse o que fosse que estivesse carregando. E os dois teriam se aproximado um do outro, talvez sem perceber. Ela teria se encostado nele, e ele a teria abraçado. Depois de alguns momentos, ela teria recuado, enxugado as lágrimas e pedido desculpas com aquela sua vozinha tímida.

E ele teria respondido: "Não faz mal, Marie. Está tudo bem".

22

Naquele verão, Matt e eu não passamos muito tempo juntos. Ele saía para a fazenda muito cedo, antes de eu me levantar, e, quando voltava, estava cansado demais para fazer outra coisa que não fosse desabar na cama e ler um pouco. Durante o dia eu ajudava Luke ou a sra. Stanovich nas tarefas domésticas, com relutância, ou brincava, sem animação, com os filhos de vizinhos bondosos que me convidavam, e a Bo também, para ir à casa deles. Eu vivia à espera do domingo, quando Matt estava de folga. Ele me levava aos tanques e me dizia que ia aprender a respeito das criaturas que lá viviam, que a universidade tinha microscópios poderosos, que mostravam como as coisas funcionavam. Prometia que me escreveria, pelo menos duas vezes por semana, para me contar o que estava aprendendo, de modo que, quando chegasse minha vez de fazer o curso, eu já estaria adiantada. Dizia que, embora estivéssemos separados, continuaríamos a observar a vida das criaturas que viviam em tanques e que trocaríamos informações a respeito. Além disso, havia o verão. Ele prometia que, por mais apertada que fosse sua situação financeira, iria para casa nas férias de verão.

Essa foi nossa rotina nas primeiras poucas semanas após os exames dele. Parecia tudo igual ao que sempre fora, com a diferença que foi um tempo cheio de planos e promessas. Mas, então, as coisas mudaram. Matt começou a desaparecer logo depois do almoço, nos domingos. Às vezes só voltava na hora do jantar, de modo que a tarde toda era perdida.

Não preciso dizer que isso me enchia de ressentimento. Eu o interrogava, querendo saber aonde ele fora, e ele respondia que tinha ido dar um passeio. Perguntava se não podia me levar, e ele explicava que tinha necessidade de ficar sozinho de vez em quando. Insistia, perguntando por quê, e ele dizia que tinha certas coisas em que pensar.

Queixei-me com Luke sobre isso, num dia em que ele estava reparando os degraus de madeira que desciam à praia e que a cada inverno eram danificados pelo gelo.

— Matt não fica mais em casa.

— Ele está trabalhando, Kate.

— Não. Estou dizendo que ele não fica em casa aos domingos, quando *não* está trabalhando.

— É? Me dê aquele martelo, sim?

Bo marchava de um lado para o outro na margem do lago, cantando hinos a plenos pulmões. "Jesus me ama, eu sei, porque lá, lá, lá."

Não sabíamos se devíamos culpar a sra. Stanovich, ou se Bo aprendia os hinos na escola dominical.

— Mas aonde ele vai? — insisti.

— Não sei, Kate. Preciso daquela tábua. Não, essa não, a mais curta. Pegue pra mim, sim?

— Ele deve ir a *algum lugar*. E eu quero ir aos tanques.

Luke olhou para mim, balançando o martelo.

— Matt a levou àqueles malditos tanques um milhão de vezes. Deixe-o em paz, certo? Você pensa que é dona dele.

Começou a martelar. Se ele próprio se incomodava com a ausência de Matt, que podia ficar em casa e ajudá-lo em alguma coisa no único dia em que os dois estavam de folga, não demonstrou. Nem poderia, suponho, depois de ter alardeado que era capaz de cuidar de tudo sozinho. Ou talvez pensasse que Matt estava desgostoso por ter de nos deixar e que precisava de um tempo sozinho para pôr os pensamentos em ordem. Isso era verdade, naturalmente.

Eu, no entanto, não fazia concessões. Só conseguia pensar que passava pouco tempo com Matt. E quando recordo aquela época, sinto vontade de chorar porque, com meu ressentimento, consegui estragar os poucos dias que nos restavam para ficar juntos. Ele me levava aos tanques, uma vez ou outra, e eu não conseguia apreciar aqueles momentos. Achava que ele estava distraído, que não dava atenção ao que via. E o acusava, dizendo que ele não gostava mais de visitar os tanques. Com voz cansada, ele respondia que não era verdade, e que se *eu* não gostava mais era melhor voltarmos para casa.

Eu estava proibida de ir aos tanques sozinha. Eram fundos, e uma vez uma criança morrera afogada em um deles. Mas eu ia, talvez justamente por causa da proibição. Por rebeldia.

Era um dia extremamente quente, o ar estava pesado e parado. Andei sobre um dos trilhos da ferrovia, como se me equilibrasse em uma corda bamba, o calor do aço atravessando a sola de meus sapatos, então desci a trilha que levava ao "nosso" tanque. Achei estranho estar lá sozinha. Deitei-me de bruços e fiquei olhando para dentro da água, mas tudo o que poderia estar se movendo escondera-se do sol. Mesmo agitando a superfície com a mão, eu só conseguia provocar uma momentânea atividade lá embaixo. Entediada, levantei-me, um pouco tonta por causa do calor. Se Matt estivesse comigo, teria procurado a sombra no outro lado do barranco que separava nosso tanque do seguinte. Andei até lá, mas parei, hesitante. Achei que ouvira vozes, embora soubesse que devia estar enganada. Ninguém ia lá, a não ser Matt e eu, e às vezes Bo, quando a levávamos. Subi pela encosta do barranco, agarrando-me aos tufos de capim, e cheguei me arrastando ao topo plano e coberto de vegetação. Vozes. Não, eu não me enganara. Ergui-me e olhei para o outro lado.

Matt e Marie estavam na sombra do barranco, deitados na camisa dele, estendida no chão. Marie estava chorando. Do lugar onde eu me encontrava, não podia ver o rosto dela, mas ouvia seus soluços. Matt ajoelhou-se ao lado dela, dizendo a mesma coisa repetidamente, em tom urgente, quase amedrontado, e a voz nem parecia a dele.

— Oh, meu Deus, Marie, sinto muito. Oh, Deus, Marie, sinto muito. Sinto muito, me desculpe.

Eu não conseguia imaginar o que ele poderia ter feito. Talvez houvesse batido nela, com tanta força que a derrubara. Mas, não, eu achava aquilo impossível. Matt precisava ser provocado demais para enfurecer-se a ponto de bater em alguém, e só Luke conseguia fazê-lo perder as estribeiras daquele modo. Então, pensei na camisa. Matt não a abriria no chão para que Marie caísse sobre ela, quando ele lhe batesse. Não, não fora aquilo.

Ele ajudou-a a levantar-se e tentou abraçá-la. Marie, porém, esquivou-se. Ela usava um vestido de algodão estampado. O vestido estava amassado e todo aberto na frente. Ela começou a abotoá-lo, com gestos nervosos, fungando. Matt observava-a, com os braços pendidos e as mãos cerradas com força.

— Desculpe — ele repetiu. — Eu não queria que isso acontecesse, Marie. Não podia... Mas tudo ficará bem, não se preocupe, por favor.

Ela abanou a cabeça, sem olhar para ele. Lembro-me de que, apesar de minha confusão, odiei Marie por aquilo. Ele estava aflito, e ela não se importava. Quando acabou de abotoar o vestido, ela arrumou os cabelos com as mãos.

Foi então que me viu, deixando escapar um grito de pavor. Matt recuou abruptamente, olhou para cima e também me viu. Por um instante, ficamos os três imóveis. Então, Marie começou a gritar histericamente. Seu medo era tão grande que me contagiou. Virei-me e corri, escorregando barranco abaixo, rodeando nosso tanque, correndo como nunca correra na vida, com o coração disparado. Estava na metade da trilha que acabava na linha férrea, quando Matt me alcançou.

— Kate, pare! — Pegou-me pela cintura e me segurou. Comecei a dar chutes, tentando acertar as pernas dele, lutando para me libertar. — Pare com isso, Kate! Está com medo de quê? Não há razão para ter medo. Pare, *pare*!

— Quero ir para casa!

— Nós vamos. Daqui a pouco. Vamos para casa juntos, mas primeiro temos de voltar para falar com Marie.

— Não vou voltar lá! Não quero ver Marie! Ela é uma pessoa horrível! Me dá *nojo*! Gritar daquele jeito!

— Ela ficou perturbada, você a assustou. Vamos.

Marie estava no mesmo lugar onde ele a deixara, com os braços à volta do corpo, tremendo apesar do calor. Matt levou-me até ela, mas não disse nada. Acho que não sabia o que dizer.

— A menina vai contar — Marie falou, branca como giz.

Branca como a barriga de um peixe. Tremia, chorava, com muco escorrendo do nariz.

— Não, não vai — Matt assegurou. — Você não vai contar a ninguém, não é Kate?

Eu me recuperara do medo e começava a me sentir ultrajada. Era para lá que ele ia? Era aquilo que fazia? Em nossos preciosos domingos?

— Contar o quê? — perguntei.

— Oh, Matt, ela vai contar, eu sei que vai! — Marie exclamou, derramando mais lágrimas.

Matt olhou-a, depois virou-se para mim.

— Kate, você tem de prometer. Prometa que não dirá a ninguém que nos viu aqui.

Eu me recusava a olhá-lo. Observava Marie. Matt preferia ficar com Marie Pye do que comigo, embora ela não tivesse nenhum interesse pelos tanques. Bastava olhá-la para saber isso.

— Prometa, Kate.

— Prometo que não vou contar sobre você — eu disse por fim.

Mas ele era esperto demais para cair nesse engodo.

— Nem sobre Marie. Você precisa prometer que não dirá a ninguém que a viu aqui. Você não a viu, nem comigo, nem com outra pessoa, certo? Me dá sua palavra de honra?

Fiquei em silêncio.

— Sua palavra de honra, Kate — Matt insistiu. — Jure por todas as vezes que eu trouxe você a estes tanques, por todas as criaturas que vivem neles.

Fiquei sem saída. Amuada, fiz meu juramento num resmungo. Dei minha palavra de honra. Marie parecia menos temerosa. Matt passou um braço pela cintura dela, e os dois afastaram-se alguns metros. Observei-os com tanto ciúme que meu lábio inferior tremia. Ele falou em tom baixo por longos instantes. Ela finalmente moveu a cabeça, concordando, e foi embora, andando pela areia na direção da trilha que ia até a fazenda de seu pai.

Matt e eu fomos para casa. Eu me lembro de que olhei-o várias vezes, esperando que ele sorrisse, porque então tudo voltaria a ser como sempre fora, mas ele parecia ter me esquecido. No ambiente fresco do bosque, criei coragem para perguntar-lhe se estava com raiva de mim.

— Não, Kate, não estou com raiva de você — ele respondeu, sorrindo para mim com tanta tristeza que fiquei com vergonha de meu ataque de autopiedade.

— Você está bem? — indaguei, amando-o, quase o perdoando. — Tudo vai ficar bem?

Depois disso, Matt ficou diferente. Continuou a trabalhar na fazenda, mas à noite e aos domingos fechava-se em seu quarto. Eu não sabia o que havia de errado com ele. Na verdade, não pensava nesses termos. Aquela porta fechada deixava-me confusa demais para que eu pudesse pensar em qualquer pessoa além de mim mesma. Mas agora imagino o que ele passou, esperando, semana após semana, e sem dúvida rezando, porque fora ensinado a acreditar em um Deus misericordioso.

Imagino como desejou poder fazer o tempo voltar até aquele momento final, quando ele poderia ter parado e não parara. Anos mais tarde, quando eu pensava na semelhança entre o que acontecera com ele e Marie e o que poderia ter acontecido com Luke e Sally McLean, achava que a vida de meus irmãos fora definida por um momento, o mesmo tipo de momento para os dois. Para Luke, foi o momento em que ele recuou. Para Matt, foi o momento em que ele não foi capaz de recuar.

Deus não foi misericordioso. Uma noite, em setembro, algumas semanas antes do dia em que Matt iria para Toronto, Marie Pye chegou a nossa porta, com os cabelos despenteados, os olhos desesperados, perguntando por ele.

Matt estava em seu quarto, mas devia ter ouvido a voz dela, porque chegou à porta da frente antes que Luke ou eu pudéssemos ir chamá-lo. Passou por nós e foi para fora, levando Marie.

— Espere, vamos até a praia — nós o ouvimos dizer.

Ela, porém, não podia esperar, seu medo era grande demais. Curvada para a frente, sob o peso do medo, parecia prestes a tombar no chão.

Luke e eu ouvimos claramente tudo o que ela disse, porque, apavorada, Marie falou alto demais e tão depressa que nem tivemos tempo de fechar a porta.

— Matt, ele vai me matar! Ele vai me matar! Você não acredita, mas ele vai me matar! Matou Laurie e vai me matar também!

SEXTA PARTE

23

Essa última etapa da viagem de Toronto a Crow Lake sempre me pega pelo pescoço. Em parte, porque tudo me é familiar. Conheço tão bem cada árvore, cada rocha, cada terreno pantanoso, que, embora eu quase sempre chegue à noite e não possa vê-los, sinto-os a minha volta, lá no escuro, como sinto meus próprios ossos. Em parte, também, por causa daquela sensação de estar voltando no tempo, indo do agora para o então, e da percepção de que, não importa onde estejamos hoje e onde possamos estar no futuro, nada altera o ponto de onde partimos.

Essa sensação é normalmente de alegria e dor. Preenche-me como uma espécie de tristeza invasora, mas também me ancora e me ajuda a saber quem sou. Naquela sexta-feira à noite, entretanto, com Daniel no banco do passageiro, ainda olhando pela janela, como se, penetrando a escuridão, pudesse descobrir tudo o que havia para saber a meu respeito, as lembranças cercavam-me muito de perto. Pesavam demais. Eu não imaginava como poderia enfrentar a festa de família, as brincadeiras, a alegria, as conversas sociais, sem falar que estava levando Daniel para o meio daquilo tudo. Parecia-me que todos pensariam que eu o estava exibindo. Não só isso, mas que eu o levara para casa com o propósito de exibir meu sucesso. Aqui estou eu, com minha maravilhosa carreira, e aqui está meu namorado com sua maravilhosa carreira. Agora, olhem para vocês. Eu preferia morrer a fazê-los pensar aquilo de mim.

— Falta muito para chegarmos? — Daniel perguntou de repente, ainda olhando para a escuridão.

— Cinco minutos.

— Ah, ótimo! Eu não sabia que estávamos tão perto.

Ele mudou de posição, tentando relaxar os músculos endurecidos. Não dissera quase nada, na última meia hora, pelo que eu me sentia muito grata.

Quase me esqueci de virar à direita, na estrada Northern Side. Ia tomar a direção do lago automaticamente, porque, em geral, quando venho para casa, fico com Luke e Bo, e a fazenda é mais adiante, à esquerda da estrada. Pode-se vê-la assim que se ultrapassa a estrada que leva ao lago, e naquela noite todas as luzes da casa estavam acesas, assim como as que ficam acima do celeiro e do silo, num sinal de boas-vindas. O silo é novo, não existia no tempo de Calvin Pye. E o celeiro não é o original. Matt queimou o velho celeiro de Calvin.

Matt e Marie estavam a nossa espera na alameda de entrada. Deviam ter visto a luz dos faróis do carro assim que vimos as luzes de sua casa e adivinhado que éramos nós. Marie ficou um pouco atrás, enquanto Matt e eu nos abraçávamos. Quando éramos crianças, nunca nos abraçávamos, começamos a fazer isso muito recentemente. Da mesma forma que voltar para casa, abraçar Matt me faz sentir alegria e dor. O contato é maravilhoso, mas abraçar parece-me um gesto simbólico e, em nosso caso, é uma tentativa física de anular uma distância emocional, de tapar uma brecha que não devia existir.

— Fizeram boa viagem? — ele perguntou, ainda me segurando em seus braços.

— Ótima.

Nós nos soltamos, e ele sorriu para Daniel.

— Então, você conseguiu vir.

— Nada me impediria — Daniel declarou, também sorrindo.

— Mas não está muito satisfeito com os insetos — comentei, tentando falar em tom de brincadeira e conseguindo, mais ou menos. — Oi, Marie.

Marie e eu não nos abraçamos, quando nos encontramos. Sorrimos educadamente uma para outra, como duas meras conhecidas.

— Oi — ela respondeu, ainda um tanto afastada. — Fizeram a viagem rapidamente.

— Insetos? Temos insetos aqui? — Matt brincou.

— Preciso apresentar vocês, não é? — comentei. — Daniel, apresento-lhe Matt e Marie.

Eu dissera! *Daniel, apresento-lhe Matt.* Depois de passar tantas semanas receando o momento, visualizando-o, vivendo-o com antecedência mil vezes, eu dissera a temida frase. E com voz normal. Ninguém que me ouvisse perceberia o peso enorme e inominável por trás de minhas palavras. Eu dissera e sobrevivera. O mundo continuava a girar em seu eixo. Era para eu estar aliviada.

— Devem estar com fome — Marie observou. — Esperamos vocês para jantarmos juntos.

Simon apareceu, saindo da escuridão, alto e esbelto, como o pai. Incrivelmente parecido com o pai.

— Oi, titia — ele me cumprimentou. — Vou ganhar um beijo?

Ele me chama de titia para me provocar. É apenas nove anos mais novo do que eu. Beijei-o, e ele me beijou, então apertou a mão de Daniel e disse que fora gentileza dele ter ido visitá-los.

— Então, essa comemoração é em sua honra — Daniel comentou.

— É — Simon respondeu, então acrescentou: — Bem, na verdade a festa foi uma desculpa que encontramos para fazer tia Kate vir para casa, porque quase nunca a vemos. Mas você não vai se arrepender de ter vindo. Montanhas de comida. Mamãe e Bo têm cozinhado como loucas.

— Por falar nisso, vamos comer — Matt convidou, fazendo um gesto na direção da casa. — Marie nos obrigou a esperar por vocês.

Daniel estava espantando borrachudos novamente. Matt, ao lado dele, sorriu.

— Volte daqui a um mês, mais ou menos, e poderei lhe apresentar os pernilongos também — arreliou.

— Por que é só comigo? — Daniel reclamou, dando um tapa no pescoço. — Por que não pegam vocês?

— Estão cansados de nós. Mas temos repelente, e você pode besuntar-se com ele.

Observei os dois, e achei que Matt parecia muito mais velho do que Daniel. Claro que é mais velho, tem 37 anos, e Daniel tem 34, mas a diferença de idade parecia muito maior. Não no físico, exatamente, porque Matt está em muito melhor forma do que Daniel e tem muito mais cabelo, mas seu rosto parece mostrar mais anos de experiência, muitos mais. Além disso, Matt tem um ar de seriedade. Sempre teve, desde rapaz, e já naquele tempo isso o fazia aparentar mais idade.

— Fizeram uma boa viagem? — Marie indagou, embora a pergunta já houvesse sido feita e respondida.

— Muito boa, obrigada.

— Todo mundo está morrendo de vontade de ver você — ela disse com seu sorriso tímido.

Mudou muito pouco, no decorrer dos anos. Posso dizer que sua aparência melhorou. Ela ainda é um pouco ansiosa, mas seus olhos já não mostram tanto medo.

Nós cinco começamos a andar para a casa, com Simon na frente.

— Bo e Luke virão mais tarde — Marie informou. — Falamos para virem jantar conosco, mas eles disseram que não, que viriam mais tarde para conversar.

— Chegarão a tempo de comer a sobremesa — Simon comentou. — Luke, pelo menos, chegará.

— Bem, há bastante para todos — Marie afirmou brandamente.

— Luke está em maus lençóis — Simon disse, olhando para trás e sorrindo para nós. — Mais uma vez começou a ensinar Bo a dirigir.

— Verdade? Então, ela conseguiu dobrá-lo — observei.

— É a terceira tentativa — Matt explicou a Daniel. — Luke começou a ensiná-la cerca de cinco anos atrás, quando Bo estava com dezesseis, e a experiência não foi o que se possa chamar de bem-sucedida. Fizeram uma pausa e tentaram novamente dois anos depois. Acho que a tentativa durou dez minutos. O jeito de Bo dirigir é... — Fez movimentos circulares com as mãos, procurando a palavra certa. — Displicente. Não, uma combinação de displicência e exagerada autoconfiança. E Luke acha isso estressante.

— Estressante, só? — Simon riu. — Luke está arrebentado.

Lembrei-me de que Simon passara no exame para tirar a carta de motorista no dia em que completara dezesseis anos. É só nisso que ele pode gabar-se de ser melhor do que Bo, e tira o melhor proveito possível da situação. Ela é apenas três anos mais velha e fez tudo primeiro do que ele.

— Acho que você não deve brincar com Bo sobre isso — Marie aconselhou. — Tenho certeza de que desta vez ela se sairá bem. — Virou-se para mim. — A sra. Stanovich está louca de vontade de ver você. Ela virá amanhã, para a festa. E a srta. Carrington também.

— Toda a velha turma — comentei.

Simon foi juntar-se aos homens. Matt estava apontando para cima, mostrando alguma coisa a Daniel.

Ouvi-o dizer:

— Lá, acima da casa.

Olhei e vi cerca de seis pequenos morcegos voando silenciosamente para a frente e para trás, como se estivessem costurando retalhos do céu azul-escuro. Os três homens pararam para olhá-los.

— Os Tadworth também — Marie estava dizendo. — E os amigos de escola de Simon.

Voltei minha atenção para ela. Marie não se interessa por morcegos, assim como não se interessa por tanques.

— A que horas o pessoal vai começar a chegar? — perguntei.

— Por volta de meio-dia.

— Bom. Teremos a manhã inteira para preparar tudo. Há muita coisa por fazer, ainda?

— Não. Só mais alguns doces para a sobremesa.

— Aposto como você está cozinhando há semanas.

— Bem, você sabe, tenho um *freezer*, e é bom preparar alguns pratos com antecedência.

É isso o que fazemos quando estamos juntas, Marie e eu. Conversamos sobre coisas práticas. A que horas vamos à vila? Onde você quer que eu ponha isto? Que vaso bonito! Onde comprou? Quer que eu descasque as batatas?

Luke e Bo chegaram quando Marie estava cortando a primeira fatia do bolo de queijo.

— Chegaram! — exclamou Simon. — Que ótima noção de tempo!

— Pensei que fôssemos chegar atrasados — Luke replicou, pondo as mãos em meus ombros e apertando-os delicadamente. — Cumprimentem a estranha. Os estranhos — corrigiu-se, olhando para Daniel e estendendo-lhe a mão. Daniel levantou-se e os dois apertaram-se as mãos por cima da mesa. — Que bom que você pôde vir. Sou o Luke, e essa é Bo.

Daniel apresentou-se:

— Daniel.

— Oi para todos — Bo cumprimentou. — Trouxe uma torta bávara — anunciou, largando um prato na mesa.

— Que beleza! — Marie aplaudiu. — É para amanhã?

— Fiz outra para amanhã. Essa é para hoje. Falando nisso, você sabe que a sra. Stanovich fez um bolo de aniversário para Simon? Gigantesco. Três camadas, com um pequeno Simon de açúcar em cima.

— É, eu sei — respondeu Marie nervosamente. — Sei que você também fez um, mas ela quis, e achei, bem, que podemos comer os dois.

— Claro — Bo concordou alegremente. — Sem problema. — Eu só não sabia se você sabia. Simon é capaz de comer os dois sozinho. Como vai, meu pequeno? Como se sente, às vésperas de tornar-se adulto? — Bateu afetuosamente na cabeça de Simon. Ele tentou agarrá-la pelo pulso, mas ela esquivou-se tranqüilamente. — Oi, Kate. — Curvou-se e beijou-me o rosto. — Está elegante, mas um pouco magra.

Ela estava maravilhosa. É uma amazona, minha irmã. Alta, loira, linda, uma guerreira. Simon não teria a mínima chance, numa briga com ela. Acredito que Bo poria até Luke para correr, apesar de ele estar em excelente forma. Luke é tão bonito que nunca deixo de me admirar, toda vez que o vejo. Quando eu era menina, entretanto, não percebia isso. Com quase 39 anos, ele está ficando cada vez melhor. Morda-se de raiva, Sally McLean.

— Sentem-se, vocês dois — Matt sugeriu. — Vamos comer bolo de queijo e um pedaço da torta de lama de Bo. Vá em frente, Marie, comece a distribuir.

Luke largou-se em uma cadeira. Vi Simon sorrir maliciosamente para ele, com certeza ensaiando uma pergunta sobre as aulas de direção, mas Marie também viu e abanou a cabeça num sinal de advertência, fazendo-o desistir.

— Fizeram boa viagem? — Luke perguntou. — Antes que me esqueça, Laura Carrington mandou lembranças. Ela virá para a festa. Como vai a cidade grande? Parece que vocês estão tendo outra greve dos funcionários do correio, não é?

— E quando é que não temos? — eu disse. — Para mim, um pedaço pequeno de cada uma, Marie. Obrigada.

Bo sentou-se perto de mim.

— Preciso lhe contar todas as fofocas — cochichou. — O que é que você ainda não sabe?

— Não sei, Bo.

— Sabia que Janie Mitchell, que agora se chama Janie Laplant, está se divorciando? Vai voltar a se chamar Janie Mitchell.

— Eu nem sabia que ela tinha se casado.

— Claro que sim, eu lhe contei. Sabia que a sra. Stanovich tem mais um bisneto?

— Ah, isso eu sabia.

— Não. Você está pensando no outro bebê. Esse de que estou falando nasceu domingo passado. Sabia que o gado leiteiro do sr. Janie ganhou um prêmio? Quer dizer, Ofélia ganhou. Ela produz mais leite do que qualquer outra vaca da América do Norte. Ou, talvez, apenas do município de Struan.

— Daniel, você quer bolo de queijo ou torta bávara? — Marie perguntou.

Ele parecia um pouco zonzo, não sei se por causa de Bo ou do barulho.

— Há... um pedaço de cada uma — ele respondeu.

— Ele comprou a ilha inteira — Luke estava dizendo. — Está construindo uma estância de caça. Acredita que americanos ricos virão para cá, gastar um pouco de seus milhões.

— Será que ele pensa, mesmo, que os ricos vão querer viajar milhares de quilômetros para chegar aqui? — Simon comentou.

— O plano dele é trazê-los por via aérea. Hidroaviões.

— Conheça a Beleza Empolgante da Natureza Canadense — Matt recitou em tom solene. — Conheça... — Fez uma pausa, procurando palavras.

— A Beleza Selvagem? — Simon sugeriu, também solenemente. — O Esplendor Bravio?

— Pode ser — Matt concordou. — Conheça a Beleza Selvagem dos Rios Violentos. Contemple o Esplendor Bravio das Florestas. Assista ao Assombroso Espetáculo do...

— Que tal Vibre com...

— Vibre com o Assombroso Espetáculo dos Poderosos Alces.

— Alces Gigantescos.

— Alces Vigorosos.

— Jim Sumack disse que vai deixar os cabelos crescer, enfiar umas penas neles e arrumar emprego na estância, como guia — Luke disse. — E fazer fortuna. Espero que eles precisem de muita mobília rústica. Um pedaço de cada, Marie, obrigado.

— Acha que vão precisar?

— Bem, terão de comprar móveis em algum lugar. E vão economizar se não precisarem mandar vir de longe, pagando um frete absurdo.

— Agüente a Rude Grandeza dos Móveis Rústicos do Luke.

— Bo, você quer bolo de queijo ou torta? — Marie indagou.

Estava com as faces coradas, mas agora, já quase livre da pressão de ter de oferecer um jantar para convidados, parecia menos tensa do que antes. Na verdade, olhando-a, enquanto ela cortava e servia bolo e torta, achei-a quase contente.

Esqueceu tudo, Marie?, perguntei mentalmente. Mora aqui, nesta casa que assistiu a tantos acontecimentos terríveis, e consegue não pensar nisso? É assim que continua indo em frente?

Naquela noite, aquela inesquecível noite de setembro, foi Luke quem assumiu o comando da situação, embora atônito e incrédulo. Matt não tinha condição de fazer coisa alguma. Lembro-me dele junto de Marie. Os dois continuavam lá fora, e ela soluçava, aterrorizada. Ele a abraçava, desamparado. O desamparo transparecia em cada linha de seu corpo. Luke foi até eles e levou-os para dentro. Tentou acalmar Marie, mas ela estava fora de si, de tanto medo. Acho que nem percebera que Luke e eu estávamos lá.

— Matt, estou com a menstruação atrasada — ela disse.
— Dois meses, Matt. Tenho enjôos, de manhã. Ele vai me matar, Matt.

Ficou repetindo isso, sem parar, e Luke falava-lhe para ter calma.

Ela, porém, não conseguia controlar-se. O próprio Luke estava com a aparência de quem acabara de acordar e não sabia onde estava.

— Kate, vá fazer um chá, ou alguma coisa — ele pediu.

Fui à cozinha, pus água para ferver e voltei à sala.

Marie continuava agarrada a Matt, e Luke tentava falar com ela.

— Preciso lhe perguntar uma coisa, Marie. Você disse que ele matou Laurie. Marie, me escute. Quem matou Laurie?

— Deixe-a em paz, Luke — Matt disse.

Era a primeira vez que falava, desde que Marie se entregara ao desespero. Sua voz estava rouca e incerta.

— Não — Luke respondeu. — Precisamos saber. Marie, quem matou Laurie? Seu pai?

— Eu o mandei deixá-la em paz! — Matt explodiu. — Jesus Cristo! Não vê o estado em que ela está?

Luke não olhava para ele. Não conseguia. Mantinha os olhos fixos em Marie.

— Vejo muito bem o estado em que ela está — replicou em tom calmo. — O que acha que devemos fazer? Acalmá-la e mandá-la de volta para o pai?

Matt fitou-o, mas ele continuou olhando para Marie.

— Você precisa nos contar. Seu pai matou Laurie?

Por fim, Marie ergueu os olhos para ele. Pude ver que ela demorou para perceber que era Luke.

— Matou — respondeu num murmúrio.

— Tem certeza? Você viu?

— Vi.

— Mas Laurie fugiu, Marie. Matt viu quando ele foi embora.

Os olhos dela pareciam enormes no rosto lívido.

— Ele voltou. Estava frio. Voltou para pegar um agasalho. Meu pai agarrou-o e levou-o para o celeiro. Tentamos segurá-lo, mas não conseguimos. Bateu em Laurie, e Laurie deu-lhe um soco. Então, ele bateu, bateu, bateu, Laurie caiu, bateu a cabeça... vimos sangue, muito sangue...

— Está bem, Marie — Luke interrompeu-a.

— Sangue, sangue... — ela repetiu.

— Leve-a para a outra sala — Luke disse a Matt, sem olhar para ele.

— O que você vai fazer?

— Chamar o dr. Christopherson, e depois a polícia.

Marie deu um grito.

— Ele não queria matar Laurie! Estava batendo nele, tentamos segurá-lo, mas ele continuou batendo, e Laurie caiu! Bateu a cabeça na lâmina do arado! Oh, meu Deus, meu Deus! Não chame a polícia! Ele vai me matar!

— Leve-a para a outra sala — Luke repetiu.

— Não, não, não! — Marie gritou. — Por favor! Ele vai matar todos nós! Vai matar minha mãe, vai matar todos nós!

Matt parecia pregado no chão, incapaz de se mexer. Luke empurrou-o para o lado, ergueu Marie nos braços e, embora ela gritasse e se debatesse, levou-a para a outra sala, com Matt andando atrás dele como um sonâmbulo.

— Não a deixe sair daqui — recomendou.

Então, voltou e ligou para o dr. Christopherson e para a polícia.

Calvin Pye matou-se três horas mais tarde.

A polícia viera de Struan e fora primeiro a nossa casa. Os policiais conversaram com Marie na presença do dr. Christopherson. Então, foram para a fazenda. O próprio Calvin abriu a porta para eles. Quando os policiais explicaram que precisavam fazer-lhe algumas perguntas sobre o desaparecimento de Laurie, ele concordou, mas disse que ia falar com a esposa, que devia estar imaginando quem batera na porta àquela hora. Os policiais não se opuseram e ficaram esperando no lado de fora. Então, ouviram um tiro. Calvin mantinha uma espingarda carregada acima da lareira, na sala de estar, e matou-se com ela ali mesmo, na frente da sra. Pye, antes que a pobre mulher tivesse tempo de levantar-se da poltrona. Rosie, felizmente, estava dormindo, no andar de cima.

Calvin morreu sem contar onde enterrara o corpo de Laurie, e Marie e a mãe não sabiam. A polícia levou duas semanas para encontrá-lo, e isso aconteceu por causa de um verão em que quase não choveu e de um estranho acaso. Calvin pusera o corpo de Laurie em um saco vazio de ração, juntamente com algumas pedras, e jogara-o em um dos tanques. O tanque que ele escolheu não era o mais próximo da fazenda, nem o "nosso", mas um dos mais fundos e com laterais íngremes, e o saco teria afundado uns seis metros, se não houvesse se enganchado na ponta saliente de uma rocha. Em outubro, quando a água atingiu seu nível mais baixo, a parte de cima do saco tornou-se visível sob a superfície.

O dr. Christopherson levou a sra. Pye para um hospital psiquiátrico em St. Thomas, dois dias depois que o corpo de Laurie foi encontrado. Ela morreu dali a um ano, de uma doença que não pôde ser identificada. Rosie foi mandada para a casa dos parentes da mãe, em New Liskeard. Sei que Marie tentou manter contato com ela, mas Rosie nunca dominou a arte de escrever, de modo que isso se tornou difícil. Rosie casou-se muito jovem e mudou-se para longe. Nunca tive vontade de perguntar a Marie se ela sabia onde a irmã estava agora.

Matt e Marie casaram-se em outubro, e ele assumiu a direção da fazenda. Não tenho dúvida de que essa era a última coisa que os dois queriam.

Uma semana antes do casamento, quando a polícia deu a investigação por terminada, não mais precisando ter acesso ao celeiro onde Laurie morrera, Matt queimou-o até o alicerce. Esse foi seu presente de casamento a Marie. Luke ajudou-o a construir outro. Esse foi seu presente de casamento para os dois.

Simon nasceu em abril do ano seguinte. Foi um parto difícil e, como conseqüência, Marie ficou impossibilitada de ter mais filhos.

24

Fui acordada às cinco da manhã pelo barulho do trator que saía para algum lugar. Daniel bufou e abriu os olhos.

— Diabos, o que foi isso?

— O trator — respondi, mas ele estava dormindo de novo. Fiquei deitada, quieta, sentindo falta do som do lago. Como eu disse, costumo ficar com Luke e Bo, quando vou para casa, e o marulho lento e suave das ondas é a primeira e última coisa que ouço todos os dias. Mas ali, ouvia os ruídos normais de um pátio de casa de fazenda. E o som da respiração de Daniel.

Como eu previra, houvera um momento de embaraço na noite anterior, na hora de irmos para a cama. Depois que Bo e Luke foram embora, e Simon subiu para seu quarto, ouvi Marie dizer a Matt, na cozinha:

— *Você* pergunta a ela. Eu não posso fazer isso.

Um instante depois, Matt entrou na sala de estar, parecendo constrangido.

Mas, como eu já esperava aquele momento, estava preparada para enfrentá-lo. Podia sugerir quartos separados, para poupar-nos o embaraço. Daniel concordaria, apesar de que não compreenderia por quê. No entanto, embora a princípio eu não quisesse levá-lo comigo, descobri que, estando ele lá, eu o queria perto de mim. Queria-o como um pára-choque entre mim e o resto das pessoas. Ele era meu presente. Se ficasse a meu lado, talvez o passado não caísse sobre mim na escuridão e no silêncio da noite. Além disso, pensei um tanto desafiadoramente, que Matt, entre todos, era o que menos tinha o direito de julgar alguém. Bobagem, eu sei. Nunca lhe ocorreria me julgar.

Assim, quando ele entrou na sala, examinando um pequeno arranhão na mão com desusado interesse, eu disse:

— Acho que está na hora de subirmos também, Matt. Que quarto vamos ocupar? O da frente?

Conheço a casa, por isso sabia que, além do quarto dele e Marie, o único em que há uma cama de casal é o da frente. Matt, obviamente aliviado, disse que sim, que não havia nenhum problema.

Daniel e eu levamos nossa bagagem para o quarto, nos despimos e deitamos na grande cama com estrado de molas. Achei que Daniel ia me manter acordada metade da noite, fazendo perguntas sobre minha família, mas o Bravio Esplendor da Natureza devia tê-lo deixado exausto porque, depois de me dizer que eu não descrevera bem meus irmãos, *de jeito nenhum*, adormeceu quase imediatamente. Fiquei acordada por mais meia hora, talvez, ouvindo os ruídos da casa e pensando em fatos acontecidos muito tempo atrás, até que adormeci, como que caindo em uma cova escura, e só acordei de manhã, com o ronco do trator.

Por algum tempo, continuei deitada, tentando não pensar demais a respeito do quarto no qual nos encontrávamos. Era o maior de todos, ficava na melhor posição, com vista para o pátio. Devia ter sido o quarto de Calvin Pye e da esposa, de outro modo Matt e Marie o estariam usando. Era um aposento que a srta. Vernon teria chamado de elegante, bem-proporcionado, com janelas em dois lados, protegidas por telas. Matt e Marie ocupavam um quarto lateral, e o de Simon era um menor, ao lado do banheiro. Havia mais três quartos, um com beliches, outro que funcionava como escritório e um terceiro que era usado como depósito. A não ser pelos beliches, que eram embutidos, acredito que todo o resto da mobília fora trocado, nada mais pertencera aos

Pye. Imagino Matt e Marie livrando-se de tudo e repondo aos poucos, à medida que podiam. Deviam querer eliminar o máximo possível de coisas que lembrassem o passado.

Meio acordada, meio cochilando, pensei que seria de esperar que houvesse uma atmosfera de desespero na casa, mas não parecia haver. Dormi outra vez e acordei ouvindo o trator que voltava, e Matt e Simon conversando em voz baixa no pátio. Eram sete horas, então cutuquei Daniel e me levantei.

Marie estava preparando torradas, bacon, salsichas, ovos mexidos, e sobre a mesa havia pão de milho e pãezinhos doces. Perguntei se podia ajudar, e ela me olhou meio alarmada.

— Obrigada, mas acho que não. Quer ir chamar os homens e dizer-lhes que o café estará pronto em dez minutos? Penso que estão no pátio.

Saí. O sol já era forte, e o céu tinha uma tonalidade clara de azul. Daniel juntara-se a Matt e Simon, e os três estavam admirando o trator.

— De quanto foi o desfalque? — Daniel quis saber. — Se não achar que é falta de educação perguntar isso.

Simon e Matt olharam-se, parecendo confusos.

— Quer dizer, quanto custou? — Matt perguntou por fim.
— Bem, conseguimos um bom desconto.

— Conseguimos nada — Simon desmentiu-o. — Você se acovardou. Foi uma tragédia. Oi, titia Kate. O que acha desta belezinha? — Bateu de leve na lateral enlameada do trator.

Através de uma camada mais fina de lama, dava para ver que o trator era vermelho. Parecia poderoso e eficiente, com suas rodas enormes, e estranhamente gracioso, com aquela graça de qualquer coisa bem projetada.

— Feliz aniversário, Simon — eu disse. — O trator é de fato uma belezinha. É novo?

— Completa duas semanas hoje.

— Mas tem uma tosse terrível, de manhã — comentei. — Tem certeza de que ele está bem?

— Está falando como uma legítima esnobe da cidade — Matt brincou. — Vamos levar Dan para dar uma volta no trator. Se você tiver sorte, poderá ir também, mais tarde.

— Vim dizer a vocês que o café está pronto. Marie disse dez minutos.

— Bem... — Matt olhou para Daniel. — Mais tarde, então? Depois da festa? Poderia ser depois do café, mas suspeito que Marie tem outros planos para nós.

— Por mim, tudo bem — Daniel respondeu.

Andamos na direção da casa, Simon e Daniel na frente, ainda falando de tratores, Matt e eu um pouco atrás.

— Então, como vão as coisas? — indaguei. — A fazenda, quero dizer. Parece bastante próspera.

Matt sorriu.

— Estamos sobrevivendo. Nunca seremos ricos, mas não estamos mal.

Movi a cabeça, concordando. Pelo menos, ele nunca sonhara em ser rico.

Um instante de silêncio. São os silêncios que eu temo, quando converso com Matt. As conversas, educadas e cautelosas, como entre duas pessoas estranhas, já são bastante ruins, mas são os silêncios que eu levo comigo, quando vou embora.

— E você, Kate? Como vai sua pesquisa?

— Vai bem.

— O que você está pesquisando? Acho que nunca me disse.

Olhei para nossos pés, para os sapatos levantando a fina poeira do pátio. Não, eu nunca dissera. Por que esfregar no nariz dele o fato de que estava fazendo o que ele adoraria fazer? Mas agora parecia que eu não tinha opção.

— Bem, resumindo, estou estudando os efeitos dos surfactantes sobre os habitantes da película superficial.
— Como detergentes, por exemplo?
— É. E outros agentes, liberados por pesticidas e herbicidas. Coisas assim.
— Assunto interessante.
— Interessante, sim.

Assunto interessante. O comentário que qualquer um faria. Como se ele fosse qualquer um. Como se não houvesse me ensinado quase tudo o que sei. Isso, para mim, é a mais pura verdade. É a abordagem que é importante, a receptividade, a capacidade de realmente *ver*, sem ter os olhos vendados por idéias preconcebidas, e Matt me ensinou isso. As coisas que aprendi depois foram meros detalhes.

Ele estava esperando que eu continuasse a falar, que descrevesse meu trabalho, mas não consegui. Não é que pensasse que ele não entenderia. Se eu podia explicar meu trabalho a um aluno, certamente podia explicá-lo a Matt. O que me detinha era o fato de que eu *teria de explicar*. Nem posso dizer como isso me parecia errado, como me parecia cruel.

Matt parou, e tive de imitá-lo. Simon e Daniel continuaram andando. Olhei para Matt, e ele sorriu. Quando ele está sob pressão, seu sorriso torna-se mais amplo do que é normalmente. Creio que a maioria das pessoas não nota, mas eu o observava muito, quando era pequena. Conheço seu rosto muito bem.

— Daniel parece um ótimo sujeito — Matt comentou por fim.
— E é — afirmei, infinitamente aliviada por ele ter mudado de assunto.
— O namoro é sério?
— Acho que sim.
— Bom, muito bom.

Ele abaixou-se e pegou uma pedra chata. Se estivéssemos na praia, ele a atiraria na água, mas não estávamos; então, depois de virá-la na mão algumas vezes, jogou-a no chão. Olhou-me com aqueles olhos cinzentos e límpidos.

— Você devia levá-lo aos tanques mais tarde, Kate. Continuam ótimos.

Desviei o olhar rapidamente. Visualizei-o fugindo das incessantes exigências da fazenda por um momento e indo até nosso tanque, onde ficaria de pé, olhando para suas profundezas.

Esperei um pouco antes de falar, para ter certeza de que minha voz sairia clara. Simon e Daniel haviam chegado à porta da cozinha, onde Marie estava parada, olhando para fora.

— Vou levar — eu finalmente disse. Marie parecia estar nos observando, mas eu não podia ver sua expressão. — Vamos, acho que o café está pronto.

Com a ponta do pé, Matt empurrou a pedra que jogara no chão.

— Certo, vamos.

Logo depois do café, Matt, Simon e Daniel começaram a levar mesas e cadeiras para fora, pois o dia ia ser quente, e eles haviam decidido que a festa devia ser ao ar livre. Pretendiam arrumar as mesas ao longo de uma das laterais da casa, onde havia grama e um mirrado pedacinho de jardim.

Marie e eu ficamos na cozinha, fazendo trabalho de mulheres. Ou, melhor, Marie fez o trabalho, e eu fiquei olhando. Ela parecia distraída. Era normalmente autoconfiante em sua cozinha, mas estava desperdiçando movimentos, tirando coisas da geladeira e pondo-as de volta, abrindo gavetas e fechando-as sem pegar nada. Havia cerca de vinte tipos de sobremesa sobre o balcão, em vários estágios de acabamento, e ela dava a impressão de não saber por onde começar. Imaginei se era a festa que a estava deixando nervosa, ou se era eu. Sei que ela não se sente muito à vontade comigo. Eu teria saído da cozinha, se não fosse uma indelicadeza.

— Deve haver alguma coisa que eu possa fazer, Marie — insisti pela terceira vez. — Deixe-me bater o chantilly.

— Hã... bem... pode bater, se quiser. Obrigada. — Abriu a geladeira e tirou um jarro de nata. — Vou pegar a batedeira para você.

— Está aqui.

— Ah, é. Tudo bem. Vou pegar uma tigela.

Pôs o jarro no balcão, abriu uma porta do armário e tirou uma grande tigela, mas continuou parada, de costas para mim. De repente, sem se virar, perguntou:

— O que você achou do trator?

— Do trator? — repeti, confusa.

— É.

— Achei ótimo. Não entendo muito de tratores, mas esse parece muito bom.

Ela fez um gesto afirmativo com a cabeça, mas não se virou.

— Matt e Simon o escolheram juntos. Levaram semanas para decidir o que de fato queriam. Os dois. Espalhavam folhetos e revistas por toda a mesa da cozinha. Estão muito orgulhosos do trator.

Eu ri e falei:

— Sei disso.

Marie virou-se, então, segurando a tigela contra o corpo. Estava sorrindo de modo bastante estranho.

— O que você acha de Simon?

— Gosto muito dele. Gosto demais. É um amor de rapaz. Um rapaz muito bom.

Senti que corava. A pergunta dela fora estranha, e minha resposta parecera antiquada e condescendente. De súbito, ocorreu-me que Simon estava fazendo dezoito anos, a mesma idade de Matt naquele desastroso verão. Estaria Marie preocupada com ele? Eu sabia que Simon era esperto demais para cometer o mesmo erro do pai, mas, ainda assim, ela podia estar preocupada.

— Acho que ele tem bastante bom senso, Marie. É muito mais maduro do que a maioria dos estudantes dessa idade que conheço. Acredito que ele se sairá muito bem em tudo.

Ela concordou, movendo a cabeça. Pôs a tigela na mesa e passou os braços ao redor do corpo, o mesmo velho gesto defensivo, mas de alguma forma diferente. O rosto estava vermelho, mas ela parecia mais aborrecida do que embaraçada. Quase furiosa. Aquilo era tão inusitado nela, que fiquei nervosa.

— Notou alguma coisa diferente em Matt? — ela indagou. — Acha que ele está bem?

— Ele me pareceu muito bem. Muito bem.

— Matt parece feliz?

Agora eu estava alarmada. Não fazemos esse tipo de pergunta em nossa família.

— Para mim, parece, Marie. Por quê? Qual é o problema?

— Nenhum. — Ela deu de ombros. — Eu só queria saber se você viu que ele está bem, que é feliz e tem um filho maravilhoso, a quem ama e com quem gosta de estar. Eu só queria que você visse isso agora, depois de todo esse tempo.

No silêncio que se fez, eu podia ouvir os homens carregando móveis. Alguma coisa ficara presa na porta da sala. Matt estava xingando. Simon gargalhava.

— Talvez, se tentássemos empurrar para dentro de novo... — ouvi Daniel sugerir.

— Se você soubesse como sua opinião é importante para ele, Kate! — Marie continuou. — Se pudesse ver como ele fica, quando sabe que você vai vir... Primeiro fica feliz, depois, quando está perto de você chegar, não consegue dormir. Luke perdoou-o, muitos anos atrás, e Bo nunca soube que havia alguma coisa que devia perdoar. Mas seu desapontamento, Kate, você pensar que a vida dele é um fracasso, sentir pena dele... Tem sido muito difícil para Matt suportar isso. Nada mais do que aconteceu foi tão difícil para ele.

Eu estava tão atônita que tive dificuldade para entender o que Marie dizia. E ela estava tão transtornada, tão emocionada, que suas acusações pareciam sem sentido. O que era meu desapontamento, comparado à perda dos sonhos de Matt?

— Não acho que a vida dele seja um fracasso, Marie. Acho que vocês dois saíram-se muito bem. Simon é prova disso.

— Você acha, sim, que a vida de Matt é um fracasso — ela insistiu, abraçando-se com mais força.

Eu estava chocada, não só por causa do que ela dizia, como pela escolha do momento. Era uma festa de aniversário, os convidados logo estariam chegando.

— Você considera o que aconteceu a grande tragédia de sua vida — Marie prosseguiu. — Mal consegue olhar para Matt, de tanta pena e de tanta raiva que ainda sente dele. Depois de tantos anos, você mal consegue olhar para ele, Kate.

Não sei o que eu teria dito em resposta, mas fui poupada, porque Simon entrou. Olhou os doces enfileirados no balcão, enfiou o dedo em uma torta e perguntou:

— Esta aqui, do que é?

— Não mexa aí! — Marie ralhou asperamente.

Ele saltou para trás.

— Está bem, está bem — disse, saindo e olhando-a com estranheza. Ouvimos quando ele avisou os outros: — Não entrem na cozinha. Mamãe está de mau humor.

Marie passou-me a tigela. Peguei-a sem uma palavra, coloquei-a em cima do balcão, despejei a nata dentro e bati. Mas bati demais, e o creme ficou espesso demais e grumoso, quase virando manteiga.

— Bati demais, desculpe — minha voz estava esquisita.

Entreguei a tigela a Marie.

— Não tem importância — ela assegurou. — Quer pôr um pouco em cima de cada torta?

Continuou a decorar um bolo de queijo. Notei que sua voz abrandara-se. Era como se ela pensasse que, tendo dito tudo o que precisava dizer, não tinha mais nada a fazer, que o resto era comigo.

Eu não conseguia pensar em nada para falar. Se, depois de tantos anos, Marie ainda não compreendera o que Matt perdera, o que eu podia dizer?

Acabei de cobrir as tortas.

— Mais alguma coisa? — perguntei.

— Por enquanto, não, mas você poderia levar café para os homens.

Enchi três canecas com café do bule que Marie mantinha sempre aquecido e arrumei-as em uma bandeja. Encontrei uma jarrinha no armário, enchi-a com creme, peguei o açucareiro e tirei três colherinhas da gaveta de talheres. Tudo em silêncio. Levei a bandeja para fora. Eles haviam arrumado as mesas embaixo das árvores, de acordo com as instruções de Marie. Matt e Simon estavam falando de cadeiras, quantas seriam necessárias e onde colocá-las.

— O que você acha? — Matt me perguntou quando parei diante dele. — Quantas pessoas vão querer sentar? No sol, ou na sombra?

— Só as mulheres — respondi, segurando a bandeja, enquanto os dois punham açúcar em suas xícaras. — E elas vão querer sentar na sombra.

— Certo — Matt concordou. Olhou para Simon. — Quantas mulheres estamos esperando?

— A sra. Stanovich, a sra. Lucas, a sra. Tadworth, a sra. Mitchell, a srta. Carrington...

Olhei em volta, procurando Daniel, e vi-o num canto da casa, olhando com interesse para algumas máquinas agrícolas no pátio do celeiro. Fui até ele, sentindo-me zonza, como se estivesse com insolação. Daniel pegou sua xícara de café e perguntou:

— Você já pensou em morar numa fazenda? Não só morar, mas dedicar-se de fato à agricultura, fazer um trabalho de verdade, que mostra algum progresso no fim do dia?

— Não.

Ele me olhou sorrindo, então olhou melhor.

— Aconteceu alguma coisa?

— Não, nada.

— Aconteceu, sim. O que foi?

Dei de ombros.

— Uma coisa que Marie disse.

As palavras dela ainda ecoavam em minha cabeça. Eu não conseguia parar de pensar em suas acusações, virava-as na mente em busca de uma explicação, tentando entender como ela chegara àquela conclusão a meu respeito. Talvez fosse natural, levando em consideração suas origens. Ela não podia imaginar como seria a vida de Matt, se as coisas houvessem sido diferentes. E, mesmo que pudesse, não haveria de querer reconhecer que fora a causa da queda de Matt.

— Sobre o quê? — Daniel perguntou.

— Como?

— Você falou que Marie disse alguma coisa. Sobre o quê?

— Sobre... mim. E sobre Matt.

— O que ela disse?

Eu já lhe contara todo o resto, podia contar aquilo também.

— Disse que eu acho uma tragédia o que aconteceu com Matt.

Daniel mexeu o café, me observando.

— E é verdade, porque eu acho. Ela também disse que eu penso que a vida de Matt tem sido um fracasso, e isso não é verdade. Mas o que aconteceu com ele foi mesmo uma tragédia.

Sem dizer nada, Daniel pôs a colher na bandeja.

— O problema é que ela não enxerga isso — continuei. — Não é culpa dela, se não consegue entender. E essa é outra tragédia, Matt estar casado com uma pessoa que não faz a mínima idéia do que ele é, do que pensa, do que queria para sua vida.

Daniel tomou um gole do café, ainda me olhando. Além dos campos, na estrada, vi uma nuvem de poeira erguer-se no ar. Um carro. Luke e Bo, que estavam chegando cedo para ajudar. O carro movia-se muito depressa e parecia tomar conta de toda a largura da estrada indo de um lado para o outro. Fiquei confusa, até que me lembrei das aulas de direção de Bo.

— Concordo com você em um ponto — Daniel manifestou-se por fim. — Também acho que há algo trágico aqui, mas não acho que seja o que você está pensando.

Um pernilongo, um precursor muito adiantado das hordas que viriam, pousou em seu pulso. Estreitando os olhos perversamente, Daniel entregou-me a caneca e esmagou-o com um tapa. Limpou a mão na camisa e tornou a pegar a caneca.

— Você pensa que Marie não compreende e vai me dizer que eu também não compreendo — continuou. — Mas acho que compreendo, sim. Em parte, pelo menos. Sua família enfrentou uma verdadeira luta ao longo de várias gerações, sempre tentando alcançar um grande objetivo referente à educação. Matt possui uma inteligência brilhante, qualquer um pode ver isso. Assim, entendo que foi uma decepção. Ele teve uma chance e deixou-a escapar, o que é de fato uma grande pena.

Sorriu ligeiramente, quase como se pedisse desculpas.

— Mas é só isso, uma grande pena — prosseguiu. — Não é nenhuma tragédia. Não faz diferença quanto ao que Matt é como pessoa. Você não consegue entender, Kate? Não faz a mínima diferença. O que eu acho uma tragédia é você achar que faz, é achar o que aconteceu tão importante que está deixando isso arruinar o relacionamento de vocês dois e...

Devia ter notado minha incredulidade, porque hesitou, olhando-me com inquietação.

— Não estou dizendo que ele não se importa, Kate, nem que milagrosamente descobriu que adora ser fazendeiro, e que portanto tudo acabou bem, ou qualquer outra besteira desse tipo. Não. Só estou dizendo que, pelo que você me contou sobre Matt, e pelo que tenho observado nele, acho que ele superou tudo isso há muito tempo. O problema é que você não superou, e como conseqüência ele perdeu a ligação que tinha com você.

É incrível como certas partes do cérebro podem continuar funcionando normalmente, quando outras param. Eu ouvia as vozes de Matt e Simon. Via o carro se aproximando. Ao longe, alguns corvos crocitavam irritados, como se estivessem discutindo. Meu cérebro registrava tudo isso. Mas dentro de mim, por um longo momento, houve total silêncio. Uma paralisia da mente. Então, aos poucos, meu cérebro voltou ao normal, e, com o retorno do pensamento consciente, desabou sobre mim uma torrente de incredulidade, confusão e furioso ressentimento. Daniel era um estranho, um *convidado* que arrancara de mim a história que eu não queria contar, que conhecia Matt havia menos de doze horas. Como podia, sem saber *nada sobre nossa vida*, chegar displicentemente a tal conclusão? Eu mal podia acreditar que o ouvira direito, mal podia acreditar que ele dissera aquilo.

Fiquei olhando o carro de Luke aproximar-se. Vi-o desaparecer por um breve instante atrás da casa, então reaparecer, entrando no pátio. Bo brecou-o, erguendo uma nuvem de pó, a menos de três metros de onde Daniel e eu estávamos e desceu do carro.

— Viu? — disse em tom desafiador. Acenou para nós, mas estava falando com Luke, sentado no banco do passageiro. Inclinou-se para olhar para dentro e repetiu, para ter certeza de que ele ouviria: — Viu?

Observei-a, meu cérebro gravando a cena. Matt e Simon aproximaram-se para cumprimentá-los. Sorriam. Sabia que sorriam para Bo e Luke, mas fui incapaz de fazer a mesma coisa. Fixei o olhar em Matt, com as palavras de Daniel fervilhando na mente, então as de Marie. *Se pudesse ver como ele fica, quando sabe que você vai vir... Primeiro fica feliz, depois, quando está perto de você chegar, não consegue dormir.*

Bo bateu a porta do carro e deu a volta para abrir a outra, no lado do passageiro. Luke equilibrava um bolo de aniversário no colo e tinha entre os pés uma monstruosa tigela de gelatina verde.

— Ele parece resignado — Simon comentou, falando com Matt, que concordou com um gesto de cabeça. — Acho que é isso o que acontece com uma pessoa que vê a morte de frente todos os dias. Depois de um tempo, não se importa mais.

Bo, inclinada para dentro do carro, não ouviu. Pegou o bolo, e Luke saiu com a tigela nas mãos.

— Como estão indo as coisas, Luke?— perguntou Matt em tom inocente.

Luke lançou-lhe um olhar atravessado e passou-lhe a tigela.

— Ponha num lugar onde não bata sol — recomendou.

— Só trouxeram isso, de gelatina? — Matt provocou.

— Feliz aniversário, meu pequeno! — Bo exclamou, falando com Simon e entregando-lhe o bolo, uma vasta escultura gótica coberta de chocolate. — Você não parece ter mais de doze anos. Já abriu os presentes? Bom dia, vocês dois — cumprimentou, dirigindo-se a mim e Daniel.

Senti a mão dele em minhas costas, empurrando-me com delicadeza para a frente.

— Bom dia — Daniel respondeu. — Isso é que é bolo!

— Bem, é uma grande comemoração, não é? — Bo observou. — Pensávamos que ele jamais fosse crescer.

Fomos andando para a casa. A mão de Daniel continuava em minhas costas. Seu toque fazia com que minha pele se arrepiasse de ressentimento. Eu queria que ele me deixasse sozinha. Queria que todos me deixassem. Que fossem embora para que eu pudesse pensar. Marie apareceu na porta da cozinha com um pano de prato na mão.

— Viemos ajudar, Marie — Luke anunciou. — Comece a nos dar o que fazer.

— Hã... está bem — ela disse. — Acho que já podem começar a levar algumas coisas para fora, pratos, talheres...

O mundo continuava girando. Marie distribuiu as tarefas, e a mim coube lavar os copos. A meu ver, estavam perfeitamente limpos, mas fiquei aliviada por ter de lavá-los. De pé junto da pia, eu ficaria de costas para o resto das pessoas na cozinha. Lavei os copos um por um e enxuguei-os cuidadosamente, arrumando-os em bandejas para que os homens os levassem para as mesas.

— Quer que eu enxugue? — Daniel ofereceu, aparecendo a meu lado.

Abanei a cabeça, calada, e depois de alguns instantes ele se afastou.

Quando acabei de lavar os copos, lavei as tigelas que Marie usara, as facas, as formas de bolo e as assadeiras. Atrás de mim, Bo e Marie davam os últimos retoques nos pratos que iam ser servidos, e os homens entravam e saíam, andavam pela cozinha, conversando, rindo e atrapalhando. Eu sabia que Daniel estava por ali. Podia sentir seu olhar. E o de Marie também. Várias vezes ela me agradeceu, dizendo que eu fizera muito mais do que minha parte. Em dado momento, perguntou se eu não queria parar e tomar um café. Sorri rapidamente, mal me virando para trás, e disse que não, que estava tudo bem. Foi um alívio descobrir que era capaz de falar e que minha voz soava normal.

Pensei em ficar ali o dia inteiro, lavando louça, até que a festa terminasse, então alegar uma dor de cabeça e ir para a cama. Mas sabia que isso não era possível. Há certas ocasiões em que só a morte serve como desculpa, e aquela era uma delas. No entanto, eu não imaginava como ia suportar participar da festa. Minha mente estava em tumulto. Abaixo da superfície, minha raiva contra Daniel ainda fervia, mas o pior era ver as cenas do passado que meu cérebro insistia em me mostrar. Eu via Matt sentado a meu lado no sofá, depois que tia Annie explicara que nós quatro teríamos de nos separar, tentando encontrar New Richmond no mapa, tentando me convencer de que continuaríamos a nos ver. Via a menina que eu fora sentada ao lado dele, com a mente possuída por um furacão de desespero.

Outra cena: Matt, depois de saber o resultado de seus exames, levando-me ao quarto de nossos pais, pondo-me diante da fotografia da bisavó Morrison e explicando por que tinha de partir. Falando sobre nossa família, mostrando que desempenhávamos um papel em sua história. Entendi que o dele tinha de ser um papel muito importante, do contrário ele não me deixaria. Em seguida, Matt me revelou o plano que tinha para nós, seu maravilhoso plano.

Mais uma cena, onde me vi, doze anos depois, no dia anterior a minha partida para a universidade. Matt fora se despedir de mim. Durante anos, eu conseguira bloquear aquela imagem, impedindo-a de invadir minha mente, mas agora ela rompia o bloqueio e aparecia, tão nova, tão vívida, tão clara em todos os detalhes, como se aquilo houvesse acontecido um dia antes. Nós dois na praia, sentados na areia, observando a noite estender-se sobre o lago, conversando de modo formal sobre coisas sem importância, a viagem que eu faria de trem, o alojamento na universidade, imaginando se haveria telefones em todos os andares. Conversando como estranhos. O que a essa altura realmente éramos. O peso de coisas não ditas, não resolvidas, carregado durante doze anos, fizera de nós dois estranhos.

Quando chegou o momento de ele voltar para a fazenda, para Marie e seu filho, caminhamos para casa em silêncio. Já escurecera completamente. Na escuridão, as árvores ao redor da casa pareciam mais próximas, como sempre parecem. Na porta, virei-me para me despedir. Matt estava um pouco afastado, com as mãos nos bolsos. Sorriu para mim.

— Escreva para me contar tudo, em todos os detalhes, está bem? — pediu. — Quero saber tudo o que você faz.

Estava no retângulo de luz que se derramava para fora através da porta aberta, e eu mal podia olhá-lo por causa da tensão em seu rosto. Tentei me imaginar escrevendo cartas, contando tudo o que estava fazendo, tudo o que *ele* deveria ter feito. Imaginei-o lendo minhas cartas e depois indo ao curral para ordenhar as vacas. Não. Impensável. Seria como esfregar sal em um ferimento, se eu o fizesse lembrar o que perdera. Era impossível acreditar que Matt quisesse tal coisa. E eu não suportaria fazer isso a ele.

Então, escrevia muito raramente e não dizia quase nada a respeito de meu trabalho. Queria poupá-lo. Queria poupar a mim também. E agora Daniel tentava me dizer que Matt não quisera ser poupado. Que a tensão que eu vira em seu rosto, que continuei a ver, era causada pelo fato de que, por mais que tentasse, ele não conseguia restaurar o vínculo entre nós. Que ele só queria que eu lhe escrevesse, não importando o assunto. Que sabia, tão bem quanto eu, que eu não escreveria.

Eu não podia, *não podia*, acreditar nessa interpretação. Daniel sempre acha que está certo sobre tudo, mas não é assim. Nem sempre está. Já o vi enganar-se.

Mas agora, enquanto tentava não pensar no que ele dissera, olhando em volta à procura de algo para lavar, um batedor de ovos, uma faca, uma colher, qualquer coisa, suas palavras continuavam a invadir minha mente, deslizando para dentro silenciosamente, como água escorrendo por baixo de uma porta.

Os convidados começaram a chegar logo depois do meio-dia, e a essa altura eu me sentia um tanto entorpecida e tonta. Uma sensação de irrealidade, que era quase agradável. A sra. Stanovich foi a primeira a chegar, e quando Marie viu sua caminhonete vindo pela estrada e sugeriu que eu saísse e fosse encontrá-la, fui calmamente. Daniel não estava por ali, devia ter ido a algum lugar com meus irmãos e meu sobrinho. Fiquei aliviada por não ter de apresentá-lo. Ainda não sabia como ia lidar com ele. Durante a manhã, eu estivera o tempo todo consciente de sua crescente preocupação e, para ser honesta, isso me dava uma certa satisfação. Eu não o perdoara. Foi só mais tarde, quando meu estado mental me permitiu ser mais racional, que me ocorreu que devia ter sido difícil para ele me dizer o que dissera. Ele certamente sabia que estava pondo em risco não só aquele fim de semana, que significava tanto para ele, como muito mais. Não duvido de quê, no momento em que falou, ele achou que estava fazendo o que era certo, mas suspeito que se arrependeu em seguida.

Estava preocupado, e sua preocupação não era à toa. Meus sentimentos a seu respeito, bem... Penso que, se no início daquela tarde alguém me perguntasse se nosso relacionamento ia continuar, eu responderia que não. Acredito que essa fosse uma variação do tema "matar o portador de más notícias". Injusto, eu sei.

Fui sozinha receber a sra. Stanovich. Ela estava se espremendo para sair de trás do volante, quando me aproximei, e deu um gritinho de alegria ao me ver. Não mudou quase nada, fico alegre em dizer, a não ser pelo fato de ter ganhado mais um ou dois queixos.

— Katherine, meu bem! Querida, você está bonita, tão parecida com sua mãe!

E puxou-me contra os seios, como costumava fazer e como sempre fará. Pela primeira vez na vida, eu quase quis aceitar aquele busto como um travesseiro sobre o qual chorar. Um grande, macio e quente travesseiro onde eu poderia descarregar toda minha dor, minha tristeza, com plena certeza de que a sra. Stanovich as entregaria diretamente a Jesus. Mas, sendo como sou, não consigo fazer essas coisas. Abracei-a, porém, e meu abraço durou mais tempo do que de costume.

— Meu bem — ela prosseguiu, então parou, procurando seu eterno lenço.

Isso me fez lembrar o que Matt dissera um dia, que ela devia ter mais de cem lenços escondidos dentro do vestido.

— Olhe que dia lindo o Senhor nos deu — comentou. — Nem uma nuvem no céu! E você veio para juntar-se a nós nesta ocasião de júbilo. Simon não é o rapaz mais maravilhoso que já se viu? Eu trouxe um bolo. — Ofegando, foi até a portinhola de trás da caminhonete, enxugando lágrimas, e abriu-a com um tranco. — Não pude trazê-lo na frente, porque Gabby deixou uma caixa de câmbio em cima do banco. Espero que esteja inteiro. Está. Tudo o que precisamos fazer é confiar no Senhor, meu bem. Ele cuida de tudo. Quem é o jovem que está conversando com Matt?

Era Daniel. E Matt conduzia-o em nossa direção para apresentá-lo à sra. Stanovich. Andavam devagar, de cabeça baixa. Matt gesticulava, explicando alguma coisa, e Daniel movia a cabeça, indicando que estava entendendo. Quando se aproximaram, ouvi Matt dizendo:

— ...só durante seis meses do ano, quando a temperatura chega a mais de quarenta e dois graus, que é a mínima, sempre. Por isso, precisamos começar logo depois do degelo, assim que o solo fica bastante seco para ser preparado para a semeadura.

— Você usa algum procedimento especial, que dê ao solo mais resistência contra o congelamento?

Não sei por quê, de repente entendi. Talvez porque eles estivessem discutindo um assunto que lhes absorvia totalmente a atenção. Dois homens notáveis conversando, andando lentamente através do pátio. Não era um quadro trágico. Não, absolutamente.

Suponho que a principal questão não seja por que entendi tudo naquele momento, mas por que não entendera anos atrás. Bisavó Morrison, reconheço que a culpa é em grande parte minha, mas você também foi culpada. Foi você, com seu amor pela instrução, que estabeleceu os padrões que usei para julgar todo mundo a minha volta, durante toda a vida.

Fui atrás de seu sonho com cega e inabalável determinação. Li livros e conheci idéias que você nunca imaginou que pudessem existir, e de alguma maneira, nesse processo de adquirir conhecimento, consegui não aprender nada.

A srta. Carrington chegou enquanto Daniel estava sendo apresentado à sra. Stanovich, e logo atrás dela vieram os Tadworth. Em seguida, carros e desgastadas caminhonetes foram parando ao redor do pátio. A festa começara. Uma boa festa. Como a sra. Stanovich dissera, o tempo estava a nosso favor, e a reunião rapidamente tomou o jeito de um grande piquenique meio caótico, com gente sentada na grama em pequenos grupos, ou andando ao longo das mesas, servindo-se de comida, conversando, rindo e tentando resolver o problema de como comer, segurando um prato cheio em uma das mãos, e um copo de ponche de frutas na outra.

Eu gostaria de poder dizer que entrei sem reserva no espírito daquilo tudo, mas a verdade é que ainda me sentia um pouco confusa. Um tanto abstraída. Vai levar tempo, eu acho. Quando uma pessoa pensa de um certo modo durante muitos anos, quando fixa na mente o quadro de uma situação, e de repente o quadro se revela imperfeito, é natural que leve algum tempo para adaptar-se. E durante esse tempo, é natural que se sinta... desligada. Seja como for, foi assim que me senti, que ainda me sinto um pouco. Naquele dia, o que eu gostaria mesmo de fazer era de me sentar sob uma árvore e observar o movimento de longe. Observar principalmente Matt. Deixar que meus olhos absorvessem aquela nova imagem dele, aquela nova perspectiva de nossa vida.

Era isso o que eu gostaria de fazer, em vez de ser co-anfitriã em uma festa de aniversário. Mas foi bom ver todo mundo, muito bom. Estavam todos lá, com exceção da srta. Vernon, que mandara um recado, dizendo que estava velha demais para ir a festas, mas que desejava o melhor de tudo para Simon. Penso que apresentei Daniel à maioria deles. Ele próprio não estava muito animado, certamente por não saber direito em que estado de espírito eu me encontrava. Mas esteve à altura da ocasião. Todos os Crane são capazes disso. Nós dois conversamos bastante com a srta. Carrington. Ela agora é diretora da escola, que foi ampliada, ficando com três salas, e há duas professoras ensinando as crianças. Ela está com muito boa aparência. Há uma aura de serenidade a sua volta. É possível que essa aura sempre houvesse existido, e eu nunca a houvesse notado. O fato é que achei sua companhia muito repousante.

Simon divertiu-se, acredito, e esse era o principal objetivo daquela função.

O melhor de tudo foi o que aconteceu à noite, uma noite que nunca me sairá da lembrança. Depois do jantar, quando tudo estava limpo e arrumado, Simon saiu com os amigos. Matt e eu pulverizamos Daniel dos pés à cabeça com repelente de insetos e o levamos aos tanques. Matt enchera com terra aquele em que o corpo de Laurie fora encontrado e ali plantara um grupo de bétulas prateadas. As bétulas começavam novamente a encher-se de folhas, e sua visão transmitia uma sensação de paz.

Os outros tanques, o nosso inclusive, continuam iguais ao que sempre foram.